文春文庫

偽りの捜査線

警察小説アンソロジー

誉田哲也　大門剛明　堂場瞬一
鳴神響一　長岡弘樹　沢村鐵　今野敏

文藝春秋

目次

偽りの捜査線

警察小説アンソロジー

レイン

誉田哲也

誉田哲也（ほんだ・てつや）

一九六九年、東京都生まれ。学習院大学卒。二〇〇二年『妖の華』で第二回ムー伝奇ノベル大賞優秀賞を受賞しデビュー。〇三年『アクセス』で第四回ホラーサスペンス大賞特別賞受賞。女性警察官を主人公に据えた『ジウ』（全三巻）と『ストロベリーナイト』で、新たな警察小説の担い手として注目され、一方で、高校生の女子剣道を題材とした「武士道」シリーズや『レイジ』『あの夏、二人のルカ』などのバンド小説も人気を集める。著書に『プラージュ』『背中の蜘蛛』『妖の掟』『フェイクフィクション』など。

1

佐島賢太（さじまけんた）は、ようやくテーブルに戻ってきた金髪の白人男性に微笑んでみせた。佐島自身は食事を終え、もうホットコーヒーを残すだけになっている。

「……ジョン。いくらお嬢さんが可愛いからって、クリスマスプレゼントのリサーチには、まだ早過ぎるだろう」

今日は十月八日。ここ日本はようやく秋本番。暑くもなく寒くもなく過ごしやすい、何より食べ物が美味しい、最高の季節だ。

向かいの席に座った彼、ジョン・ヘイワードは、ほんの短く両手を広げた。表情も、どちらかといったら優れない。

「それどころじゃないんだ、ケンタ。買ったばかりのアメリカン・アキタが、昨日の午後、道路に跳び出して車に撥ねられたらしくてね。幸い一命は取り止めたが、後ろ脚に後遺症が残る可能性が高いらしい。まったく……私の留守中に、寂しい思いをさせないようにと思って飼い始めたのに。リサには、却って悲しい思いをさせてしまった。ほんと、参ったよ」

ジョンの肩書は駐日米外交官だが、本籍はあくまでもCIAだ。要は、日本国内で諜報活動をする米国の「スパイ」だ。

むろんジョンも、佐島が警視庁公安部に属する警察官であることは承知している。二人は互いに身分を明かした上で、こうやって定期的に会って情報交換をする間柄だ。それもう十年近くになる。場所は、このような高級ホテルのレストランだったり、高速道路のパーキングエリアだったり、靖国神社だったりすることもある。時間も、昼間だったり深夜だったり、今日みたいに「モーニング」だったりと様々だ。

ジョンが、冷えきったフライド・エッグにナイフを入れる。

「しかし……民自党のミカミはマズいな。彼が党の要職に居座り続ける限り、ホワイトハウスは大統領の訪日を棚上げし続けるだろう」

諜報活動の場において、この「だろう」ほど厄介な表現はない。それが極めて「確定」に近い情報なのか、そういう「雰囲気」があるという程度なのか。あるいはジョンの個人的見解なのか、根拠すらない予言の類なのか。

これに対し佐島のような公安警察官は、自身の持つあらゆる情報と照らし合わせて発言の解釈をしなければならない。

ジョンのいう三上喜彦は日本の与党、民自党の選挙対策委員長を務める衆議院議員だ。次の役員人事では、おそらく幹事長に就任するだろうといわれている。しかし、三上の「親中・媚中」は内外を問わず周知の事実。そんな「中国の犬」を日本の与党、民自党のナンバー2の座に据えるな、というのが米国政府の意向であるのは分かる。だがしかし、それを理由に米大統領が訪日を渋るなんてことが、実際にあり得るだろうか。ジョンはこの話を佐島に聞かせることによって、何か別のリアクションを期待しているのではないか。

たとえば、三上選対委員長周辺の最新情報が欲しいとか。民自党の、対中姿勢の本音を探りたいとか。佐島が一介の公安警察官に過ぎないのは事実だが、これでも十年以上、公安ひと筋で飯を食ってきたという自負はある。政権中枢にも中央省庁にも、それなりに情報網を持っている。

結果、高級ホテルの朝食のテーブルで交わす会話として相応しいのは、こんなところだろうと佐島は判断した。

「ホワイトハウスは……TPPがいつまでも『イレブン』のままだと、本気で信じてるのか？」

さて。ＣＩＡはこれにどう答える。

今ではすっかり廃れてしまったが、かつて日本には「国を憂う」という言葉があった。「国の行く末を案ずる」という意味だ。また憂うだけでなく、実際に気概を持って行動する者を「憂国の士」と呼んだ。つまりは「国士」だ。

今の日本にも国士はいる。言葉としては廃れたが、決して絶滅したわけではない。ただ、その数は圧倒的に少なくなった。

大東亜戦争後、日本はＧＨＱによって情報を統制され、その解毒を怠ったまま七十有余年を過ごしてきてしまった。結果、この国は米国に楯突けなくなったばかりか、ロシアにも中国にも、あの南北朝鮮にすら正面からものを言えない外交弱腰国家に成り下がってしまった。

こんな国で諜報活動に従事していると、他の国ではあり得ない苦行を強いられることになる。何しろ、日本にはスパイを取締る法律がないのだ。あるのは俗に「特定秘密保護法」と呼ばれる、情報を漏らした日本人を罰する法律だけだ。特殊詐欺で喩えるなら――これはあくまでも喩えだが、ＡＴＭから現金を引き出した「出し子」は逮捕されるが、犯行計画全体を取り仕切り、その「出し子」から現金を回収した元締めは罪に問われない、というのと同じ話だ。

そんな馬鹿な、と誰もが思うだろう。そんな法律しかなかったら特殊詐欺なんて撲滅できるわけがない、と分かるだろう。その通りだ。「特定秘密保護法」みたいな「ザル法」しかないから、いつまで経っても日本は「スパイ天国」と嗤われ、他国のカモにされ続けるのだ。

しかし、現行法の不備を嘆いてみたところで、現場に出る警察官の日常になんら変化はない。「スパイ防止法」の骨子を作るだけなら警察官僚にもできるが、世論を動かして実際に法律を作るのは政治家の役目だ。

自分のような、一介の公安警察官のやることではない——。

朝食後の一服を終え、佐島は東京・大手町から横浜市内にある神奈川県庁に向かった。直属の上司である、警視庁公安部外事第一課欧米第五係長、大嵩邦夫（おおたかくにお）に会うためだ。なぜ神奈川県庁なのかは知らない。それを大嵩に訊くつもりも、佐島にはない。

みなとみらい線を日本大通り駅で降り、地上に出たときはまだ雨は降っていなかった。だが県庁前交差点を右に折れ、埠頭に向かって歩き始めた辺りで、頬にぽつりと感じた。とはいえ県庁はもう目の前。傘を差すには及ばない。

神奈川県庁本庁舎は東京のそれと違い、非常に古く趣のある建物だ。それも、昭和初期というよりは大正の雰囲気。県庁舎というよりは議事堂のイメージに近い。中央を高くした左右対称の威厳ある構えは、まさに「大正ロマン」と呼びたくなるような和洋折衷のデザインだ。

その玄関を入ろうとしたところで、ポケットの携帯電話が震え始めた。

嫌な予感がした。ディスプレイを見ると案の定、大嵩からだった。

「……はい、もしもし」

『すまんが、もう出なければならなくなった。君はそのまま、大崎署に行ってくれ』

「は？」

『警視庁の、大崎警察署だ』

大崎署の所在地は東京都品川区。ますます、なぜ佐島を神奈川県庁に呼び出したのか理解に苦しむ。

「大崎には、どういった用件で」

『イナサワトシキという男が殺人容疑で勾留されている。その男の調べを君にやってもらいたいと、さきほど本部から連絡があった。そのマル被（被疑者）が勾留されているのが、大崎署だ』

イナサワトシキ？　あの稲澤敏生が、なぜ殺人容疑で。

佐島が警視庁大崎警察署に到着したのは、十三時を少し過ぎた頃だった。

大崎署は神奈川県庁と比較するのも悲しい、なんの趣もない八階建てのビルだ。その一階にある、病院の時間外出入り口のように小ぢんまりとした玄関を入る。途中で買ったビニール傘は、そこの傘立てに差しておいた。誰かに盗られて惜しいものでもない。

殺人事件のようだから、とりあえずは刑組課（刑事組織犯罪対策課）を訪ねて担当者に話を聞くか、特捜（特別捜査本部）が設置されているなら上の方にある講堂を覗いてみればいいだろう、などと考えていた。

だが、エレベーター乗り場に着いたところで声をかけられた。声のした方を見ると、歳は佐島とさして変わらない四十絡みの、細身の男が立っていた。

「失礼ですが、本部の佐島主任、でしょうか」

公安部の、などと口にしなかったところは褒めてやろう。

「はい。私が佐島です」

「ご足労いただき、申し訳ないです」

男が名刺を差し出してくる。

【警視庁刑事部捜査第一課　殺人犯捜査第四係　警部補　森垣淮一（もりがきじゅんいち）】

佐島とは全くの同格というわけだ。

森垣は、佐島が名刺入れを出す間もなく「どうぞ」と手で示した。

そのままエレベーターに乗り、降りた三階は刑組課のあるフロアだったが、森垣は大部屋には向かわず、廊下の先にある小さな会議室に佐島を誘導した。

その小部屋では、男が二人待っていた。

「捜査一課、管理官の亜門(あもん)です」

「殺人班(殺人犯捜査)四係長の、星野(ほしの)です」

二人とは普通に名刺交換をし、促されるまま、三人と向かい合う恰好で席に着いた。

ひと呼吸措いて、星野係長が切り出してくる。

「急にお呼び立てして、申し訳ない。大嵩係長からは、どのように聞いていますか」

首を傾げたいのは山々だが、ここは端的に答えておく。

「殺人容疑で勾留されている稲澤敏生の調べをやれ、としか聞いておりません」

また星野が頷く。

「ええ、こちらもそれしか申し上げていませんので……要するに、そういうことです」

どういうことだ。

黙っていても仕方ないので、こちらから訊いておく。

「もちろん、何かしら事情はおありなのでしょうが、なぜ公安部員である私が、刑事部の所掌である、殺人事件の捜査に参加しなければならないのでしょうか。しかも……被疑者の取調べだなんて」

星野が、くいっと顎を出す。

「稲澤敏生という名前に、聞き覚えは」

「あります」

「どういった関係で」

「大学の同期です。一時期は、バイト先が一緒だったこともあります」

「それ以外では」

当時の、プライベートに関することまで喋る必要はあるまい。

少なくとも、今この段階では。

「彼とは学部も違いましたし、サークルが一緒だったわけでもありません。大学の近くにあった、洋風居酒屋のバイトで知り合い、当時は親しくしていましたが、卒業後は、特に付き合いはありませんでした」

星野が浅く頷く。

「稲澤は、あなたが警視庁に入ったことは」

「知っています……知っている、はずです」

「あなたは、稲澤の職業を知っていますか」

むろん知っている。

「新卒で就職したのは、ヤマト電通だったと思います……その後に転職したのだとすれば、私には分かりかねますが」

ヤマト電通は国内有数の電子機器メーカーだ。オーディオ、パソコン、携帯電話、様々なＩＣ記録媒体からカード決済システムまで、白物家電以外はたいてい造っているのではないだろうか。

星野も、その辺までは承知しているようだ。

「稲澤は、今もヤマト電通の社員です。それも、インダストリアル……なんだったかな」

横から森垣が「インダストリアル・アプライアンス・グループです」と言い添える。

「そう、それの開発担当主任だそうです。ヤマト電通といったら、誰もが知る一流企業だ。大学を出てそんないいところに就職したエリートが、なんでまた、殺人事件なんて起こしたんでしょうね」

なんとも煮え切らない言い草だ。

「星野係長。稲澤は一体いつ、誰を殺したんですか」

ほんの数センチ、星野が首を傾げる。

「正確な死亡日時は分かりません。殺されたのは、ヤシロメグミ。この名前に聞き覚えは」

「いえ」

「ヤマト電通総務部によると、ヤシロメグミは六年前に中途で採用した、現在三十二歳の女性ということです。しかし今一つ、この女の素性がはっきりしませんでね。それに関しては、もちろんこちらでも調べますが、稲澤ですよ、問題は」

佐島が頷くと、星野は眉をひそめて続けた。

「ウチもね、やるだけはやったんです。この森垣だって、五日は粘った。だが、まるで口を割らない。とにかく、警視庁には佐島賢太という男がいるはずだ、彼となら話をしてもいい、取調官を交代してほしいと、その一点張りだ。調べてみたら、佐島さんは公安部員だ。もちろんね、稲澤に、あんたのいう佐島さんは公安部だから、なんてことは言ってませんよ。でも、佐島さんにあんたの調官はできないんだよ、部署が違うから、というのは説明しました。しかし、まるで納得しない。佐島なら話してもいい、そう繰り返すばかりで……ただね、こういう男は、根っからの嘘つきとは違う。ご学友のようですから、そんなことは分かってると言われるかもしれませんが、ただの嘘つきだったら、事件に関してだってデタラメを並べりゃいいんだ。だがそれはしない。とにかく佐島を呼んでくれと、呼んでくれたら話すからと」

なるほど。

「それで、ウチの部に話を回してきたと」

「お忙しいとは思いましたがね。幸い、なんとかなるとの返答が得られた……そういう、わけです」

上層部を通しての、正式な捜査協力要請とあらば、断わるのは難しい。

「分かりました。では事件の詳細を、お伺いできますか」

それに関しては、森垣警部補の担当らしい。

「はい。それでは、遺体発見、通報の経緯から……先月、九月二十七日火曜日、十四時七分。大崎一丁目及び東五反田二丁目付近の、目黒川、御成橋の四十メートルほど手前の水面に、女性と思しき死体が浮いているとの通報が地域住民からあり、大崎署員が臨場したところ、川底のコンクリートがやや浅くなった部分に、半ば打ち上げられた状態の死体を発見。この時点で死後三日から五日。つまり死亡したのは、九月二十三日前後、と見られています」

目黒川の幅は三十メートルほど。東京の世田谷、目黒、品川と流れて東京湾に注ぐ河川だ。

今よりもう少し気温が高かった九月下旬で、死後三日から五日とあっては、ある程度の腐敗は免れなかっただろうし、水嵩が少なくなって露出した川底に打ち上げられていたくらいだから、腕や顔といった露出部分の損壊は相当なものだったと推測できる。

簡単にいったら、まああの腐乱死体ということだ。

いつのまにか、星野係長がタバコを銜え、火を点けようとしていた。佐島の視線に気づいたのだろう。急に言い訳めいた苦笑いを浮かべる。

「……ここの署長は、今どきは珍しいくらいの愛煙家でね。この会議室だけは、署内でも喫煙可ということになっている。佐島さんも、よかったらどうぞ」

なるほど。確かに会議テーブルの端に、何枚かアルミの灰皿が用意されている。

「そうですか。じゃあのちほど、遠慮なく」

一つ頷いて、森垣が続ける。

「はい……ええ、行政解剖により、マル害（被害者）は川の水を飲んでおらず、つまり溺死ではなく、死後目黒川に遺棄された可能性が高いと判明。以後は司法解剖に切り替えて検死を進めたところ、死亡の原因はなんらかの行為による窒息と判明した……ここまでで、何かありますか」

佐島はかぶりを振り、何もないことを示した。

「はい……死体に所持品等はなく、発見当初は身元が判明しておりませんでしたが、ヤマト電通本社総務部より、インダストリアル・アプライアンス・グループ所属のヤシロメグミ……弓矢の『矢』、代々木の『ヨ』の『代』、愛情の『愛』に美しいで、矢代愛美、三十二歳が、二十三日金曜日から出社しておらず、連絡もとれなくなっているとして、二十八日水曜日、新宿署に行方不明者届を提出。発見時の服装や身体的特徴から、マル害が矢代愛美である可能性が浮上し、ヤマト電通の所属部署、及び住居にて採取した皮膚片等から抽出したＤＮＡと、死体のそれとを照合したところ、これが一致。マル害は矢代愛美であると断定した……これが、生前の矢代愛美です」

森垣が差し出してきたのは、社員証用であろう顔写真と、送別会か何かで撮った集合写真、社内報の取材でも受けたのだろうか、いかにも「仕事をしています」といった横顔と立ち姿の、計四種類だった。四枚とも非常によく撮れている。誰が見ても文句なしの美人だ。

「詳しい捜査過程は、また機会を設けてご報告いたしますが、特捜本部は、マル害の所属部署の上司である、稲澤敏生の住居が目黒区青葉台一丁目……死体発見現場から、目黒川を上流にさかのぼった区域にあることに着目。また稲澤の、九月二十二日夜、二十三日退社後、二十四日土曜日のアリバイがいずれもないことから、これの前足、後足を追跡……」

刑事のいう「前足・後足」は、犯人の犯行前後の行動を意味する。この段階では、まだ稲澤が犯人と決まったわけではないが、ニュアンスとしてはそういうことだ。

「捜査の過程で入手した防犯カメラ映像に、マル害と思しき女性と、三十代から四十代くらいの、稲澤と背恰好の近い男性が、路上で揉めている姿が映り込んでいたため、稲澤に直接事情聴取。同日、通常逮捕に踏み切った……ということです」

逮捕に踏み切った根拠がかなり弱いように感じたが、刑事捜査とは、こんなものなのだろうか。

佐島は、一応納得したふうに頷いておいた。

「で……私が今回すべきなのは、とりあえず稲澤の口を割らせるための、いわばきっかけ作りなのでしょうか。それとも、調書もきっちり取って、公判が維持できるレベルの供述を引き出すことなのでしょうか」

星野係長が小さく頷く。

「とりあえず喋るようにしてもらって、その後はまたご相談、といったところですかな」

公安も安く見られたものだ。

「でしたら、とりあえず立会人は付けず、私と稲澤の二人で、話をさせてもらえますか。むろん、録音や録画もなしで」

これは殺人事件の捜査だ。現行の刑事訴訟法に則れば、このような事案の取調べでは録音・録画が必須となる。佐島が訊きたいのは、つまりこれは正式な取調べなのかという、その一点だ。

さて。捜査一課はこれにどう答える。

2

同じ階にある第二取調室を使うことになった。

佐島が入室したとき、稲澤敏生はすでにデスクの向こうに着席していた。手錠は外され、腰縄でパイプ椅子に括り付けられた、被疑者としてはごく一般的な扱いだ。もう一人、監視役の捜査員が中にいたが、星野係長から話は聞いていたのだろう。佐島が目を合わせると、彼は一礼して調室を出ていった。

これで、稲澤と二人きりだ。

稲澤は、じっと佐島を見上げている。

「……ずいぶん、久し振りだな」

この調室は三畳あるかないか。右側と正面はコンクリートの壁だが、左側と佐島が背にしている通路側はただのパーティション、普通に話したら内容はほぼ丸聞こえになる。

左手でパイプ椅子を引き、佐島も座った。

細身で童顔の稲澤は、学生時代からモテ男だった。だがいま着ているのは、大崎署から借りたのであろう水色のジャージ。顎回りには、二日か三日分の無精ヒゲがある。

こんなみすぼらしい稲澤は見たことがない。

「変わらないなと、言いたいところだが……ちょっと、顔色がよくないな。ちゃんと、眠れてるか」

稲澤が微かに眉をひそめる。

「佐島……助けてくれ」

吐息と、口先だけで発した言葉。

佐島も同じトーンで話そうと思う。

「一体何があった」

「俺は矢代愛美を殺してなんていない」

「分かってる。だから、順序立てて話せ」

「何を。俺は殺してないのに」

「聞いてほしい話があるから俺を呼んだんだろう。それを話せ」

稲澤はしばし目を閉じ、息を整えてから口を開いた。

「……お前、矢代愛美の写真、見たか」

むろん死体のではなく、生前の、という意味だろう。

「ああ。四枚、見た」

「どう思った」

「どう、とは？」

「誰かに似てるとは思わなかったか」

森垣に見せられた四枚を思い浮かべる。

「誰かって」

「惚(とぼ)けんなよ」

「女優とかか」

「違う……アヤだよ。岸本(きしもと)綾に、似ているとは思わなかったか」

佐島ならそう思って当然、と稲澤は思うわけだ。

「……言われてみれば、似てる、かもしれないな」

「かもしれないじゃないだろ。六年前、俺のいるチームに彼女が配属されてきたとき、俺はほんと、心臓が止まるんじゃないかってくらい驚いたよ。まるで瓜二つだ。生き写しだった」

六年前だったら、矢代愛美は二十六歳。一方、佐島や稲澤が知っている当時の岸本綾は、二十一歳だ。

「そりゃ、お前が出会った当時はそうだったかもしれないが、俺が見た写真は、もっと最近の、たぶん三十過ぎてから撮ったものだ。綾とは歳が違い過ぎる」

「変だと思わないか」

殺人事件の被疑者として勾留されているのだから無理もないが、それにしても稲澤らしくない話しぶりだった。昔の稲澤は、こんなふうに話の順序を飛ばしたりはしなかった。

「……変？　何が」

「俺のところに、綾と瓜二つの女が配属されてきたんだぞ」

「ああ。すごい偶然だな」

「偶然じゃない」

「じゃあなんなんだよ」

「お前、俺が今、何を作ってるか知らないだろ」

また話を飛ばした。

「……ああ。何を作ってるんだ」

「ICカード乗車券の機能を持った、決済システムの世界標準規格だよ。簡単にいったら、そのICカードさえあれば、世界中のどこの自動改札でも自由に通れて、買い物をしてもタッチ一つで決済できる、そういうシステムだ。むろん、携帯電話にその機能を持たせることも考えている。専用アプリの開発も同時進行している」

目つきもだいぶおかしい。その壮大な夢に溺れているのか。あるいはすでに、留置による拘禁反応が現われているのか。

「それは確かに、便利そうだな」

「当たり前だ。これだけの観光客が毎年日本を訪れるんだ。その訪日外国人がだ、普段の、自国にいるのと同じ感覚で電車に乗れて、バスに乗れて、コンビニで買い物ができるようになるんだぞ。便利なんてものじゃない。世界の決済システムが一つになるんだ……むろん、簡単な話じゃないさ。日本国内のICカード乗車券を連絡、連結させるのにだって、とんでもない時間と労力がかかったんだ。それを今度は、世界でやろうっていうんだ。流通する通貨も違う、運賃システムも、その改定状況も違う。そもそも時刻表通りに電車が来ない国の方が多いんだから、キャンセルにだって迅速に対応できなければならない。それを、地球の裏側にいる不慣れな駅員が入力しても、問題なく決済システムに反映されなければならないんだ。俺たちは、そういうシステムを完成させようとしているんだ。それが、あともう一歩ってところまで来てるんだ」

そろそろ、話の軌道修正をした方がよさそうだ。

「その、壮大な決済システムの開発と、矢代愛美さんとは、どういう関係があるんだ」

「彼女は綾に瓜二つだった」

それはさっき聞いた。

「……ああ」

「お前、こういう話、聞いたことないか。日本の省庁の官僚が中国に出張に行くと、夜、泊まってるホテルの部屋に、いきなり女が訪ねてくる。たとえばその官僚が、酒の席とかで普段、好きな芸能人の話をするとき……仮にその官僚が、黒瀬倫子のファンだったとしよう。酒の席で……それはまだ、日本国内での話だぞ。そういう場で、好きな女性芸能人といえば黒瀬倫子かなと、そんなことを言ったとする。ところが、その官僚が中国出張に行くと、夜、頼んでもいないのに、女が部屋まで来るんだ。それも、黒瀬倫子にそっくりな……」

中国共産党が得意とするハニー・トラップの典型だ。

「たまに耳にするな。そういう話も」

稲澤が身を乗り出してくる。

「だろう? 俺は、それだと思うんだ」

「それ、というのは」

「お前、ニブいな。誰かが俺のことを探ってたんだよ。調べてたんだ。で、綾の情報にたどり着いたんだよ。掘り起こしたんだ。それで、綾にそっくりな女を見つけて、俺のところに送り込んできた。それが……矢代愛美だったんじゃないかと、俺は思うんだ」

少し、佐島は声のトーンを下げておく。

「稲澤……お前がさっき言ったのは、官僚の、中国出張中のハニー・トラップの話だよな」

「ああ」

「お前はずっと、日本国内にいたんじゃないのか」

「だから恐ろしいんじゃないか。もう中国のそういった工作は、中国国内だけに留まらず、日本国内でも展開されるようになってきてるってことだよ」

もっと落ち込んでいるのかと思ったが、予想より、だいぶ元気そうだ。

佐島と稲澤が通っていた武橋大学の最寄駅は、西武池袋線の桜台駅だった。周辺には少なからず飲食店が軒を連ねていたが、その賑わいは「繁華街」というほどのものではなく、だからこそ、貧乏学生が遊ぶのには手頃な街だった。

ダイニング・バー「ピグノーズ」は、大学からだと駅の向こう側、住宅街の中にある小ぢんまりとした店だった。

スタッフはオーナー店長と、バイトが日によって二人か三人。四人掛けのテーブルが四つ、カウンター席が五つという店だったので、厨房も入れてスタッフは三、四人で充分だった。

バイトはほとんどが武橋大学の学生だった。誰かが辞めるとなると、店長が必ず「後釜、誰かいない？」と訊くので、自然と友達や後輩に受け継がれていく、そういう流れができあがっていた。

他でもない、佐島自身がそうだった。

「佐島くん、ピグノーズのバイト、やらない？」

同じサークルの先輩女子に言われ、ちょうど金欠だったこともあり、佐島は「やります」と即答で引き受けた。

その店に、先にバイトで入っていたのが稲澤だった。

「工学部の、稲澤です」

男なのに可愛い顔をしてるな、というのが佐島の当時の印象だった。髪が長く、前髪をサラサラと垂らしていたので、余計そんなふうに思ったのかもしれない。

「政治経済の、佐島です。よろしくお願いします……稲澤くんて、確か二年だよね。一緒だよね」

「え……何かで、一緒になったことあったっけ」

「前に、学食で守屋と喋ってるの、見たことあったから。テニス部で政経の、守屋葵」

「ああ、俺も、前はテニス部だったから……もう辞めちゃったけど」

所属サークルのない稲澤は、とにかくよくバイトに入っていた。佐島が入る日はいつもいる。オフの日に、サークルの友達を連れて飲みにいっても、やはりいる。

「稲澤。お前ここんとこ、ほぼ毎日入ってんじゃないの？」

「今週は、週六」

「完全に社員じゃねえか」

「水曜は、店長休みだったから。俺が臨時店長で、レジも最後、俺が締めて、売上預かって帰った」

「へえ」

営業終了後、片づけや清掃を終えてから、スタッフだけで飲むこともあった。そんなとき、佐島はビールやレモンサワー、瓶入りのカクテルがせいぜいだったが、稲澤はいつもウイスキーをロックで飲んでいた。二十歳かそこらの学生にしては、かなり酒に強かった。

「……じゃ、お疲れ。乾杯」

「お疲れさまです。いただきます」

店長は、バイトメンバーを下の名前で呼んでいた。

「敏生は卒業したら、そのまま武橋の大学院に進むのか」

ツマミは、店長が肉を焼いたりしてくれることもあったが、たいていは柿の種やポップコーンといった乾きものだった。

当時の稲澤はタバコを吸っていた。店のマッチで火を点け、煙たそうに目を細めていたのを覚えている。

「……いえ、他所を受けるかもしれないです。俺のやってる分野、ちょっと、武橋だと弱いんで」

それってどんな分野、と訊けば、稲澤も説明はしてくれた。だが店長も佐島も理解はできなかった。それがなんの役に立つ研究なのか、想像することすら難しかった。

店長も、もう少し分かりやすい話が聞きたかったのだろう。

次は佐島の番だった。

「賢太は。将来、なんになるんだよ」

できることなら、佐島だって将来の明確なビジョンを語りたかった。とりあえず就職して、何年かしたらベンチャーを立ち上げて、とか。留学して二十代のうちにＭＢＡを取得して、とか。

だが、実際には何もなかった。

「なんになるんすかね。就活して、どこも採用してくんなかったら、店長、ここで使ってくださいよ」

大学卒業まで、同じような会話は何度となく交わした。ああ雇ってやるよ、と言われることもあれば、冗談じゃねえよ、と小突かれることもあった。

将来なんて、何も見えていなかった。

夢もなかったし、これだけは譲れないという拘りもなかった。

まさか自分が、警察官になるなんて考えてもいなかった。

ただ、高校一年までは柔道をやっていたので、選択肢として全くのゼロではなかった、ような気もする。十五の冬に左後十字靱帯の完全断裂をやってしまい、そのまま復帰できなかっただけなので、柔道そのものが嫌になったわけではなかった。初段は持っていたので、いつか役に立つかもしれない、くらいには思っていた。柔剣道の有段者が警察の採用試験で有利なのは、佐島も知っていた。

だが、その程度だった。

同じ大学の、同じ学年で、同い年。

それなのに明確な「差」を、稲澤との間には感じていた。

自分は一体、何者なのだろう。

ちょうど、そんなふうに考えていた頃だ。

ピグノーズのバイトに、岸本綾が入ってきたのは。

殺人事件の被疑者でも、調室では手錠を外される。

よほど気になるのか、稲澤はしきりに無精ヒゲの生えた顎を撫で回していた。

「矢代愛美が、どういう手を使って俺のいる開発チームに入ってきたのかは、俺にも分からない」

警視庁であれば、警部以上の人事は警務部人事第一課、警部補以下は人事第二課の所掌になるが、むろんそれは、一般企業には当てはまらない。

「矢代愛美が、人事部に何かしら働きかけたんじゃないかと、疑ってるのか」

「ウチの場合、正確には『人事総務部』だがな……俺はむしろ、逆だと思ってる。彼女が望んだというよりは、彼女を俺の下に入れようという、何者かの意思が働いた。そう考えた方が自然だ」

「人事総務部に、中国のスパイが入り込んでるってことか」

「あり得ない話じゃない。それこそ好みの女を抱かせて、証拠写真でも撮ってチラつかせれば、あの手の事務屋を手懐けるなんてワケないだろう、連中にしてみたら」

それは、その通りだ。

「可能性としては、むろんあり得る。だがいま重要なのは証拠だ。そう考え得る根拠だ」

稲澤は鼻で嗤った。

「証拠なんてないさ。俺はただの技術屋だ。人事のカラクリになんて興味を持ったことはないし、お前みたいに刑事でもないんだから、周りで起こることに一々証拠だ、根拠だなんて考えない。俺たちに重要なのは、データの蓄積と解析、失敗の原因究明、それと、課題の克服だ。チームのメンバーを疑うなんて……それまでは一度もなかった」

佐島は「刑事」ではないが、ここは頷いておく。

「でも、矢代愛美に関しては、怪しいと感じるものがあったんだよな?」

「俺だって、最初から疑ってたわけじゃない。そりゃ、綾に似てるってだけで、死ぬほど驚いたさ。五つか六つ年下の従妹とか、そういう可能性もあるんじゃないかと思って、歓迎会とか、その後も食事にいったときとかに、訊いてみたりしたよ。出身は、家族は、親戚は、って……あんまりいっぺんに訊いたら、こっちが怪しまれるからな。少しずつ、世間話に織り交ぜて……でもどうも、接点はなさそうだった。綾とは赤の他人と、判断せざるを得なかった」

繋がりがあった方が、稲澤は安心できたのだろうか。あったらあったで、気味が悪かったのではないか。

「なるほど……他の捜査員から、彼女は六年前に中途で採用されたらしいと聞いたが、実際どうだった。彼女は優秀だったのか」

稲澤が頷く。

「普通に頭はよかった。独自の発想をしたり、何かを強く主張したりするタイプではなかったが、言われたことはちゃんとできる子だった。優秀なアシスタントでは、あったと思う」

それはそうだろう。容姿がいいだけで頭の中が空っぽだったら、ヤマト電通の社員も中国のスパイも務まらない。

「でも何か、彼女を疑うようなきっかけが、あったわけだろ」

稲澤が首を捻る。

「最初は、なんだったろう……食事に出たりすると、よく俺の隣にくる子だな、とは思ってた。俺のチームは全部で十一人。リーダーが一人、その下に俺と、もう一人主任がいて、あとの八人がヒラ研究員。もう一人の主任と、ヒラの中の三人が女性。矢代愛美も含めてね。だから十一人のうち、女性は四人だった」

約三分の一が女性という集団が円形に座った場合、男性の隣に女性が来る確率は最大百パーセントだ。女、男、男、というのを繰り返していけば、男全員の隣に誰かしら女性は来る。それが矢代愛美だったか、違う女性だったかは、また別の確率論になるが。

「お前、昔からモテたからな」

「そういう話をしてるんじゃない」

「でも、そういうことだろう」

稲澤が眉間に皺を寄せる。

「……酒が入ると、こう、膝を触ったり、してくる子だった。それが俺に対してだけなのか、誰に対してもそうなのかまでは、俺には分からない。でも、酔ってよろけて、抱きつかれるというか、こっちが支えたりすると……まあ、妙な気分になったりすることが、全くなかったかと言われれば、そりゃ、多少はあったさ」

男なら誰しも。

「結局、寝たのか。矢代愛美とは」

「ふざけるな。寝てないよ」

「独身なんだから、別にそういうことがあったって、かまわんだろう」

稲澤が、片方だけ眉をひそめる。

「……独身だって、俺、言ったか？」

面倒な男だ。

「担当の取調官から聞いたんだよ。当たり前だろう」

「独身なら、なんで矢代愛美と寝ると思うんだ」

「気に障ったのなら謝る。でもそんなに怒るほどのことか？　昔の恋人に似た女が所属部署に配属されてきた。彼女もお前のことを憎からず思っている。ボディタッチもしてくる。それが弾みだろうと本気だろうと、二人がそういう関係になることに、特に支障もなければ違和感もないだろう。お前が三十……九か」

「まだ八だ」

「三十八で、彼女が三十二。歳の釣り合いだってとれてる。そんなに、ムキになって怒るほどのことじゃないだろう」

一つ溜め息をつき、稲澤は首を垂れた。

「……ウチの会社の近くに、ちょっと綺麗めの公園があってね。明かりが多めに点いてるんで、夜、そこを通って帰る女の子は多かったと思う。少し遠回りになるんで、男はあまり使わなかったのかもしれないが……たまたま、気分だよな。俺もそこを通って、帰ったことがあった……一人でだぜ。お前が期待してるみたいに、矢代愛美と腕を組んで歩いてたわけじゃない」

それには頷いてみせる。

「俺は別に、そんなことは期待してない」

「それもたまたまだけど、彼女もその夜、一人でその公園を通って帰ってたんだ。でも、誰かから電話がかかってきたんだろう。植え込みに入って、ヤマモモ、だったかな、大きな樹に凭れるようにして、ケータイで話してた……見えたのは後ろ姿だったが、彼女、派手な花柄のワンピースを着ててね。見覚えがあったんで、話の邪魔をするつもりはなかったが、彼女が気づいてこっちを向いたら、お疲れさま、くらいの声はかけようと思って、それくらいの距離に近づいてはいたんだ。そうしたら……」

また稲澤が、机に身を乗り出してくる。

「聞こえてきたのは、中国語だった。彼女、中国語で誰かと喋ってたんだ」

スパイにしては迂闊過ぎる。

「でも、中途とはいえ、おたくみたいな大企業に正式採用されるくらいだから、外国語くらいできたって不思議はないだろう」

「俺だってそう思ったさ。そう思いたかったさ。だから何日かしてから訊いたんだ。矢代さん、中国語喋れるんだね、って。そうしたら、違うって。出身が山口だから、あっちのキツめの方言は、響きが中国語に似てるんだ、って。あのときは、田舎の親戚と話してたんだって……ますます、気になってきてね。人事総務部にいる後輩を捕まえて、矢代愛美の履歴書を出させたんだ。そうしたら」

さっきよりも、深く息を吐き出す。

「……出身は、東京都ってなってた。特技の欄に『中国語』もなかった。陰では中国語を話す、綾と瓜二つの女が、俺のいるチームにもぐり込んできてたんだぞ。どう考えたって怪しいだろ」

佐島は、少し強めに稲澤の目を覗いた。

「矢代愛美が、中国のスパイだったとして、だ。じゃあ、その狙いはなんだったんだ」

それには、稲澤はかぶりを振った。

「分からない……ただ、いま開発してる決済システムの世界標準規格、これのメインプログラムが盗まれたら、大変なことになる。それは間違いない。決済システムは電子マネーと表裏一体だ。ドル建てだろうと、ユーロ建てだろうと円建てだろうと、クレジット会社を通さずに決済するんだから、それ自体がある意味、基軸通貨と同様の役割を担うことになる。ここに、絶対に入ってこられないのが、中国の、デジタル人民元だ。なぜなら、通貨としての信頼性がゼロだからだ。だからこそ、中国はこのメインプログラムを欲しがる。仕組みを知りたがる。盗みたがる……そういうことは、充分考えられる」

決済システム、そのものを盗む、か。

3

雨の日だった。時間は、確か夕方の四時半くらい。

佐島は厨房の奥にある更衣室から出てきて、ごく普通に、店の出入り口に目を向けた。

枠が太めの、格子ガラスのドア。

その外に人影があった。細身の、わりと背の高い女性だ。

差してきた傘を丸め、ドア脇の傘立てに差し込む。

客だと思った。時間的には、酒や食事、というよりは喫茶。今日は少し寒いから、ココアかミルクティーを飲みながら、お気に入りの作家の文庫本でも読もう。そんなタイプだろうと予測した。

珍しく、店長が客を迎えに出た。

「……岸本さん？」

「あ、はい」

「雨になっちゃって、却って申し訳なかったね」

「いえ、大丈夫です。よろしくお願いします」

客ではなかった。バイトの面接だった。

その頃のバイトスタッフは、佐島と稲澤の他に男が二人、女が一人。誰かが辞めるという話は聞いていなかったが、佐島が知らなかっただけかもしれない。見れば、面接に来た女性も二十歳前後。見覚えのない顔だが、おそらく武橋大学の学生なのだろう。

店長は彼女を窓際のテーブル席に案内した。この店に事務所のような別室はない。佐島が面接を受けたのも同じテーブルだった。

日本人形みたいな顔をした娘だった。白地に細い筆で描いたような眉、目、唇。それでいて、どこか柔らかい。

そこに、肩に載った雨水を払いながら稲澤が入ってきた。この店にも一応は裏口があるが、店を開けるときと閉めるときと、配達の食材を受け取る以外ではあまり使わない。スタッフも表から出入りする方が普通だった。

店長が手招きする。

「敏生、ちょっと」

「……はい」

稲澤がお辞儀しながら近づいていく。

「今日から入ってもらう、岸本さん。岸本、綾さん」

「岸本です。よろしくお願いいたします」

立ち上がった彼女に、稲澤も頭を下げ返す。

「どうも、稲澤です」

「敏生。メニューの説明とさ、レジ、教えてあげて。あと、カードでの支払いは……」

「それは、俺か佐島でいいんじゃないですか。しばらくは」

「そう、だな。じゃあとりあえず、メニューとレジ。俺ほら、八時から津村さんの、予約の準備があるから」

「分かりました」

これまでもそうだったが、新入りの教育係はもっぱら稲澤の役目だった。

店長の言ったメニューとレジだけでなく、下げてきた皿はどこに置くのか、どうやって洗い、どこに収めるのか。ソフトドリンクはどのグラスを使うのか、ビール以外のアルコールはどうやって出すのか、カクテルだったら誰に作ってもらうのか――。

一日で全部覚えられるわけもないので、稲澤は毎回一つか二つのテーマを、丁寧に教え込んでいった。この頃も稲澤は週五、週六で入っていたので、そういった面でも教育係には持って来いだった。

岸本綾は誰かの後任というのではなく、当時唯一の女性スタッフだった浅野千尋の紹介で入ってきた、純粋な増員だった。浅野千尋とはサークルが一緒で、学年は佐島たちの一つ下ということだった。

顔見知りになると、不思議と学内でも見かけるようになる。分かるかな、と思って佐島が手を挙げると、綾もよく手を振り返してくれた。

ときには、小走りでこっちまで来た。

「ちょっと佐島さん、待って」

綾の隣には、いつも同じ英文科の持田園美という子がいた。

「ああ……なに」

「佐島さん、午後は？」

「いや、別に」

「じゃ、ピグノーズでお昼食べません？」

ちなみに、ランチには近所のオバサンが二人くらい、バイトで入っていた。

「え……あそこはちょっと、昼飯には遠いだろ」

「でも、午後は授業ないんでしょ？　行きましょうよ」

それが綾の目論見だったのかどうかは分からない。だが結果として、持田園美は以後ピグノーズの常連客となり、店長や稲澤とも打ち解け、ときには閉店後の飲みに加わることもあった。

「賢太、綾ちゃん、じゃあ俺、帰るから」

「お疲れさまでした」

「敏生、最後カギ、頼むな……じゃあ持田さん、お先に。あんまり飲み過ぎないように」

「はい、お疲れさまでした」

「お疲れっしたァ」

佐島と稲澤。綾と、園美。

キャンドルに火を灯したテーブル。

別に、何って話があるわけではなかった。大学内の話ももちろんしたが、それよりも一般論と個人的見解の中間くらいの恋愛観や、少し背伸びをして人生観みたいなものを、取り止めもなく語り合うことが多かった。

稲澤は、野心家だった。あの当時すでに、テレビと新聞と銀行はいずれなくなると予言していた。生き残るのは通信だ、自分はそこに進むと言っていた。

綾は、夢想家だった。常春の国で暮らしたいと言い、三十五歳までに移住に必要な資金を貯めるという目標を持っていた。園美が「そんな国あるの？」と訊くと、「ちゃんと南米にあるよ」と綾は答えた。稲澤の「移住して、向こうでどうやって食ってくの」という問いには、「なんとかなるでしょ」と笑ってみせるだけだった。

園美は、堅実家だった。普通に就職して、普通に結婚できればいいけど、できなくても一人で食べていけるくらいの何かは身に付けたい。要約すると、そんな将来設計だった。綾に「つまんない」と言われても、「面白くても、飢え死にしたら意味ないでしょ」と口を尖らせていた。

佐島は、どうだったろう。

努力家、好事家、革命家、謀略家、格闘家、投資家。

まだ、何者にもなれそうになかった。

稲澤が、見違えるくらい明るくなった。

単純に笑顔が増えた。

理由は、聞かなくても分かっていた。

「……綾と、付き合ってるんだ」

バイト中の様子からも、学内で見かける二人の雰囲気からも、それは察することができた。

「だろうと思ってたよ」

「そうか……」

稲澤はおそらく、佐島の気持ちを知っていた。佐島の、綾に対する気持ちを察していた。だから、探りを入れられる前に白状したのだろう。

佐島も何回か遊びにいったことのある、あの部屋で綾は、稲澤に抱かれている――。

負け惜しみ。悔し紛れ。間に合わせ。

周りがどう見るかは、あまり考えていなかった。

佐島は園美を自分の部屋に誘い、抱いた。悪くはなかったが、さして好くもなかった。

ただ、惨めさは多少和らいだ。それは、佐島にとっては必要なことだった。

閉店後に残って飲む機会は、すっかりなくなった。二人が付き合い始めた、というのだけが理由ではなかった。稲澤が自動二輪の免許を取り、店にもバイクで来るので、飲んで帰れなくなったのだ。

後ろに綾を乗せて帰るなら、なおさらだ。

「じゃ、お疲れ」

「おう、気をつけろよ」

「佐島くん、お疲れさま」

「ああ、お疲れ」

二つ先の角を曲がり、テールランプが見えなくなると、よく店長が声をかけてきた。

「一杯やってくか、賢太」

「いえ……自分も、帰ります」

「そうか」

苦い酒を無理して飲んで、これ以上、自分を見失いたくなかった。

それでなくても、園美とはきちんと向き合えていなかった。

アパートに帰ると、園美がドアの前で待っていた。

「賢太くん」

「……なんだよ。なんで来たんだよ」

「電話、出なかったし。メッセージも」

「ちょっと、忙しかったんだよ」

そう佐島が言えば、園美は大人しく頷いた。

「分かった……じゃあ、私、帰るね」

「待てよ。もう、終電ないだろ」

「大丈夫。平和台まで有楽町線で行って、あと……歩くから」

「どんだけかかんだよ、家まで」

「分かんない……一時間、半くらいかな」

「いいよ。泊まってけよ」

こんなものだろう、と思っていた。

男と女なんて、こんなものだろうと。

決して背伸びをしているとは思わなかったが、でもやはり、分かった気になっていただけだと、あとになったら思う。

こんなもの、ではない男女も、身近にいたのに。

互いを尊重し合い、認め合えば、違う空を見ていても、寄り添うことはできる、そういう関係だってあると、教えてくれていたのに。

稲澤と、綾は――。

だからこそ、赦せなかったのかもしれない。

佐島たちが三年、綾が二年だった年の、十一月二十五日、木曜日の深夜だ。

そのときも雨が降っていたという。

稲澤はいつものように綾を後ろに乗せ、交差点で停止していた。その後ろから、猛スピードでスポーツカーが追突してきた。稲澤は弾き飛ばされ、歩道の植え込みに放り込まれただけで済んだが、綾は前方に投げ出され、交差点に進入してきたワンボックスカーの下敷きになった。即死だった。事故の原因はスポーツカーを運転していた青年の脇見運転と、雨によるタイヤのスリップだったという。

佐島が稲澤と再会したのは、事故の十日後だった。

夕方の五時頃。ふらりと現われた稲澤を、佐島は無言で殴りつけた。止めに入った店長を払い除け、客用の椅子を投げて窓ガラスを割った。最後は馬乗りになり、人相が変わるまで稲澤を殴りつけた。不幸中の幸いというべきは、そのとき店内にいた客に怪我がなかったことだ。佐島はそんな配慮や手加減などしていないから、それは幸運以外の何物でもない。

通報したのは浅野千尋だった。稲澤は再び病院に運ばれ、佐島は警察に逮捕された。だが警察の事情聴取に対し、稲澤は「転んで怪我をした」「事故直後でもともと傷だらけだった」と説明したらしい。また店長も被害届の提出を拒否。当初は見たままを供述していた浅野千尋も、途中から「殴るところをはっきり見たわけではないし、よく覚えていない」と、供述内容を訂正したという。

綾が死に、稲澤はピグノーズを去り、佐島も窓と椅子の修理代分だけ働いて、店長に辞意を伝えた。

佐島に残ったのは、園美だけだった。

暴力事件を起こした人間が、警察の採用試験に通るものだろうか。

結果からすると「通る」ということになる。

警視庁採用センターが、佐島の起こした傷害事件に関する情報を持っていなかったとは考えづらい。ということは、そうと分かった上で採用したということだ。

実際に警察官になってみると、それもあるかも、と思えてくる。

交番勤務だろうと交通違反の取締りだろうと、警察業務は常に危険と隣合わせだ。拳銃を奪いにくる暴漢、違反を指摘すると急に暴れ出す一般市民、暴走族、暴力団員。そんな連中と対峙したとき、言い方は悪いが、喧嘩の一つもできないようなお坊ちゃん、お嬢ちゃんでは、警察業務は全うできない。そんなことは警視庁の採用案内にはひと言も書いてないが、実際の現場ではその手の「胆力」が必要とされる。それも、常にだ。

望むところだった。

佐島は当時、自分を虐めてくれるところだったらどこでもよかった。自衛隊でもマグロ漁船でも、とにかく「キツい」といわれている仕事がしたかった。そんな中でたまたま、最初に受けた警視庁の採用試験に合格したという、それだけのことだ。

あとはガムシャラに働くだけだった。

正式に採用されたら、まずは交番勤務だ。四交替制の第二当番、いわゆる夜勤で「いいから寝ろ」と先輩に言われても、佐島は絶対に寝なかった。書類作成も、昇任試験の勉強も、無灯火自転車の追跡も、とにかくいつも全力だった。

さすがに、上司には心配された。

「佐島。お前さ、もう少しペースを考えろよ」

「いえ、自分は大丈夫です」

「いやいや、見てるこっちがヒヤヒヤするんだよ。っていうか、目が血走ってて怖いんだよ」

「お言葉ですが係長、自分の目は血走ってなどおりません」

「あのさ、誰か、いい人とかいないの?」

「いい人とは、どういう意味でしょうか」

「付き合ってる女とか、いないのか、って意味だよ」

「いたら、どうしたらいいでしょうか」

「え、いるの? いるんだったら、所帯持てよ。その方が、お前みたいな無鉄砲なのは

……」

「分かりました。今週中に婚姻届を提出いたします」

宣言通り、佐島はその週末に婚姻届を居住地区の区役所に提出した。むろん相手は持田園美だ。急ではあったが、園美もそれで不服はないようだった。そもそも、堅実家の園美が公務員との結婚に不服を言うわけがない。

ただ結婚しても、佐島は何一つ変えるつもりはなかった。この調子でやっていけば、いずれ希望を出している機動隊に配属されるだろう。そうしたら、もっとキツい仕事にありつけるだろう。ひょっとしたら特殊部隊、SAT入隊という可能性もなくはない。それも望むところだ。バスジャックでもハイジャックでも、どんな現場にでも突入してやる。

だが、次の配置換えで佐島が異動したのは、警備課公安係だった。広義でいえば、機動隊とは同じ「警備部門」になるが、やはり公安は別物だ。簡単にいったら、暴動を鎮圧するのが機動隊で、暴動を起こしそうな連中の情報を集めるのが公安だ。

いや、いい。公安でもどこでも、死ぬほど働いてやる。

もともと睡眠時間は短くて平気な体質だった。マル対（対象者）の二十四時間行動確認など得意中の得意だ。何かの資料を入手したら、どんなに大量でも一気に読破した。それをレポートにしろと言われたら百分の一にも、千分の一にも縮めて書き上げた。その仕事にどんな意味があるのかなど、一度として考えたことはなかった。公安係員はただ、命じられた対象を監視し、情報をとり、それを報告すればいい。細大漏らさず、見たまま聞いたままを伝えればいい。

一年もしないうちに、佐島は警視庁本部の公安部に異動になった。そのときは第一課第五係。いわゆる革マル派、中核派、革労協といった極左暴力集団の担当だ。あの手の極左がテロを起こさないよう監視、取締るのが主な任務だった。だが二年半で巡査部長試験に合格してしまったので、昇任異動で所轄署に出ることになった。だから、巡査長での本部勤務は二年半で終わりだった。

しかしその後、一年半でまた本部に戻された。再びの公安部だったが、今度は外事二課アジア第二係だった。

ここでの主な捜査対象は中華人民共和国からの入国者、在日中国人、および外交関係者だ。彼らが日々、日本国内でどのような行動、生活をし、誰と会い、何を持ち込んで何を持ち出すのか、そういったことを監視、可能ならば摘発、逮捕するのが任務だ。仮に逮捕まではできなくても、国外退去させられれば、まずまず成功と言っていい。

当時はとにかく、与党民自党の議員と、中央省庁の官僚に対する中国共産党からの工作に目を光らせていた。特に「外国人土地法」の積極的運用を訴える議員への工作が目立ち、これへの対処に追われていた。

日本側からすれば、安全保障上重要な意味を持つ土地は、外国人には売らないようにしようという、ごく当たり前の話だ。

中国人が自衛隊基地の近くや原発施設の周りに土地を持っていたら、有事の際、何をされるか分かったものではない。自衛隊による、まさに「自衛の措置」を妨害されるかもしれないし、原子炉そのものを破壊されるかもしれない。そんなことをされたら、ミサイルを撃たれるまでもなく日本列島は放射能漬けにされてしまう。

だから、そのような土地は外国人には売らない。

当然、中国はこれに反発した。

そんなことを言う議員は、金を摑ませて懐柔するか、女を抱かせて取り込むか、ネタを摑んで強請って黙らせればいい――それが中国共産党のやり方であり、これへのカウンター・インテリジェンスの一端を担うのが、警視庁公安部外事二課というわけだ。

議員に直接、耳打ちすることもあった。

「……阿藤さん。もう、あのクラブには行かないでください」

「なんだ、お前は」

「警視庁公安部です。あそこ、中国の工作員の巣窟ですよ。今ならまだ間に合います。もう二度と、あの清田という男の誘いには乗らないでください」

「し、失敬だな、キサマ」

「忠告は、しましたからね……では」

側近にそれとなく伝える場合もあれば、派閥の幹部に、党役員に、最終的には、内閣総理大臣のお耳に入れなければならない場合もあった。

もう、世の中の見方が完全に変わっていた。日本という国の縮図が目の前にあり、そこに中国のどす黒い手が何百本も伸びてきている。それが、まさに手に取るように分かった。

だが、物事を俯瞰し過ぎるのも、実はあまり褒められたことではない。「木を見て森を見ず」の反対で、森ばかり見ていると、足元の草花や、木の根っこには注意が行き届かなくなる。

そうなると、人は簡単に躓(つまず)くし、簡単に転ぶ。

佐島がまさにそうだった。

まさか目の前に、あの岸本綾と瓜二つの女が現われるなんて、思ってもみなかった。

徐若晴(シュルオチン)。

それを、運命の出会いだと思い込まされてしまった。

4

無精ヒゲの稲澤が目を血走らせ、机に身を乗り出してくる。

「綾と瓜二つの女が、俺のいる部署に配属されてくるなんて、誰かが仕組まなきゃあるわけないんだよ。そもそも、彼女が中国のスパイだったとして、俺のチームが開発した……メインプログラムか何かは分かんないけど、盗み出すのが目的だったとして、じゃあ誰が、あの矢代愛美をその役に抜擢したんだ？」

少し、興奮させ過ぎたようだ。

「……誰だと、お前は、思うんだ」

「分かんないよ。でも、俺が綾と付き合ってたことを知ってる人間なんて、そんなに多くはいないぜ」

一つ、頷いておく。

「まあ……な」

「お前と、園美ちゃん。それと、浅野千尋」

「あとは、ピグノーズの店長の……」

「張本(はりもと)さんか」

さすがに、稲澤もその名前は覚えていたか。

「そう、張本さん……でもそれを言ったら、例の事故を起こした相手だって、お前と綾の関係は知ってたわけだし、こっち側じゃなくて、綾の知り合いも含めたら、けっこうな人数が二人の関係を知ってた可能性はあるぜ」

稲澤が、それだ、とでも言いたげに頷く。

「綾の側の知り合いっていったら、誰をさて措いても園美ちゃんだ。お前、園美ちゃんとは別れてないよな？」

「ああ、別れてない。家にいるよ、今も……たぶん」

「じゃあ、園美ちゃんに訊いてみてくれよ。それで、連絡とれる人とかさ、ピックアップしてもらって……」

安易な否定はしたくないが。

「しかし、園美の知り合いで、かつお前と綾が付き合ってたことを覚えている人間が……お前の、決済システムの世界標準規格か、そういうのの重要性を知って、その上で、それを奪うために、綾に瓜二つの矢代愛美を送り込んできた……って、そういうことか？」

「回りくど過ぎるか」

「かなり、考えづらいな」

「やっぱり……そうだよな」

それは、さすがにない。

どんなに恋い焦がれても、相手が死んでしまったらお終いだ。

その点、園美は生きている。現在も存在している。

不都合は何もなかった。関係は円満だったし、子宝にも恵まれ、佐島は一女の父となった。

対して稲澤は綾と付き合ったが、結果として彼女を失い、今も独り身でいる。この差は決して小さくなどない。歪んでいようが濁っていようが、佐島はこの優越感を手放す気はなかった。

だが、そんな佐島の前に現われたのが、徐若晴だった。

稲澤の言い草ではないが、確かに心臓が止まるかと思うほど驚いた。まさに、あの岸本綾が時空を超え、目の前に舞い降りたかのようだった。

出会いは、あとから思えばありきたりな三文芝居だった。

佐島はその男を、情報提供者として完全に取り込んだと思い込んでいた。いわゆる「半グレ」で、中国から覚醒剤やケタミンを密輸していた在日中国人三世だ。ケタミンは、日本では法律で規制されているれっきとした麻薬だ。

男から情報を引き出すだけ引き出したら、佐島がレポートを書いて上に報告する。その後は上の判断で、この線ならおそらく組織犯罪対策部に丸投げされるだろう。その程度に考えていた。

だが、密会場所として使っていた錦糸町のホテルの部屋に、男が女を連れ込んでいた。それが徐若晴だった。何度か殴られたらしく、目尻に内出血が見られた。唇の端は切れ、血が出ていた。

綾？　いや、そんな馬鹿な。

佐島は、その想いを封じ込めるのに必死だった。

「……なんなんだ、その女は」

男はカーペットに唾を吐いた。

「天洲会の平岩が、金はねえってケツ捲りやがってよ。フザケんなって言ったら、じゃあこの女持ってけって……そんな、いきなり女渡されたって、困るんだよな。知り合いんとこは、十五万なら買ってやるっていうけど、それじゃ全然合わねえんだって、こっちは」

やめろ、よせ。そんな与太話は聞くな。乗るな。

「……いくらだ」

「は？」

やめるんだ。

「いくらあれば、その女を手放す」

「え、なに、佐島さん、本気？」

違う。

「それは……額による」

「マジで？　この女、しぶてーぜ、けっこう。どうせならと思って、さっき一発ブチ込んでやろうと思ったのによ、ぜってー股開かねえの。すんげー脚つえーの。笑っちったよ」

即金で支払ったわけではないが、結果的には佐島が、その女を請け出す恰好になった。

金額の折り合いが付き、そもそもの用件を済ませると、

「……そんじゃ、ごゆっくり」

あっさりと、男は部屋から出ていった。

佐島は、窓辺に立ったまま動かない女に目を向けた。

「どこでも、好きなところ行けよ。もう、あんな連中に捕まるんじゃないぞ……じゃ、俺も行くから」

ホテルを出て、明治通りを歩き始めても、振り返ると女はいた。

「おい、どっか行けよ」

交差点を二つ、三つ過ぎても、後ろを向くと、まだいる。

パン屑をもらった野良猫か。

「……なあ、家くらいあるんだろ」

「まさか、喋れないわけじゃないよな。声は、出るんだよな」

「おい、なんとか言えよ」

女はかぶりを振った。

凍えた頬を、涙が切り裂く。

「私には、もう……何もないから」

綾――。

深い穴に落ちていく感覚は、あった。もがけばもがくほど、黒くて重たいものが体に纏わりついてきた。

そうと分かっていても、佐島は溺れようとした。

綾と同じ顔を持つ女の、その白い体を自由にすることで、何かが取り戻せるような、そんな気がしたのだ。

だが、何かを一つ取り戻したら、また一つ、別のものを失うように、世の中はできている。

綾の顔を持つ女との関係を、園美に知られるなど、絶対にあってはならなかった。家庭がある。そういう、形あるものを自分は手にしている。稲澤が持ち得なかったものを、自分は現実に持っている。その上いまは、綾の身代わりまで手の内にある。どちらも失いたくない。どちらも失うわけにはいかない。

仕方なかったのだ。

佐島は自ら進んで「中国の犬」になった。

「民自党、外交部会長の、棚橋小五郎の長男。大麻所持で原宿署にパクられて……親父、だいぶ金使って出したみたいだな」

「楊張李はもう、東京からは出国できない。名古屋、大阪も、たぶん間に合わない。急いで北海道に行け。千歳からなら、まだ出られるはずだ」

徐若晴は、八歳のとき初めて日本に来て、以後は往ったり来たりを繰り返していると言った。なので、日本語は全く問題なかった。中国人的な訛りは、ほぼほぼ感じられなかった。

「なぜ、俺に近づいた」

返ってくる答えは、その時々で違った。

「たぶん、日本の公安部で目立ってる人の中で、あなたの過去が一番、簡単に割れたからだと思う」

「過去が、割れた？」

「あなたと岸本綾の関係を教えてくれたのは、張本宗男。あの、ピグノーズのマスター。もう、二年も前に亡くなったけどね」

張本が死んだことは、それまで知らなかった。

「店長、なんて言ってた」

「さあ。私が聞いたわけじゃないから」

「でも、知ってるんだろ」

「大体はね……もう一人のバイト仲間と彼女を取り合って、でもあなたはフラレた。その後、彼女が事故死したあとで、そのカレシだったバイト仲間を、半殺しにした……とかね」

徐若晴は「素敵なラブストーリーね」と付け加えた。

当初は、警視庁公安部の内部情報目当てで佐島を取り込み、その後、稲澤の存在に気づいて彼も取り込もうと計画を修正したのか。あるいは、最初から稲澤を取り込むために、佐島に徐若晴を差し向けたのか。その辺りの詳細は、佐島には分からない。

ただ、耐えてくれ、とは思っていた。

佐島自身は徐若晴の誘惑に負けたが、稲澤には負けないでほしかった。身勝手は百も承知だが、これ以上自分の罪を重くしたくはなかった。

徐若晴とは、その後もときどき会っていた。

「あなたと違って、稲澤は簡単には落ちないわ。最初こそ、私の顔を見て驚いていたけど、あとは全然。あなたみたいに、幻でもいいから綾を抱きたい……とは、思わないのかもね」

それでいい、という思いと、そんなはずはない、という思いが、佐島の中で錯綜した。

だが、稲澤は徐若晴に興味を示さない、それだけだったら、まだよかったのかもしれない。

中国国家安全部の計略からも、佐島の思惑からも逸脱し、徐若晴は、徐々に壊れていった。

「……もう私、稲澤さんを見てるのが、つらい」

最初は、言っている意味が分からなかった。

「つらいって、何が」

「稲澤さんはたぶん、私の正体に気づいてる。それでも、あえて暴こうとはしない。一定の距離を保ちながら、当たり障りのない仕事を私にさせて、他のメンバーと同じように接しようとする……分かるの、私だって女だから。あ、いま稲澤さん、私を見て、綾の顔を思い浮かべてたな、とか。楽しかった頃のこと、思い出してたんだな、とか。そういうときのあの人、悲しいくらい、優しい目をしてる。でも私と目が合うと、ガラガラッ、とシャッターを下ろすみたいに、その優しさを封印するの……ああ、また悲しませちゃったな、私がそばにいるから、稲澤さんは、あんなに悲しそうな顔をするんだな、って……」

そんなとき、佐島は黙って、ただひたすら徐若晴を犯した。綾の幻を抱くのではない。徐若晴を、とことん傷つけようとした。

徐若晴も、ただ黙って天井を見ていた。

中国国家安全部が、徐若晴を使って稲澤から何を盗み出そうとしていたのか。詳しいことは、佐島には分からなかった。そもそも、徐若晴を操っているのは中国国家安全部である、と確信するに足る根拠もなかった。そんなことを探るくらいだったら、民自党の内部情報や、公安部の捜査情報を拾い集めて、それらしく整えて徐若晴に渡している方が楽だった。

だがそれも、いよいよ難しくなってきた。

「……私、もう消えるわ」

そこまで徐若晴が、稲澤に本気になっているとは思わなかった。

「消えるったって、本国の両親はどうなる。お前が逃げたら、何をされるか分からないんだぞ。最悪、殺される可能性だってある。両親だけじゃない、妹だってタダじゃ済まない」

徐若晴は静かにかぶりを振った。

「あなたには言ってなかったけど、母は去年の暮れに亡くなって、父はそのあとを追って自殺した。妹はその直前に中国を出てる。行き先は、あなたにも言わないでおく。どこでどう漏れるか分からないから」

それで終わりではなかった。

「稲澤さんにだけは、全てを打ち明けてから行くつもり。私が、中国のスパイだってことも……佐島さん、あなたがそうと知っていて、私との関係を続けていたことも」

むろん、佐島は引き留めた。

国家安全部だろうが人民解放軍総参謀部だろうが、中国共産党は裏切り者を絶対に赦さない。女一人で逃げ切れるわけがない。

「俺が守ってやる。俺が一生、お前を守ってやるから」

それでも徐若晴は、決して首を縦には振らなかった。

「……綾さんが、あなたではなくて、稲澤さんを選んだ気持ち、よく分かる。短かったのかもしれないけど、綾さんは、決して不幸ではなかったと思う」

もう、それ以上喋るな。

稲澤には、夕方まで話を聴いた。

佐島が「今日はこれくらいにしよう」と言うと、稲澤は顔を伏せたまま、佐島に訊いてきた。

「……矢代愛美は、どうやって殺されたんだ」

意外だった。

「聞いてないのか」

「ああ、聞いてない」

「首を絞められたんだよ」

それだけ言って席を立ち、稲澤から目を放さないようにしながら、調室のドアを開けた。

外には捜査一課の亜門管理官、同じく星野係長、最初に取調べを担当した森垣主任、それと留置係員であろう制服警察官が二人いた。

佐島は、ほんの会釈程度に頭を下げた。

「……十七番を、よろしくお願いします」

被留置者は氏名ではなく、番号で呼ぶことになっている。

佐島はてっきり、制服の二人が調室に入り、稲澤に手錠を掛けて腰縄を解き、そのまま留置場に連れていくものとばかり思っていた。

だが、制服の二人は動かない。

代わりに、星野係長がジャケットの懐に右手を入れる。

取り出したのは、白い紙。佐島もこれまでに、何百回となくその紙切れを提示してきた。

【逮捕状（通常逮捕）被疑者の氏名　佐島賢太】

これはもう、笑うしかない。

「……なんですか、それは。どういうことですか」

「佐島賢太。あなたを、矢代愛美こと、徐若晴殺害の容疑で、逮捕します」

すでに森垣が手錠を構えているが、そうはさせない。
睨みを利かせながら、全員の顔を順番に見る。
「何をどう勘違いしたら、こんなことになるのか、私にはまるで理解できませんが……
星野係長。少しくらい、説明してもらえませんか。調室から出てきた途端、こっちが被
疑者というのでは、到底納得がいきません」
星野が、片頬で笑ってみせる。
「何を聞きたい」
「私がその……矢代愛美『こと』の女性を、殺害したと考える根拠ですよ」
「それは逮捕してから、あんたの弁解も聞いた上で、じっくり……二十三日かけて、納
得いくようにご説明しますよ」
ふざけやがって。
「同じ警察官相手に、それはないでしょう。じゃあ、稲澤の調べを私にやらせたのは、
なんだったんですか。ただの茶番ですか」
それはそうだと、星野も思ったのかもしれない。隣にいる亜門管理官に窺うような視
線を送る。
亜門が頷くと、星野はいったん逮捕状を畳んだ。
「小さなことから言えば、あなた今さっき、矢代愛美は首を絞められて殺された、と稲

澤に言ったでしょう。でも森垣はあなたに、なんらかの行為による窒息、としか説明していない。首を絞めたなんて、ひと言も言ってない」

馬鹿馬鹿しい。

「たったそれだけで、秘密の暴露が成立するとでも？ 窒息の原因が絞殺と断言できたのは、私が犯人だから？ そんなのは、単なる推測ですよ。じゃなかったら、言い間違いでもいい。そこまで稲澤に、厳密に……」

振り返ると、稲澤はすでにパイプ椅子から立ち上がっていた。

腰縄は、自分で解いたらしい。

カッ、と頭に血が上るのが分かった。

「……オイ、どっから始まってんだ、この茶番は」

星野が、横にいた制服の一人からペーパーを受け取る。

「どこから、と言われても、まあ、稲澤さんの口からあなたの名前が出て、徐若晴が男性と口論しているような防カメ映像を、稲澤さんに見てもらって、あなたに似ていると、そういう供述を得て……ただ、この作戦が具体的にどこから始まったのかという意味では、今朝からと、いうことになりますかね」

星野が、受け取ったペーパーをこっちに向ける。

「あなたは今朝、大手町のホテルで、ジョン・ヘイワードという米外交官と朝食を共にした。これが、そのときの写真。あなたが使ったフォーク、ナイフ、スプーン、コーヒーカップ、ナプキン。その後、喫煙室に移動して一服。あなたが吸っている銘柄は、これ。立て続けに二本吸って、捨てた吸い殻が、これ……刑事部の尾行と盗撮も、捨てたもんじゃないでしょう」

なんのために、こんなことを。指紋とDNAの採取が目的なのは分かる。しかし、そんなことをしてなんになる。徐若晴の死体にDNAを残すようなヘマは、自分はしていないはずだ。

星野が続ける。

「念のため、本署の会議室で吸った分も、採取しておきました。サンプルとしては、充分過ぎるほどある。そういうことです」

こちらから、訊くしかなさそうだ。

「俺の指紋とDNAを採って、なんになるっていうんだ」

「鑑定するんですよ。DNA型の、鑑定をね」

「なんのために。俺のDNAと、何を照合しようっていうんだ」

「あなたのDNAと、矢代愛美こと、徐若晴の……お腹の子供の、DNA鑑定ですよ」

お腹の、子供。徐若晴の——。

「その様子では、徐若晴が妊娠していたことは、ご存じなかったようですな……しかし、自分の子を宿した女性の顔を、知らないというのは通らないでしょう。あなたは確かに、矢代愛美という名前は、ご存じなかったのかもしれない。しかし、顔写真は見てるんだから、四枚も見てるんだから、あの時点で、これは矢代愛美じゃない、徐若晴という中国人ですよ、中国国家安全部が送り込んだスパイですよと、そう言うべきだったでしょう。曲がりなりにも、公安外事二課の人間なんだから、あなたは。違いますか」

まさか、あの女は、妊娠なんてことは、ひと言も――。

「……で、これがその鑑定結果。九十九パーセント以上の確率で、徐若晴のお腹の子供の父親は、佐島賢太、あなたであると……ね、そう書いてあるでしょう。もう、観念なさい」

星野が鑑定書を折り畳む。

「余計なネタバラシかもしれないが、今日の午前中、あなたに神奈川県庁まで行ってもらったのも、要は時間稼ぎです。あなたがパスポートでも取りに家に帰ったりしないよう、大嵩係長に協力してもらったんですよ……大嵩さんも、薄々は気づいてたみたいですよ。あんたが、中共のダブルだってことにはね」

森垣が、佐島の手をとる。

右、左と、順番に手錠をはめる。

最後に、これだけは確かめておきたい。

「おい、稲澤……お前、そのヒゲ、どうしたんだよ」

稲澤が「これか」と、顎の先端をひと撫でする。

「生やしたんだよ。四日もかけて……今日、お前と会うために」

佐島が馬乗りになって殴ったときも、その後も、稲澤は、そんな目で佐島を見たりはしなかった。

それは、稲澤が佐島に初めて向ける目だった。

どす黒い、憎しみのこもった――。

そうか、そういうことか。

なるほどな。

手綱を引く

大門剛明

大門剛明（だいもん・たけあき）

一九七四年、三重県生まれ。龍谷大学文学部卒。二〇〇九年『雪冤』で第二十九回横溝正史ミステリ大賞とテレビ東京賞をW受賞しデビュー。著書に「不協和音」シリーズや『罪火』『完全無罪』『死刑評決』『正義の天秤』『シリウスの反証』など。二二年、本作が第七十五回日本推理作家協会賞（短編部門）の候補作となる。

1

　ため池は水量を増している。

　平成十七年秋。広葉樹の葉を叩き落とすように雨が降り続く中、野見山俊二は豊田市内をバンで走っていた。

　自動車産業で有名な豊田市といっても広く、大半は山だ。舗装されていない山道のぬかるみを進み、野見山はバンを停めた。

　少し先で、地域課の警察官二人が話す声が聞こえる。

「雨の中ではきついな」

「レニーはまだか。どうしてこんな時に出動中なんだよ」

　先に来ている警察犬が必死で探し回っているが、捜索願が出ている子どもはまだ見つかっていないようだ。

「ごくろうさん」

声をかけると、警察官たちがはっとしてこちらを向いた。

「来てくれたのか、野見山さん。例の婆さんは？」

「無事に見つかった」

認知症の女性がいなくなったと連絡を受け、昼過ぎから出動していた。

「連戦になりますが、レニーは大丈夫ですか」

「知らん。仕事だからやるだけだ」

ぶっきらぼうな野見山に、警察官が顔をしかめた。いつもながら陰気な男だと思っているだろう。警察犬の指導手には社交性も求められる。我ながら困ったもんだと思うが、人も犬と同じで生まれもった性格は簡単に変えられない。

野見山は警察に入って二十一年目。元は地域課で働いていたが、鑑識課犬係に転属した。それから異例とも呼べるほど長く今の部署にとどまっている。刑事を志していたはずだが、いつの間にかそんな気は消え失せた。

後部ハッチを開けて、愛知県警と書かれたケージを開く。くたびれた毛並みのジャーマンシェパードが、よっこらせと降り立った。レニー号。十一歳の雄だ。

休息は移動の時間のみ。疲労はピークだろうが、やらせてくれと目が訴えている。野見山はリードを握り締めつつ、汗なのか雨なのかわからない水滴をぬぐう。

こちらに気付いたのだろう、警察犬を連れた若い男がやってくる。

「レニー。よかった、来てくれたんだ」

そばかすの青年はしゃがんでレニーの頭を撫でると、顔を上げる。

「ああ、野見山さんも」

忘れていたように付け足した。この若造は桐谷陽介(きりたにようすけ)、野見山と同じ鑑識課犬係の巡査だ。ピアスの穴がふさがりきっていない。相棒のシェパードはフレディという。

「これを見てください」

桐谷が差し出したのは、泥だらけのハンカチだった。隅っこに〝つかさ〟と書いてある。行方不明になっている子どもの名前だ。

「この先の、川の近くで見つけました」

「そうか」

フレディがハンカチを見つけたが、そこで臭いが途切れてしまっているそうだ。川は増水し、濁った水が勢いよく流れている。こんなことを考えたくはないが、子どもは川に流されてしまったのかもしれない。

「もう夜になるし、大丈夫でしょうか」

「犬は夜の方が鼻が利く」

野見山は子どもの〝原臭〟を嗅がせた。レニーはサンダルの入ったビニール袋に顔を突っ込み、鼻を鳴らしながら臭いを嗅ぎ取っている。レニーはジャーマンシェパードの平均寿命を超えている。本来ならとっくに引退して、余生を謳歌している年齢だ。袋からレニーが顔を出した瞬間、野見山は声をかける。

「レニー、探せ」

野見山の声符で、老犬の瞳に灯がともる。

ためらうことなく、レニーは川の方へと向かっていく。

頼んだぞ、相棒。

鑑識課の直轄犬であるレニーは、これまでに本部長賞を三度獲得し、数々の栄光を知っている。

「負けるな、フレディ」

桐谷は若い警察犬を叱咤するが、フレディは疲れ切っていて足取りが重い。一方、レニーは疲れなどみじんも感じさせない集中力で、ぐいぐいと野見山のリードを引っ張っていく。

向かう先は川だった。フレディがハンカチを見つけた場所だ。やはり川で溺れてしまったのだろうか。

絶望に包まれかけたとき、レニーはぴくりと動きを止めた。姿勢を低くして鼻を磁石のように地面に吸い付かせたかと思うと、川の向こう岸を見る。野見山の顔を見て、ワンと吠えた。向こうに回れと言っているようだ。

「いるのか、向こう岸に」

うなずくようにレニーは鼻を鳴らす。野見山は警察官に尋ねる。

「渡れますか」

「ええ。少し先に川が細くなっているところがありますので」

レニーが再び、リードを引っ張っていく。その力は歩を進めるごとに次第に強くなる。川の向こう岸に渡ると、大きな木の方を指さすようにレニーが吠えた。

ワオンワオン。

野見山が近づくと、倒れた木の陰にうずくまっている子どもを見つけた。その子に寄り添い、レニーが体を温めようとしている。

「大丈夫か！」

呼びかけると、子どもは目を開ける。

まもなく救急車が到着して、子どもが運ばれていく。

救急隊員によると、低体温になっているが命に別状はないということだった。ただもう少し遅れていたら、危なかったという。

「さすがですね、レニー」

桐谷は目を輝かせている。

「雨の中の長期戦はこたえるんでな。さっさと終わって助かった」

よくやったと頭をなでてやると、レニーは尻尾を振って喜んだ。桐谷はフレディに目をやる。

「野見山さん、どうしたらフレディもレニーみたいになれるんですかね」

「……さあな」

野見山の答えに、桐谷は顔をしかめた。

「はあ? 何かアドバイスはないんですか」

「レニーは初めからものが違う」

「何すかそれ、夢も希望もないじゃないですか」

「まあ、せいぜいがんばれ」

野見山はぶっきらぼうに答えた。

フレディだって優秀な犬だ。だがレニーと比べたら劣るのは事実だから仕方ない。野見山は仕事を終えてくつろぐ相棒に、いつもありがとよ、と心の中でつぶやいた。

台の上に一頭のジャーマンシェパードが乗っている。

警察犬訓練所では、公開訓練が行われていた。

「みんな、いいかな」

明るい調子で小学生の団体に説明しているのは桐谷だ。

「この子はフレディ、二歳の男の子なんだ」

「かわいい」

子どもたちから歓声が上がる。

訓練所の物干し台には無数の白い布切れが干されていて、風にはためいている。少し離れたところに細長い台があった。

「あそこに穴の開いた台が見えます。選別台っていうんだよ」

選別台には穴が五つ開いている。

「穴にはそれぞれ布を入れます。五枚のうち一枚だけが当たりだよ。どこの穴に入れようか。誰か、決めたい人」

「はい、はい」

元気よく手が上がった。

桐谷に指されて、一人の女の子が立ち上がる。桐谷は干されていた白い布を二つ、ピンセットで挟んで持ってきた。

「この布に君の臭いをつけるんだ」

言われたように、女の子は白い布を両手で揉んだ。

「どの穴に入れる？」

「右から二番目」

「よし。じゃあ、当たりの布を右から二番目に入れるね。フレディには内緒だよ」

「うん」

「さて、当たりの布と同じ臭いを嗅いで、フレディはどの布か当てられるかな」

桐谷はもう一つの布切れをピンセットで挟むと、十秒ほどフレディに嗅がせる。

子どもたちが見守る中、小さな砂埃が舞う。フレディは飛ぶように十メートル先まで走った。

正解以外の布は誘惑布といって別の臭いが付けてある。原臭と同じ臭いの布切れを持ってこさせるのが、臭気選別と呼ばれる訓練だ。

フレディは右側の布からそれぞれの臭いをふんふんと嗅いでいき、二番目の布をくわえると桐谷の下へ戻った。

「正解」

「すごい！」

子どもたちは手を叩いている。えらいぞ、とフレディは頭を撫でられて嬉しそうだ。

「まぐれだよ、まぐれ。五分の一で当たっただけじゃないか」

帽子の男の子がいじわるそうに笑った。桐谷は余裕の表情だ。

「じゃあもう一回、見せてあげるよ。次はどこがいいかな」

「はい、はい」

元気よく手が上がった。

「一番左だね。よし、わかった」

さっきと同じようにフレディは五つの布から一つを選び出した。

「すごいすごい」

「犬の嗅覚は人間の百万倍なんだよ」

フレディは正解を当て続け、そのたびに歓声が上がる。半信半疑だった子どもも、みんなフレディに尊敬の念を抱いたようだ。

「警察犬で一番大事なことって何ですか」

「持来欲(じらいよく)……っていっても難しくてわかんないね」

投げたボールをくわえて持ってこようとする欲求のことだと、桐谷は説明し直した。素質は幼い頃からある程度分かり、何でもくわえたがる子犬が警察犬に向くと言われている。

「食べ物でつって、練習するの？」

「それはご法度。食べ物がないとできない子になっちゃうからね」

桐谷はウインクした。

「代わりによくできたら、いっぱい褒めてやるんだ。みんなだって先生やおうちの人に褒められたらうれしいだろ？」

桐谷は教育番組に出てくる歌のお兄さんのようだ。指導手としては未熟だが、こんな才能があるとは驚きだった。

「捜査の時、ワンちゃんがうんちをしたくなったらどうするんですか」

帽子の男の子がふざけて言った。どっと笑い声が起きる。

「そうならないために、出動の前には必ずうんちをさせます。仕事に集中できなくなっちゃうからね。排便のトレーニングもあるんだ。ちなみにフレディは一日に六回、うんちをするよ」

「六回も。すげえ、負けた」

何の勝負だよ。野見山は吹き出す。

「犬はしゃべれないから、うんちを観察するのはとても大事なんだよ。健康状態がわかるんだ」

うへえ、と声が上がる。

さてこっちも糞便の世話でもするか。野見山は〝犬を愛せよ〟という色紙を横目に、犬舎の中へと入る。レニーは歳のせいか、横になって休んでいた。

「その子がレニー号ですか」

後ろから声を掛けられ、野見山は振り向く。見覚えのない老夫婦が、にこにこして立っていた。公開訓練の見学者だろう。面倒だなと思いつつも、少しは残っている愛想をひきずり出した。

「ええ、そうですが」

「テレビの特集を見ましたよ。奇跡の警察犬だって有名ですよね」

見学者の相手は苦手だが、レニーを褒められるのは気分がいい。野見山は老夫婦の前でレニーをなでていく。レニーは子犬のようにひっくり返って腹を見せた。

かわいい仕草に老夫婦も喜び、レニーをそっとなでる。

「子どもたちに混ざって見せてもらいましたよ。臭気選別ってのは本当にすごいですね。でも犬が間違えることもあるんでしょうか」

男性に尋ねられ、野見山はうなずく。

「ありますよ。だけど、レニーに関してはまずないと言っていいでしょうね」

「ほう。そんなに特別な犬なんですな」

老夫婦は犬舎をしばらく見学した後、帰っていった。

「野見山」

部屋に戻ると、係長が血相を変えて走り寄ってきた。

「ちょうどいいところに来た。県警から出動要請だ。市内のショッピングモールに爆破予告があったそうだ」

爆破予告？　その一言で背筋に緊張が走る。

「野見山、レニーと行ってくれ」

係長に言われて、野見山は犬舎に向かう。行くぞと言ってハウスを開けた。レニーは耳をピンと立て、尻尾を振っている。酷使してすまないが、レニー、お前を頼るしかないんだ。

「補助で桐谷もついていけ」

「わかりました」

フレディがどことなく寂しげにこちらを見ている。残念ながらフレディは警察犬の試験に合格したばかりで、爆発物探知の訓練は受けていない。

「桐谷、行くぞ。足手まといになるなよ」

「はい」

バンのハッチを開けると、レニーは飛び乗る。野見山は車を出した。

鑑識課のバンは、現場のショッピングモールに到着した。ハッチを開くと、レニーが勢いよく降り立つ。

「いたずらだとは思うんですが……」

モールの責任者が言った。すでに従業員は退避させ、客も締め出したという。野見山たちだけでなく税関からも麻薬探知犬が来ていた。あの犬たちも爆発物探知の訓練を受けているのだろう。

「爆破予告時刻は午後六時です」

時計を見ると、四時四十九分だった。あと一時間ちょっとか。

「お前さんらが頼りだ」

顔見知りの刑事がレニーの頭を撫でた。うれしそうに尻尾を振ると、任せろとばかりに小さく吠える。その横に桐谷が立った。

「うちのレニーの能力は日本一ですから安心してください。俺が保証しますよ」

偉そうなことを言っているので、こつんと頭を叩いてやった。

桐谷なんぞに保証されなくとも、レニーの実力は誰もが認めるところだ。野見山はレニーとともに本部長賞をはじめ多くの表彰を受けてきたが、それは相棒であるレニーが飛びぬけて優秀だったからだ。

「頼むぞ、レニー」

野見山とレニーはさっそく、爆発物の発見に向けて捜査を始める。

爆破予告なんてほとんどがいたずらだ。しかし万が一があってはいけない。

外国では爆発物専門の探知犬がいるというが、今の日本では警察犬や麻薬探知犬が兼務しているのがほとんどだ。爆発物マーカーという爆発物の臭いをかがせて追跡する。テロの危険が高まり需要は拡大しているが、育成が追いついていない。

しばらく歩みを進めると、レニーのリードを引く力が強くなった。

フロアに鼻をこすりつけるように、ぐいぐいと引っ張っていく。

やがて、おもちゃ売り場でレニーは動きを止めた。野見山の方を振り返り、一声吠える。

「はっや。野見山さん、ここでしょうか」

「そのようだ」

レニーの視線の先、戦隊ヒーローのフィギュアが飾られたガラスケースを野見山は見つめた。人形の陰になっている奥の方、不自然なガムテープが貼られている。ライトで照らして覗き込んでみると、隙間に雷管が顔をのぞかせた。デジタル時計がカウントダウンをしているのがはっきりと見てとれる。

「うわあ！　初めて見た。これマジじゃないっすか」

「桐谷、本部に連絡しろ」

「は、はい」

どうやら間に合ったようだ。それにしてもレニーの能力にはいつも驚かされる。これだからいつまで経っても引退させてもらえない。事前に人を避難させているとはいえ、爆発したら被害は甚大だ。レニーを撫でながら、野見山は息を吐きだす。もう一度じっくりと爆弾を見て、はっとした。

「これはまさか……」

雷管の伸び方、貼られたシール、確かに見覚えがある。

やがて機動隊がやってきて、爆発物の処理が速やかに行われた。

「野見山さん、もう大丈夫ですので」

「ああ」

「また表彰もんだな」

「お手柄だよ、レニー」

爆発物処理班の連中が口々に言って、レニーを撫でていく。

ただ野見山は半分上の空だった。口を真一文字に結ぶと、遠ざかっていく爆発物処理車を見つめる。

やはり気のせいなどではない。あれは二年前、とある事件で見た爆弾によく似ていた。

2

ショッピングモール爆破を未然に防いだレニーと野見山は、警察から表彰を受けた。

誇らしくはあるが、幾度目かともなると日常の一コマだ。いつもと同じ訓練に戻り、練習用の障害に向かってレニーが勢いよく駆けていく。

かなりの高さがあったが、軽々と飛び越えた。レニーの体力はまだ十分であり、能力の健在ぶりも証明されたわけだが、口元の毛が随分と白くなった。老犬のあかしだ。

「野見山さん」

桐谷が声を張り上げて手招きしている。

「会いたいって人が来ています」

犬舎の前に、車椅子に乗った女性の姿があった。ワンと一声鳴くと、レニーは勢いよく走っていく。彼女に飛び着き、くうんくうんと甘えている。

「レニー、いい子だねえ。よしよし」

下川秋穂。警察犬の訓練士をしていた女性だ。レニーにぺろぺろと顔をなめられながら、くすぐったそうに笑っている。

「仕事中にごめんね」

「いいよ。ちょうど休憩にしようと思っていたところだ。どうしたんだ？」

秋穂の実家は警察犬訓練所を運営していたが、二年前に廃業した。

警察犬には二種類ある。レニーやフレディのように鑑識課が管理する直轄警察犬と、民間の訓練所にいる嘱託警察犬だ。警察は民間の訓練所からふさわしい子犬を購入し、直轄犬として育成する。一方の嘱託犬は、警察から協力要請を受けたときだけ出動する。もともとはレニーも、秋穂の実家の嘱託警察犬だった。だが当時の鑑識課長がその優秀さに目をつけて、例外的に成犬を直轄警察犬として譲り受けたのだ。

「ニュースで見たの。レニー、また活躍したって」

まるで自分のことのように秋穂はうれしそうだ。

「君に命を救われたおかげで、今のレニーがいる」

そう言うと秋穂ははにかんで、レニーに手を伸ばす。毛並みを整えるように優しく触れると、気持ちよさそうにレニーは目を細めた。

「おじいちゃんになっちゃったね。出会った頃はまだ子犬だったのに」

今から十一年も前のことだ。

「動物愛護センターで死ぬ寸前だったとは、誰も思わないだろうな」

「ええ。虐待されて捨てられたなんてひどすぎるよね」

飼い主のいない犬や猫は、ドリームボックスといわれるガス室で殺処分されるのだ。死刑執行の日付はまもなくだった。

「自分がどうなってしまうのか、この子はわかっていたんだよね。おしっこを垂らして、死にたくないって震えていた。それを見たら放っておけるわけないじゃない」

慈母のような顔で秋穂はレニーをなでた。

「あの時は必死だったな。この子一匹を助けたところでどうしようもないのに、自分の中でせりあがってくる何かがあったの」

そのがりがりに痩せた子犬を、秋穂は連れて帰った。雨の日にやってきたからレイニーという名前が付けられたが、いつの間にかレニーと呼ばれるようになっていた。

「最初は人に怯えて全然なつかなかったんだよね。餌も食べないから、すごく心配だった。でもちょっとずつ心を開いてくれて……」

「警察犬にする気なんてなかったんだろ？」

「そうなの。だけど他の子が訓練しているのを見て、レニーが自分もやりたいって。試しにやらせてみたら、どの子よりも一生懸命で」

「助けてもらった恩返しのつもりかもしれないな」

レニーは大好きな秋穂に遊んでほしくてたまらないようだ。

「ほら、レニー。いくよ」

ボールを投げると追いかけていき、口にくわえて戻ってくる。秋穂に褒められて大はしゃぎだ。

「あっ」

レニーが飛び着いたせいで車椅子が傾く。とっさに野見山が支え、事なきを得た。中し訳なさそうな顔で、レニーは秋穂に擦り寄る。

「レニーは悪くないよ。思いっきり遊んであげられなくてごめんね」

かつての秋穂は健康的に日に焼けて、家業を継いで日本一の名犬を育てるという夢を持っていた。それなのに……。

二年前、民間訓練士として警察犬と捜査中、秋穂は地下鉄爆破事件に巻き込まれた。エリスという名の雌犬が、秋穂をかばって死んだという。おかげで命はとりとめたものの、脊髄を損傷して下半身が動かなくなってしまった。

秋穂の負傷とともに、彼女の実家の警察犬訓練所は閉鎖された。

「手術が終わったら、思いきり遊んでやれるようになるさ」

「うまくいくかな」

「もちろんさ。きっと歩けるようになる。もし、そうなったら……」

言いかけて、野見山は口ごもった。しつこい男だと嫌われるだろうか。ごまかすようにレニーの頭をわしゃわしゃ撫でた。それを見て、秋穂は微笑む。

「レニーの活躍を聞くと、元気がもらえるの。野見山さん、レニー、頑張ってね。私も手術、頑張るから」

そう言って、秋穂は帰っていく。

レニーは名残惜しそうに、いつまでも彼女の後ろ姿を見ていた。どこかで様子をうかがっていたのか、桐谷がタイミングよくやってくる。

「訓練士だった人なんでしょ？　きれいな人ですね」

ああと言って、野見山は目をそらす。だがそれ以上、桐谷は秋穂との関係について追及してこなかった。やれやれ、こいつが鈍くて助かった。

「さて、訓練再開するぞ」

レニーを挟んで、二人は歩き始める。

彼女に言えないことがあった。

ショッピングモールで発見した、あの爆弾のことだ。あれは地下鉄爆破の時に使われた物と同じではないのか。いや、そんなはずはない。犯人はとっくに捕まっているのだ。考えすぎだと首を横に振る。

「野見山さん、フレディの臭気選別、見てくれましたか。百発百中でしょう。警察犬としてそれなりになってきたかなって思いません？」

目を輝かせる桐谷に、ため息を漏らす。

「お前のやってる臭気選別は、それだけじゃ不十分なんだよ」

「えっ、どうして？」

「フレディに本当の臭気選別ができるかどうか、これから試してやる。フレディを連れて来い」

野見山は選別台に布を設置する。

「これが原臭だ」

「はい。任せてください」

桐谷はピンセットで挟んでフレディに嗅がせた。指示を受け、勢いよくフレディが駆けていく。選別台の前で振り返ると、行ったり来たりを繰り返す。だが意を決したように、右端の布をくわえて駆け戻ってきた。

「よっしゃ！」

桐谷がガッツポーズをした。

「残念だったな。不合格だ」

「え、はずれっすか」

手本を見せてやる。そう言って野見山はレニーに同じ原臭を嗅がせる。すぐに勢いよく飛び出した。

だが選別台まで行ったのはいいが、フレディと同じように行ったり来たりを繰り返している。やがてあきらめたようにレニーは戻ってきた。

「ほら、レニーだってダメじゃないですか」

だが野見山は何も持たずに帰ってきたレニーをよしよしと撫でてやる。桐谷は狐につままれたようにぽかんと口を開けていた。

「野見山さん、何すかこれ」

納得いかなそうな桐谷の鼻先に、野見山はさっきの布を差し出す。

「選別台には、これと同じ臭いの布なんてない。だから持ってこないことが正解なのさ」

「引っかけ問題ですか」

「ゼロ選別だ。五つの布から一つを選ぶよりずっと高度になる。言うならマークシートの試験で、マークしないことが正解ってことだから」

探せと訓練されているのに、持来せずという判断をするのがどれだけハードルの高いことか。ゼロ選別は経験豊富な警察犬でも容易ではない。

「ただフレディは見どころがある。持ってくる前に、迷っていただろう。選別台に原臭と同じ臭いがないことに気付いていたかもな」

おお、と桐谷は手を打つと、フレディの頭を撫でた。

「いつも必ずどれか一つを持ってくるように訓練しているもんな。同じ臭いの布がなくても、どれか持って帰らなきゃって思ったんだな。健気なやつめ」

かわいくて仕方ないといった様子だが、健気でも不合格だ。

「ゼロ選別の訓練は難しいぞ。持来欲に反しているから、犬のやる気をそぐ恐れがある。それでも警察犬として完成するには、ゼロ選別は絶対に乗り越えないといけない壁だ」

深いっすね、と桐谷はうなずく。

ふと見上げると、壁の色紙が傾いていた。風にあおられたのだろうか。桐谷は背伸びをして、色紙の向きを整える。

「そういや野見山さん、俺、この言葉にずっと違和感あるんすよ」

〝犬を愛せよ〟と達筆で書かれていた。かつての所長が書いたと聞くが、見る限り色あせて随分と年季が入っている。

「こんなのわざわざ掲げる意味なんてない。愛せよなんて言われなくても、愛せざるを得ないじゃないっすか」

桐谷はフレディとじゃれあうようにして芝生を転がった。お前は犬かと言いたくなるが、若さがうらやましくもある。最初はヤンキーに警察犬の世話が務まるのかと思ったが、今では少し認識が変わっている。こいつは本当に犬が好きなんだ。俺なんぞより、いい指導手になるかもしれない。

部屋に戻ると、声がかかった。

「野見山さん、係長が呼んでましたよ」

「何の用事だ？」

「さあ」

特に気にせず向かうと、係長は無精ひげを撫でた。

「野見山か。そこに座れ」

はいと言って長椅子に腰を下ろした。

「桐谷はどうだ？　全然だめだと言っていたが、ちょっとはましになってきたか」

「ええ。あいつは犬の気持ちを汲み取るのがうまいです。フレディもようやく素質が花開きかけてますし」

「そりゃよかった」

人のことを褒めるなんて珍しいなと係長はニヤニヤしたが、やがて真剣な表情になった。

「お前に用事ってのは、二年前に起きた地下鉄爆破事件のことだ」

思わぬ言葉にはっとした。忘れもしない、秋穂をあんな目に遭わせた事件……。

「犯人は手嶋尚也って男だ。無期懲役判決が下っている」

「ええ、よく知ってます」

控訴していると聞いたが、無駄なあがきだ。

事件はひどいものだった。地下鉄構内に設置された爆弾が爆発。死者こそ出なかったが、重軽傷者三十一名という大惨事だった。

手嶋尚也は高校生の時に爆弾騒ぎを起こした過去があり、現場の地下鉄駅近くで目撃されていた。自宅からは、爆発物を製造可能な物資が見つかっている。

だが手嶋は容疑を否認。無実を主張した。裁判の行方を決めたのは、レニーの臭気選別だった。現場に残された手袋が、手嶋の臭気と同じであると選別したのだ。通常、裁判において犬の臭気選別は決定的な証拠にはならない。しかし他の証拠が微妙な場合、判断の決め手となりうるのだ。

「……検事が話し合いに来て欲しいと言っている」

「どういうことです？」

「弁護側の訴えを飲んで、控訴審で臭気選別の検証をやるそうだ。手嶋のやつ、犬コロのせいで犯人にされたってよ」

「あの野郎」

野見山は怒りで震えるのを感じた。

「いいですよ。検証でもなんでも受けて立ってやります」

ドアを閉めて部屋を出た。

3

その日、野見山は裁判所の一室にいた。

臭気選別の検証に向けた話し合いで、当時の鑑識課警察犬係として意見を述べることになったのだ。弁護側は第一審での臭気選別が誤りであり、冤罪だと主張している。

弁護士が質問した。

「野見山さん、臭気選別の練習ではハズレの布を穴にきつく入れて、わざと抜けにくくすることもあるそうですね」

意見を求められて、野見山は口を開く。

「まあ、はい」

素直に答えた瞬間、質問の意味を把握した。

「でも本番ではそんなことしませんよ。あくまで練習段階での話です。犬のやる気を引き出すため、正解しやすくして成功体験を積ませるだけのことです」

とりつくろうが、弁護士は、なるほど、といやらしそうな顔をした。

「布を設置する際、誘惑布よりも手嶋の臭いが付いた布を入れるときの方が時間がかかっていますよね」

何か細工をしていたと言いたいようだ。下衆の勘繰りも甚だしい。

「提案があります」

手嶋の弁護士が手を挙げた。

「検証での正確を期すため、レニー号の指導手は野見山巡査長がやるべきでないと考えます」

いきなり思わぬ申し出だった。

「この動画を見てください。第一審の臭気選別の様子を映した動画です」

画面に再生されたのは、野見山がレニーに臭気選別をさせる様子だった。

「選別台のどの穴に手嶋の臭いの布があるか、表示板に記されています。指導手の野見山巡査長は背面姿勢なので見えません。しかし、表示板を見た立会人や他の捜査官の反応で答えを知りえたわけです。リードを引く手の動きや声符などによって、レニー号に手嶋の臭いの付いた布の在りかを伝えていた可能性もあります」

「おい！」

思わず野見山は立ち上がった。不正など、絶対にない。俺とレニーがどれだけ血のにじむような訓練を繰り返してきたと思っている。そのプライドを自ら汚すことなどするものか。

「野見山巡査長、発言は名指しされてからにしてください」

裁判長にたしなめられてしまった。検事が顔をしかめている。

「弁護側が指導手の交代を提案する理由は、指導手による指示・誘導だけではありません。クレバー・ハンス現象、その可能性を危惧しているからです」

野見山はさかしげな顔をした弁護士をじっと睨む。

犬の調教をする者なら誰でも知っている有名な話だ。二十世紀初頭のドイツにハンスという名の計算ができる賢い馬がいた。だがこの馬は本当に計算ができたのではなく、周りの表情や反応を察知していただけだという。

「レニー号が臭気を感知した結果ではなく、指導手の顔色や動きを見て布を持ってきた。そういった可能性を回避する必要性があると主張します」

くそ、こいつら……。野見山は歯ぎしりした。レニーだけでなく警察犬そのものを侮辱されているように感じる。秋穂が聞いたらどんなに悲しむだろう。

「ならいいですよ」

つぶやくように野見山は言った。

「どういう意味ですか。野見山巡査長」

裁判長が問いかける。

「私は不正などしていません。命を懸けてもいい。クレバー・ハンス現象についても十分に気を付けています」

野見山は間をあけて、弁護側を睨んだ。

「でもそんなことをいくら口で言っても無意味なんでしょう。だったらお望みの条件どおりに検証してください。私を疑うなら、うちの若手にレニーの指導手をやらせたっていい」

こちらが急に開きなおったので弁護側はどことなく不安そうだったが、しばらく話してまとまった。

「じゃあ、レニーを扱う指導手は桐谷という巡査にお願いしましょう」

検事はいいのかという顔だ。だが納得のいくように実施してもらうことで、レニーの正しさを証明すればいい。

「正解の表示板は設けず、選別台のどの穴に布を入れるかは当日、担当官だけに伝えるということでどうですか。臭布の作成や設置についても厳正に執り行われるように、裁判所書記官が担当してください」

弁護側はここぞとばかりに提案を続ける。

「では検証はこの条件で後日、行うということでよろしいですね」

弁護側の言い分がほとんど通る格好で協議は終了した。

外へ出ると、昂っていた気持ちがようやく落ち着いてきた。まあ、いい。代役の桐谷もちゃんとやってくれるだろうし、何も問題ない。

そうだろう？　なあ、レニー。

警察犬訓練所では警戒訓練が行われていた。

防護服を着た桐谷がいる。襲えと言う声符を受けて、フレディが桐谷に跳びかかっていく。

「た、助けてぇ！」

桐谷が地面に転がりながら、苦しそうに声を上げていた。リアクションが大袈裟すぎて、鑑識課の誰もが面白がって訓練を終了させようとしない。

「ちょっと、野見山さん、助けてくださいよ」

ピエロか、こいつは……。

苦笑いしたが、野見山の思考はそこにない。頭には検証のことがあった。手嶋が無実だと言うなら可能性は限られる。不正があったか、レニーが間違えたかの二つだ。だが百パーセント不正はない。そうなると残る可能性は俺とレニーが間違えたことだけだ。だがそんな可能性があるだろうか。

明らかにレニーはここ最近、一気に老いた。シェパードの平均寿命を超えているわけで無理もない。その能力も落ちている。だがそれでも今も警察犬としてトップレベルの実力を有しているはずだ。

野見山はレニーの排便が終わると、訓練場に連れていく。いつものように選別台を用意する。

二重のナイロン袋に白い布が入っている。訓練では遺留品を想定した物から臭いを布に移す。これは移行臭と呼ばれ、犬に嗅がせる。

野見山が白い布をピンセットで取り出して、レニーに嗅がせようとしたとき、背後から声がかかった。

「野見山さんですね」

振り返ると、以前にも見た老夫婦の姿があった。そういえば公開訓練のときにも熱心に見学していた。

「ショッピングモールの爆発を防いだってニュースで見ました。レニー、また活躍だったみたいですね」

「はあ」

いろいろあって、そんなことは思考から飛んでいた。

「今日は一般公開ではないので、申し訳ありませんがお引き取り願えますか」

できるだけ愛想よく言ったつもりだが、老夫婦は帰ろうとしない。

「野見山さん、いいですか」

少し間があって夫はそう言った。

「何ですか」

「あなたに謝りたい」

前に話をしただけで、名前も知らない老夫婦。謝られるようなことは何もない。

「犬が好きなことに嘘はありません。でもこちらの正体を隠したまま、情報を得るようなことをしてしまって」

野見山は黙って見つめ返す。何が言いたいんだ。口を閉ざしていると、夫は続けて話した。

「犬はとてもかわいいですよね。私たちだって警察犬の必死な姿には心打たれます。まして やレニーは老犬なのに頑張っていて健気です。でもね、だからってこの子たちを信用しすぎるのもどうかと思うんですよ」

何だろうこの言葉の棘は。明らかにこちらを責めるニュアンスがある。

やはり普通じゃない。この老夫婦、何者だ。

少し間があって、妻が言葉を引き継ぐ。

「私たち、手嶋尚也の親なんです」

あまりのことに、言葉が出なかった。

「息子は無実です」

二人はじっとこちらを見つめた。

「事件のあった時刻に、私たちと一緒に家にいたんです。それなのに、嘘をついてかばおうとしているんじゃないかって信じてもらえなかった」

「私たちの言葉より犬の判定が信用されるなんておかしいでしょう」

口ではどうとでも言える。そう言い返したかったが飲みこむ。二人の言葉が途切れるのを待ってから、野見山は口を開く。

「レニーの臭気選別が間違っていたとでも？」

野見山が言うと、二人は同時にうなずいた。目が据わっている。

「言いがかりはやめてください。レニーが間違えるはずがありません」

「そうでしょうか」

息子は無実ですと言い残し、手嶋の両親は去っていった。

こんなところまで偵察に来るなんて、どうかしている。

レニーが臭気選別を間違えるはずはない。だがなぜだか胸騒ぎがした。不安を鎮めるように、中断していた訓練を再開する。

「待たせたな、レニー」

野見山は臭いのついた布を嗅がせた。

この訓練を何万回、繰り返してきただろう。

レニーは走り出す。そしてためらわず、一枚の布を持ってきた。それ見たことか。レニーは完璧だ。

よくやったと撫でてやったが、何かがおかしい。

手元をもう一度よく見る。違和感の正体に気付いて、野見山ははっとした。

嗅がせた布は、正解の布と同じ臭いではなかった。こんなことは普段ならありえないのだが、手嶋の両親に途中で邪魔をされて布を取り違えてしまったのだ。

「……まさか」

レニーは今、間違えた。

「いや、たまたまだ」

警察犬試験でも四回中二度のミスは許されるし、百パーセントの精度は求められない。だが、いつも完璧だったレニーが間違えるなんて。そんなのは初めてのことだし、ショックは大きかった。

野見山はもう一度、選別台を用意する。

今度はさっきより難易度を上げた。

原臭とよく似た紛らわしい誘惑布を五枚配置する。難易度の高いゼロ選別だ。

「行くぞ、レニー」

選別台に向かうレニーを見ながら、頼むぞと思わず拳に力が入る。少し迷っているか。そう思った瞬間、レニーは食いちぎるように一枚の布をくわえる。ダメか。だがすぐにその布を捨てて何も持たずに戻ってきた。

よし、正解だ。

野見山はふうと胸をなでおろし、レニーの頭をよしよしと撫でてやる。これだけ難易度の高い選別をクリアできるのだ。珍しく間違えたからといって、神経質になることはない。だが、まだ少しひっかかる。

「すまんな、レニー、念のためだ」

野見山はもう一度だけと選別台を準備する。さっき失敗した臭気選別と同じ条件を設定して、原臭を嗅がせる。

レニーは走り出すと、一枚の布をくわえてすぐに戻ってくる。その得意げな顔とは裏腹に、野見山の表情は凍り付いていた。

「……そんな馬鹿な」

レニーが選んだのは、原臭とは違う臭いの布だった。おかしい。これくらいの臭気選別、レニーができないはずがない。

野見山は使用した臭気布を確認する。どうしてだ？　考え込んだ挙句、少し気になることが頭に浮かんだ。事務室へ戻り、過去の記録を紐解く。手嶋の裁判における臭気選別について、片っ端から読み漁った。

それから再びレニーの元へ向かうと、臭気選別訓練を繰り返していく。条件を変えながら確かめるうちに、野見山の中で何かが大きく変わっていった。

こんなことが……。

不安は的中した。手嶋の両親が言うように、レニーは間違えたのかもしれない。そんな考えが心を支配していく。

布をくわえてこちらに向かう途中、小石につまずいてかレニーはよろめいた。

野見山は駆け寄ると、レニーを抱きしめていた。

「もういい。いいんだよ」

いまだに警察犬として第一線で活躍しているが、こうして見ると疲れ切った老犬だ。

あの日のレニーの臭気選別が誤りだったとしたら。思い浮かぶのは秋穂のことだ。彼女はどう思うだろう。

息子は無実です。

手嶋の両親の訴えが心に響いている。秋穂の自由を奪った仇として、ずっと手嶋を憎んできた。だがこの事実に気付いてしまった以上、黙って見過ごすわけにもいかないだろう。

そう思ったとき、携帯の着メロが鳴った。

登録されていない番号だったが、野見山は通話に出た。

「野見山さん？　秋穂の母です」

思いもかけない相手だ。どうしたんだ。ただ事でないことは声でわかる。

「秋穂が……薬を大量に飲んで自殺を図ったの」

しばらく言葉が出なかった。入院先を聞くと、すぐ行きますと言って通話を切った。

病室のベッドには、秋穂が目を閉じて横たわっていた。

隣で母親が、肩を落として座っている。

「心配しないで。今は落ち着いて眠っているだけだから」

秋穂を永遠に失うかもしれないところだった。彼女の青白い顔を見つめていると現実感が湧いてきて、今さらながら足が震えてくる。

「どうして秋穂さんはこんなことを」

問いかけると、母親は間を空けて答えた。

「手術がね……失敗だったのよ」

「えっ」

「歩けるようになる見込みがないって」

口は開いていたが、言葉が出てこなかった。

「ずっと頑張っていたのよ。リハビリも人の何倍も努力していた。絶対にもう一度歩けるようになって、訓練士に復帰するんだって」

「そう……ですか」

どうして運命は秋穂にむごくあたるのだろう。捜査中の爆発で大好きな犬を失い、体の自由が利かなくなった。それでも訓練士に戻りたいというのは、よっぽどの思いがあるということだ。

ベッドサイドにはレニーと二人で写っている写真が飾られていた。嘱託犬として訓練していたころのものだろう。

「こんなことを野見山さんに言うのはあれだけど……秋穂はね、レニーを手放したことをずっと後悔していたの。それだけかけがえのない存在だったから。レニーがそばにいなくなってしまってさみしいけれど、活躍を聞くことを何より楽しみにしていたわ」

母親は無理して笑ってみせた。

「秋穂はまた頑張れるはず。どうか野見山さん、レニーと活躍して、あの子に元気を届けてやってくださいね」

「ええ。もちろんです」

頭を下げて、病室を出た。

まっすぐに母親の目を見ることができなかった。こんな状況で言えるはずがない。レニーの臭気選別がもとで冤罪が起きたかもしれないなんて。これ以上、秋穂を苦しめることなんてできるものか。

野見山は居酒屋で珍しく大酒を食らった。

どうすりゃいいんだ。

酔っぱらいながら細い道をとぼとぼと歩いていくと、街灯が切れかかっているのか点滅していた。頭上に気を取られていたせいで、危うくつまずきそうになる。情けない気持ちで顔を上げると、一匹の野良猫が向こうからやってくるのが見えた。こちらに気付いてもおびえるそぶりはなく、悠然と通り過ぎようとしている。

だが次の瞬間、猫はびくっと動きを止めた。耳をとがらせて、どこかへ走り去っていく。急にどうしたんだろう。野見山が何かしたわけでも、他の野良猫がいたわけでもない。

辺りを見回していた時、はっとした。

そして同時に、思いもしない考えが浮かんだ。できるのか、こんなことが……。

突拍子もない考えに思えた。しかし考えれば考えるほど、これしかないと思えてくる。

真実を捻じ曲げることになるが構いやしない。秋穂のためなら、俺は何だってやってみせる。

4

検証の日、空は秋晴れだった。

野見山は小牧にある警察犬訓練所にバンで向かっていた。後ろの荷室にはレニーがいる。

「どうだ？　調子は」

助手席の桐谷に声を掛ける。さすがに緊張しているのだろう、表情はすぐれない。

「アウェイですからね」

あれから更なる話し合いがもたれ、検証は別の場所で行われることが決まった。野見山たちのホームでは不正が防ぎきれないという弁護側の申し出があったからだ。

「でも野見山さんの希望は通ってよかったです。布の設置くらい誰にでもできると思われちゃあ、専門職の意味がないですもんね」

選別台の穴に布を入れる係は、裁判所書記官ではなく野見山がすることになった。ただし正解の布以外をきつく入れることがないよう、監視付ではあるが。さらにクレバー・ハンス現象を防ぐため、設置後は桐谷たちの背後に回り、遠く離れるという条件で同意された。

「目隠しもされるそうです」

「レニーが？」

「俺ですよ。いつもの背面姿勢で十分なのに徹底してますよね。人前で目隠しされるなんて……人質にでもならなきゃ、なかなかできない経験っすよ。どきどきするなあ」

どこか感想がずれている気もするが、まあいい。

「でも大丈夫ですよ。レニーなら問題なくやってくれるはずです」

「ああ、もちろんだ」

野見山はうなずく。そうだな。どんな状況でも、こちらがやることは変わらない。

「それより野見山さん、気になることがあるんですよ」

「どうした？」

「フレディの調子がどうも変で。最近、レニーの訓練をしているときだけ落ち着かなくなるんです。他の犬たちも似たような感じみたいで」

どうしちゃったのかな、と桐谷は首をかしげていた。野見山はハンドルを黙って握る。まさかこいつ、気付いているのか。いや、そんな素振りはない。深読みしすぎだろう。どういう形での検証になろうが、うまくいくはずだ。

やがて会場に到着し、ケージからレニーが降りる。桐谷はレニーと目を合わせるようにしゃがみこんだ。

「今日はよろしくな」

レニーは桐谷の顔をぺろぺろ舐めた。野見山はリードを差し出す。

「しっかりやれ」

桐谷の肩を叩くと、レニーがこちらを見上げた。何か言いたげな瞳がじっと向けられている。その視線を振り切るように、野見山は彼らの元を離れた。

思えばおかしな検証だ。弁護側は被告人である手嶋の無実を証明しようとしている。それに対し、こちらはある意味、レニーの無実を証明しようとしている。そんな感じだ。

会場に手嶋の姿はないが、裁判官や弁護士、検事たちが集結している。録音録画用のビデオカメラが何台も設置されていた。

リードを持つ桐谷には、すでに目隠しがされている。裁判所係官から一枚の用紙が渡された。どこへどの布を設置するかの指示が書かれている。野見山は指定の穴に布を入れると桐谷たちの背後に回り、表情が見えない位置まで遠ざかる。

俺が布を設置する係になれてよかった。こうでなければ、この計画は成立しない。

衆人環視の中、準備が整った。

目隠しが外された。まぶしいのだろう、桐谷は目をぱちぱちさせている。野見山は片手をポケットに入れたまま、桐谷とレニーの様子を後ろからじっと見つめた。

「では始めてください」

裁判長の指示で、臭気選別検証が始まった。

いつもと違う環境だが、レニーは落ち着いている。原臭は事件現場に残された手袋だ。桐谷は臭いが付いた布をピンセットで挟むと、レニーの鼻に近づける。

わかったと言わんばかりにレニーは勢いよく飛び出した。ふんふんと鼻をひくつかせ、選別台へと近づいていく。弁護士も裁判官も、味方である桐谷でさえも、野見山の意図は知らない。

レニーよ、お前なら絶対に大丈夫だ。

上手くいくと信じつつも、野見山は天に祈った。レニーは選別台にある全ての布の臭いを嗅いだ後、右から二番目の布をくわえて戻る。それは手嶋の臭いの付いた布だった。

よし、それでいい。弁護側はしかめ面をしている。

「二回目、どうぞ」

書記官から回ってきた紙を見て、野見山は心の中で早いなとつぶやく。指示されていたのはゼロ選別だった。さっきとレニーの様子が違う。布を嗅ぎ終わった後、何もくわえず桐谷の元へ戻った。

レニー、えらいぞ。すべて順調だ。

弁護士たちを横目に、三回目もレニーは手嶋の臭いの付いた布を選んだ。

五つの布の中から一つを選ぶだけでも五分の一。ゼロ選別もあるのだから、六分の一ということになる。三連続で選ぶ時点で、すでに二百十六分の一の確率だ。

それからもレニーは絶好調だった。次々と手嶋の臭いの布を持来する。

そして最後となる十回目も完璧にクリアした。

全部パターンが違う十回の選別。

ゼロ選別をくぐり抜けつつ、手嶋の臭いの布を持来し続ける確率は、六の十乗で六千万分の一以下。ゼロ選別の難しさ、さらにはいつもと違う特殊な環境であることを考慮すれば、それよりもはるかにハードルが高かったはずだ。

「検証結果は明らかですね」

鑑識係長が立ち上がって拍手した。中立であるべき裁判官も感嘆の声を上げている。弁護団らもお手上げという感じで、その場にいる全員のまなざしが奇跡の名犬に注がれている。

「驚きましたな。ここまでとは」

裁判長によしよしと撫でられ、レニーも嬉しそうだ。桐谷は興奮しながら野見山のところにやってきた。

「やりましたよ」

褒められたいという表情は、隣にいるレニーとちっとも変わらない。

「たいしたもんだ」

桐谷とレニーの頭を順番に撫でてやる。期待どおりによくやってくれた。これですべて上手くいく。そう思ったとき、ビデオカメラの横にいた弁護士の顔に笑みが浮かんだのに気付いた。

「よくわかりました」

弁護士は言った。

「わかったのは不正があったってことです。野見山巡査長が手綱を引いていたんですね」

「なんだって？」

桐谷は弁護士に詰め寄る。

「どこに不正があるって言うんだよ。ふざけんな！」

どすの利いた声に元ヤンキーだったことを思い出した。つかみかからんばかりの形相だが、弁護士も負けていない。

「うちの弁護団にタレコミがあったんですよ。野見山巡査長は爆破事件の被害者の一人と個人的に関係があった。だから手嶋さんをどうしても有罪にしたがっている。音による不正に気を付けろって」

「音？　何だそれは」

「ビデオ映像で確認しました。野見山さんはずっとポケットに手を入れていましたよね」

「何言ってる？」

「あの人を捕まえてください」

弁護士は野見山を指差した。興奮した桐谷をはねのけて、弁護士たちが野見山に向かってくる。

「絶対に逃すな！」

あっという間に野見山は取り囲まれた。弁護士の一人が、野見山のポケットに手を突っ込む。

「ありました。これです」

手のひらに隠れるほどの小型器械を取り出した。

「おそらく高周波発生装置です。人間には聞こえない音で、レニーに合図を送っていたんです」

「急に布の設置をやらせてほしいだなんて、おかしいと思ったんだ」

「こんないかさまをしていた以上、臭気選別の結果は証拠として使えません。そうでしょう、裁判長」

弁護士たちは口々に叫んでいる。検事はなすすべなく、野見山を見た。

桐谷はゆっくりと、こちらを振り返る。

「野見山さん、何かの間違いですよね」

その問いに、野見山は答えなかった。

「違うって言ってくださいよ」

その視線に耐え切れず、野見山は目を伏せた。こいつは思ったより俺のことを慕ってくれていたようだ。

だが桐谷よ、残念ながらこれは高周波発生装置に間違いないんだ。

思いついたのは、秋穂の見舞いに行った帰り道だった。野良猫が何かに反応していたのを見て気づいた。そこにあったのは猫除けの超音波装置。猫だけでなく、犬も耳はいい。人間が感知できないレベルの音を拾うことができるのだ。

「野見山さん！」

桐谷の目を見ることができず、野見山は視線を落とす。レニーが悲しげな顔でこちらを見上げている。

さよならだ、レニー。

野見山は心の中でそう語りかけた。

5

しのつくような雨が降っている。

誘導灯をふる手が、かじかんでいた。

あれからすべてを失った。仲間も友人も、わずかばかりの名誉も。不正を認めて警察を追われるように辞めた野見山は、深夜、交通誘導の仕事をしていた。

やがて休憩時間になった。

「結局、手嶋は無実だったのかよ」

仲間の誘導員が、スポーツ紙を広げている。

「釈放ってそいつ、高校の頃に爆弾騒ぎを起こしてたんですよね。やばくないっすか」

カップ麵をうまそうに食いながら、十代のバイトが応じた。手嶋の訴えが控訴審で認められ、無罪判決が出たという記事が載っているようだ。

「なんでも警察犬担当のお巡りが不正をしてたって話じゃないか。そんな奴に利用されて、犬が哀れだな」

「まったくです。犬は超すごかったらしいですよ。何人も行方不明者を見つけ出している名犬だって、テレビでやってました」

野見山は顔を伏せる。俺もすっかり有名になってしまったが、レニーの顔には泥を塗らずに済んだようだ。

再び誘導に戻り、明け方近くに仕事は終わった。

あかぎれになった指先に息を吐きかけていると、犬の散歩をする人が通り過ぎていった。カッパを着せられた後ろ姿には、ふさふさした尻尾が揺れている。レニーのことが頭に浮かんだ。今も元気にしているだろうか。

自宅のアパートの前まで来ると、見覚えのない軽自動車が停まっていた。ふいに運転席の扉が開く。

「お前は……」

桐谷だった。責めるような目でじっと見つめている。そうだな。俺は大きなものを失った。それは自分のような人間を尊敬してくれていた後輩の信頼だ。

「野見山さん、お久しぶりです」

「なんだ。こんなところまで」

いつの間にか雨は上がり、朝焼けが広がっていた。

「一緒に来てくれませんか。話があるんですよ」

桐谷は車に乗るよう顎で指示をしてきた。突然で意味がわからないが、断る理由などない。

野見山は観念して助手席に乗りこむ。

ラジオで流行りの歌が流れている。桐谷はいつもならよくしゃべるのに、黙り込んでいた。俺はレニーだけでなくこいつも利用したのだ。怒るのは当然だ。

やがて着いたのは、秋穂の実家が運営していた警察犬訓練所の跡地だった。

「レニーはここで大事にされています」

野見山の退職と同時に、レニーは警察犬を引退した。秋穂の母親が引き取ったと聞いたが、もう年なので長くはないだろう。ただ穏やかに余生を送ってほしい。

「話って何だ？」

わざわざここへ連れてきた理由は、単純なものじゃないんだろう。

間があって、桐谷はため息をつく。

「どうしてあんなことをしたんです？」

何度も聞かれた言葉だ。改まって今さらなんだと言うんだ。

「信じられるわけないじゃないですか。野見山さんが不正をしたなんて。あなたはぶっきらぼうだったけど、その裏には犬への深い愛情とプライドがあると思ってたから」

野見山はふんと鼻で笑った。

「今もそう思っています。だからとても信じられない」

「買いかぶられたものだな」

桐谷は犬舎だった建物を見つめながら、口を開いた。

「俺、言いましたよね。検証に向かう途中、フレディや他の犬たちの様子が変だって。うすうすですけど、野見山さんが何かしているんじゃないかって感じてましたよ。あれって今思うと、高周波を使っていたからなんすよね？　検証の直前になって、野見山さんが臭布を設置する係を希望したのにも理由があった。そうすれば事前に臭気選別の答えを知ることができて、レニーに指示を送れるから」

野見山はああとうなずく。

「お前が指導手では、うまくいくか不安だったんでな」

一瞬ショックを受けたような顔をした後、桐谷の目に力がこもる。

「それは嘘だ！」

強い言葉に野見山ははっとした。

「こっち、来てくださいよ」

桐谷に引っ張られるようにして、犬舎跡へと向かう。視界の隅に動くものをとらえたかと思うと、ワン、と鳴き声がした。

「レニー」

あっという間に飛びつかれた。野見山はよろけながらも、レニーを受け止める。久しぶりだな。もう会うことはないと思っていたのに。

レニーの他にもシェパードが数頭いた。訓練所を廃業した後も、ここで飼われていたのだろう。

桐谷はポケットから何かを取り出す。それは野見山が使っていたのと同じ高周波発生装置だった。桐谷がスイッチを入れると、犬たちが一斉にそわそわしだす。不安そうに鳴きだす犬もいる。ただレニーは違った。一頭だけ平然としている。

そんなレニーに向かって優しく微笑むと、桐谷はこちらを見た。

「野見山さん、あなたは高周波でレニーに合図を送って不正を働いた。みんなはそう思っているけど、ほんとは違うんでしょ？　だってほら、レニーの耳は弱っていて高周波を聞き取れないじゃないですか」

「……桐谷」

「あなたは不正なんてしていなかったんだ」

こいつ……。野見山はじっと見つめ返した。

「俺、考えて考えまくって、もう一つ気付いたんです」

指さす方に選別台が用意されていた。

臭いを嗅がされたレニーは選別台へと走り出す。五枚の中から正解の布を持ってきた。

引退したとはいえ、さすがに難なくこなす。

「問題は次ですよ」

選別台には、五枚の布が入れられている。そのうち一枚をレニーはくわえて戻ってきた。

「ハズレです」

レニーが間違えたというのに桐谷に驚く素振りはない。むしろ当然だとばかりに、桐谷はこちらを見た。

「持ってこないことが正解のゼロ選別です。難しいとはいっても、いつものレニーなら楽勝ですよね。それに選別台にあった布は全部同じ臭い。どうしてレニーは間違えたのか」

野見山は黙ったまま、ゆっくりと息を吐きだす。桐谷の言わんとすることが、段々とわかってきた。

「原因は臭気濃度です」

「……桐谷」

「レニーが選んだ布だけは二週間以上前から臭いを付けていた。臭気濃度が濃いんです。

逆に、他の布はさっき臭いを付けたばかりだから濃度は薄い」

桐谷はレニーを見ながら寂しそうに言った。

「レニーは原臭と同じものを選んでいたんじゃない。臭気濃度の一番濃い布を選んでいただけだったんすよ」

本当に気付いていたのか。

全部、桐谷の言う通りなのだ。反論はない。

レニーは臭気濃度の濃い布を選んでいただけ……。

この事実に気付いた時は愕然とした。今まで積み上げてきたものが崩れそうになるのを感じた。

気付いたきっかけは、原臭の取り違えというアクシデントだった。こんなことがなければ、永遠に気付かなかっただろう。この時だけの単なる間違いかもしれない。そう思ったが第一審での原臭の保存期間を確認すると、手嶋の原臭だけが極端に長いことが判明した。そして実際に、臭気濃度の違いによる選別をレニーに確かめていくうちに確信した。

「レニー、もう一回」

桐谷は必死だ。さっきと同じようにレニーに臭いを嗅がせようとする。

「もうやめろ」

野見山は桐谷を止めた。十分にわかっていることだ。繰り返す必要などない。

守ろうとしていた一線を越えられ、何かがぽっきり折れた気がした。

いつからだったのか。レニーがこうなったのは……。

手嶋の第一審においてはどうだったのだろう。手袋と同じ臭いのものを選んでいたのか、一番濃い臭気濃度のものを選んでいたのか。今となってはわからない。

初期の訓練では、意図的に誘惑布の臭気濃度を薄くすることもある。正解を選びやすくして成功体験を積ませるためだ。だが嘱託犬だった頃も警察犬試験の時も、レニーは正解し続けた。

もしかすると初めはこちらの意図するように、原臭と同じものを選んでいたのかもしれない。だが、何かのきっかけで命令の理解が変わってしまったのではないか。

レニーが臭気濃度の濃いものを選ぶようになってからも正解を繰り返し、誤りに気付かなかった原因は野見山にあるのだろう。

自分でも気付かぬうちに、正解の布だけ特別扱いをしていなかったか。検証の話し合いの時、弁護団から指摘されたことを思い出す。誘惑布より手嶋の臭いの布を設置する時間が長いなんて、わざとしたつもりはなかった。訓練の時も正解の布を念入りに扱う癖があるならば、レニーは〝正解〟し続けることができる。

期待した通りに犬が動くと、心が通じていると思える。だが犬は言葉がしゃべれない。

一番臭気濃度が濃い布を選ぶと褒めてもらえる。全部同じなら選ばずに戻ると撫でてもらえる。それだけのことだったのかもしれない。

レニーはちっとも悪くない。すべての責任は自分にある。

「野見山さん、俺にはわからないんだ」

桐谷はもう一度、高周波発生装置を取り出した。

「こんな装置まで使って不正をはたらく〝ふり〟をする。もっと意味わかんねえのが、それを野見山さんがわざとバレるようにしてたってことだ」

「……桐谷」

「何でこんなことをしたんだよ」

野見山は口を閉ざしたまま、顔を伏せた。

検証においてレニーが手嶋の臭いを選び続けた場合、彼が無実だったなら濡れ衣を着せることになる。一方、レニーの臭気選別が疑わしいと言い立てればどうなる？　名犬の名は地に落ち、秋穂は悲しむに違いない。それは彼女の生きる支えを奪うことになる。

手嶋か秋穂か……どちらかを地獄に突き落とさないといけない。

いくら考えても、二つのどちらかなんて選べやしない。結論が出たのは、高周波のことを思いついた瞬間だった。

俺が落ちればいい。

それが導き出した答えだ。

指導手によるあからさまな不正があったなら、第一審における臭気選別の信憑性は失われ、手嶋が有罪かどうかの判決は他の判断材料に委ねられる。そうすれば悪いのは指導手の俺だけ。レニーの臭気選別が冤罪を生み出したことにはならなくなる。判決の結果はともかく、そこまですることが自分の責任だと思えた。

検証において手嶋の臭いが付いた布は、保存期間が長いから濃度は必然的に濃くなる。レニーはきっと手嶋の布を選ぶだろう。問題は野見山が不正をしたと思わせる方法だ。不正があったことにするため、いろいろ小細工をした。レニーには聞こえないのに訓練場でフレディや他の犬に高周波を聞かせていたのも、その一つだ。桐谷たちに犬の様子がおかしかったと言わせれば、不正の下準備と思わせることができる。臭布を設置する役を希望したのも、そのためだ。布の配置を知らなければ、レニーに合図を送って不正をしたと思わせることはできないからだ。仕上げとして〝不正〟を告発する。音を使った不正が行われると弁護団に垂れ込んだのは、野見山自身だった。

桐谷は悲しげな顔だった。

こいつは指導手としては未熟だ。だが素質はきっと俺などより上。犬だけじゃなく人の気持ちを汲み取り、寄り添うことができるからだ。鈍感な奴だとばかり思っていたが、驚かされた。だが真実を証明する手段などあるまい。このまま黙っていればいいだけのこと。これ以上、秋穂を苦しめてたまるものか。

そう思ったとき、車輪の音がした。

レニーが尻尾を振って走り寄っていく。

「野見山さん」

秋穂だった。

「……私が自殺なんてしようとするから、無茶なことさせちゃったね。本当にごめんなさい」

泣きそうな顔で頭を下げた。

「ただこれだけは言わせて。レニーは臭気選別を間違ったやり方で覚えていたのかもしれない。だけど、それがすべてじゃないわ」

秋穂は声を大きくする。

「あなたとレニーはたくさんの人を助けて感謝されてきた。その事実は消えないでしょう？」

涙ぐみながら秋穂はレニーを抱きしめた。

野見山は心の中で思った。初めから変な小細工などせずに、正直に話せばよかったのかもしれない。馬鹿なことをしたものだ。大好きだった仕事を辞めて、全てを失った……。

「一つ、お願いがあるの」

秋穂の車椅子が近付いてきて、野見山は顔を上げた。

「私、もう一度、ここで警察犬を育てようと思うの。歩けなくてもできることはあるわ。野見山さん、私の夢を一緒に手伝ってもらえませんか」

「秋穂」

もう二度と犬に関わらないと決めたはずだった。その資格もないと思っていた。だが……。ふと見ると、足元に何かがまとわりついてきた。一頭の若いシェパードだ。

横に立っていた桐谷が言った。

「レニーの子だそうですよ。子どもがいるなんて、ちっとも知らなかったな」

二頭並んで、尻尾を振っている。

「レニーとエリスの子なの。名前はクラウド」

秋穂が微笑む。エリスとは地下鉄爆破事件で秋穂をかばって死んだ雌犬のことだ。

「もらわれていった先の飼い主さんが亡くなってしまって、うちに戻ってきたの。この子は人見知りが激しいんだけど、野見山さんにはすぐ慣れたみたいね」

くうん、くうんと甘えた声で鳴いている。しゃがんで顔を近づけると、クラウドは野見山の頰をなめた。よろしくねと言わんばかりに。

うらやましく思ったのか、レニーも頰を寄せてきた。

野見山は二頭の犬たちを、両手でぐっと抱きしめる。
もう一度、手綱を引いてくれというのか。こんなどうしようもない俺に。
レニー、ありがとう。ごめんな。
熱いものがとめどもなく、頬を伝っていた。

手口

堂場瞬一

堂場瞬一（どうば・しゅんいち）

一九六三年、茨城県生まれ。青山学院大学卒。二〇〇〇年『8年』で第十三回小説すばる新人賞を受賞しデビュー。著書に「警視庁追跡捜査係」「アナザーフェイス」「警視庁犯罪被害者支援課」「ラストライン」の各シリーズのほか、『刑事の枷』『沈黙の終わり』『ピットフォール』『赤の呪縛』『大連合』『聖刻』『幻の旗の下に』『ボーダーズ』『0 ZERO』など。

1

「しっかりしろ」

係長の田川孝夫に低い声で叱責され、岩倉剛は唾を呑んだ。唾を呑んでも吐き気は抑えられそうにない……胃液が上がってきて喉を焼く。しかしここで吐いたら、犠牲者に対してあまりにも失礼だろう。

「仏さんに手を合わせろ」

田川に言われるまま、岩倉はひざまずいた。遺体との距離が縮まり、また新たな吐き気が襲ってくる。遺体は仰向けの状態で倒れ、虚ろな目が天井を睨みつけているようだった。出血は、頭と首の二ヶ所。頭は鈍器で痛打され、首の左側の傷は刃物で切り裂かれたようだった。頭の周囲に流れ出した血は、フローリングの床の上で既に固まり始めている。

交番勤務から渋谷中央署の刑事課に上がってきた二十七歳の岩倉が死体を見るのは、これが二度目だった。最初は今年の一月十八日――阪神　淡路大震災の翌日に発覚したバラバラ殺人事件。今回が二度目だが、遺体には簡単には慣れない。今は二月――二ヶ月で二度の殺人事件かと考えるとぞっとする。東京がやはり怖い街なのか、それとも俺に、事件に対する「引き」があるのか。

目を閉じ、両手を合わせる。そうしているうちに、気持ちが落ち着いてきた。これは殺人事件。目の前の遺体は数時間前――十時間ぐらい前には生きてきちんと生活していた人なのだ。それがいきなり奪われた。そう考えると、ふつふつと怒りが湧き上がってきて、体から吐き気を追い出していく。

立ち上がると、少しは冷静に遺体を検分できた。パジャマ姿。寝込みを襲われ、抵抗虚しく殺された、という感じだろう。手にも傷がある。犯人と格闘になった証拠だ。もしかしたら爪に、犯人の皮膚片が残っているかもしれない。

「免許証がありました」

先輩刑事の高岡(たかおか)が、免許証を持って近づいて来た。受け取った田川が、ひざまずいて免許証と遺体を交互に見比べる。ほどなくうなずき、岩倉にも免許証を見せた。

日野昌夫(ひのまさお)。昭和十一年七月生まれということは、現在五十八歳。血塗れの顔と免許証の写真を見比べると、確かに同一人物のようだった。

マンションのこの部屋で悲鳴が聞こえた、という通報が入ったのは、今日未明――午前三時頃だった。渋谷中央署の当直署員が駆けつけたところ、ドアには鍵がかかっていなかった。中を確認して、すぐに遺体を発見。やはり当直勤務だった田川が現場の指揮を執り、岩倉たち刑事課員にも速攻で召集がかかった。岩倉は恵比寿のワンルームマンションで一人暮らしだったので、顔も洗わずに家を飛び出し、タクシーを拾ったのだった。

今は午前六時。捜査はこれから本格化する。

岩倉は遺体から離れ、ベランダに向かった。アルミサッシのガラス部分に直径二十センチほどの穴が空いており、鍵は外されている。典型的な焼き破り――警察学校で習った記憶もまだ鮮明だ――の手口である。ガスバーナーなどでガラスを熱し、直後に冷却スプレーや水で急速に冷やすと、ガラスは簡単に割れる。音もしないので、侵入盗の犯人がよく使う手口だ。

「焼き破りの現場は初めてか」後ろから近づいて来た田川が訊ねる。

「そうですね」交番勤務時代にも、窃盗事件の現場を検分したことはあるが、焼き破りは初めて見た。

「で？　お前はこの事件全体の筋をどう見る？」

「犯人はベランダから、焼き破りの手口で室内に侵入。窃盗目的だったとしたら、気づいた被害者を襲って殺し、その後はドアから逃げた――ということかと思います」

「いいだろう」田川の表情が少しだけ緩む。「で、捜査の方針は？」

「それを俺に聞くんですか？」

岩倉は少しだけたじろいだ。自分は刑事としては駆け出し――刑事になってまだ二つ目の殺人事件なのだ。捜査の方針と言われても答えられない。

戸惑って黙っていると、田川が「いいから言ってみろ」と急かした。

「はい……」岩倉は一瞬目をつぶり、すぐに回答を引き出した。「類似手口の捜査かと思います。焼き破りの事件を調べて、逮捕歴のある人間をチェックしていく」

「正解、だ」田川がニヤリと笑う。「もちろん怨恨の線も考えられるけどな……捜査の方針は後で会議で決めるが、お前は書類をひっくり返すのと、外で人に話を聴くのと、どっちがいい？」

「希望を言える立場じゃありません」

「そうか」田川がうなずく。「ま、それは後で決めよう」

「おい、岩倉！」高岡が声をかけてきた。「寝室を調べる。手伝え！」

「はい！」

声を張り上げて、岩倉はリビングルームの中をもう一度見回した。血痕は遺体の周辺にあるだけ……ということは、被害者は寝ていて異変に気づき、リビングルームに出て来たところをいきなり襲われたのだろう。血痕は遺体の周辺にしかないものの、リビングルームは相当荒れている。テーブルの位置が不自然にずれていたり、椅子が倒れていたりと、被害者と犯人が激しい格闘をしたのは間違いなさそうだ。

「どうした、新入り！」高岡がまた声を張り上げる。

「今行きます！」

新入りか……警察というのは、やはり上下関係がはっきりした世界だと思い知らされる。岩倉は警察学校を卒業してから、交番勤務を経て、今年の年明けに渋谷中央署の刑事課に異動したばかりだった。自分から希望して刑事になったわけだが、こういう上下関係にはしばらく悩まされるだろう。分かってはいても、抑えつけるような先輩の態度は、やはり鬱陶しいものだった。後輩が刑事課に配属されたら、自分もこうなってしまうのだろうか……。

とはいえ、警察での経験を積んでいくに連れ、そういう上下関係はどんどん崩れ——複雑になっていくのだが。警察は、警部までは試験で決まるから、試験が得意な人間は、その気があればどんどん出世していく。その結果、まだ若いのに多くの部下を率いる立場になる人間も少なくない。自分はその道を行くべきか、あるいは出世を望まず現場の刑事として一生を生きていくべきか。二十七歳の岩倉には、まだ何も決められなかった。

早朝——未明に叩き起こされ、その後現場をずっと調べた後に、マンションの他の部屋の聞き込みをしていたので、時間はあっという間に過ぎてしまった。建て替え中の仮庁舎へ戻ると、さすがに疲れを感じる。聞き込みの合間に慌ててコンビニのパンを食べただけなので、腹も減っていた。

最初の捜査会議は、その日の午後七時に設定された。署に戻ったのが六時半。高岡が「さっさと弁当を食っておけよ」とせかせかした口調で命じる。見ると、特捜本部が置かれた会議室の後ろにある長テーブルに、弁当が積み重ねられてあった。岩倉は一つ取って、隅の席で急いで弁当をかきこんだ。腹が減っているからあっという間に食べてしまったが、冷めた弁当は味気ないことこの上ない。二月なんだから、せめて食事ぐらい温かいものを食べたいところだ……。

捜査会議が始まる。最初の会議ということで捜査一課長も参加し、いやでも緊張した雰囲気が高まってくる。岩倉は捜査一課長を生で見るのは初めてだったが、「意志の固まり」のような人だという印象を抱いた。小柄でがっしりした体型。顔つきは柔和な方だが、その目は「やるべきことは必ずやる」「犯人は絶対に逮捕する」と無言で周囲に主張しているようだった。

捜査会議では、まず田川が事件の概要を説明した。最初の頃に現場に入った岩倉も、事件の状況を完全に把握しているわけではない。現場の刑事は、目の前の仕事をこなすだけで、全体像が見えているわけではないのだと思い知る。

「通報は午前三時。通報者は被害者宅の右隣、四〇一号室に住む常田吾郎さん、三十五歳です。職業は商社勤務のサラリーマン。明日は臨時で休みということで、家で酒を呑んで夜更かししていたところ、悲鳴を聞いて慌てて一一〇番通報しました。当直の署員が駆けつけたところ、玄関のドアは施錠されておらず、中を確認したところ遺体を発見しました」

次いで、被害者の説明に入る。

「被害者は日野昌夫さん、五十八歳。個人で貿易商をしており、独身です。離婚して一人暮らしだったという情報がありますが、これは現在確認中です。遺体の解剖は明日になりますが、頭部を鈍器で強打された上に、首の左側を刃物で切られて亡くなっていました。被害者の普段の行動パターンについては、現在詳細を捜査中です」

さらに手口の報告。

「ベランダの窓ガラスが、焼き破りとおぼしき手口で破られていました。犯人は室内を物色中に、起き出してきた日野さんと鉢合わせになり、格闘の末に日野さんを殺害したと見られています。その後、玄関から逃げたために、施錠されていなかったと思われます。被害額ですが、まだはっきりしたことは分かっていません。ただ、床に投げ出されていた財布が空だったこと、寝室のデスクの引き出しにあった銀行の封筒が空だったことから、現金等が盗まれたと見られています。現場の報告は以上です」

会議の司会役を務める本部捜査一課の管理官が立ち上がり「一課長、お願いします」と促した。

一課長が、背広のボタンをとめながら立ち上がると、ざわついた雰囲気が一瞬で消えた。刑事たちが背筋を伸ばし、言葉を持つ。

「今回の一件は、居直り強盗の可能性が高い。ただし、被害者の交友関係など、怨恨による犯行の線も捨てられない。当面は、強盗、怨恨による犯行の両面睨みで捜査を進めていく。分かっていると思うが、自宅を襲われ、休んでいるところを殺される事件は、市民生活に大きな不安を与える。被害者のため、近隣住民のため、一刻も早く事件を解決するのが急務だ」

「はい！」と一斉に大きな声が上がった。これだよ、これ……これが捜査の醍醐味だと、岩倉は内心の興奮を抑えきれず、つい頬が緩むのを感じた。

それから、刑事たちへの細かい指示が始まった。大半の刑事たちは、まだ事情聴取を終えていない現場付近での聞き込みを命じられ、他に日野が経営する会社の調査に四人……岩倉は、自分の名前が呼ばれないので不安になった。まさか、特捜本部で電話番じゃないだろうな。連絡要員として、必ず一人が電話番で居残る、という話は聞いていた。

それを押しつけられたら困る。せっかく大変な事件に巡り合ったのだから、自分の足で情報を稼いでみたい。

しかし田川は、意外な指示を与えた。

「岩倉は、本部の捜査三課に行って、手口の確認。そうだな……ここ十年ぐらいの、都内の盗犯事件で、焼き破りの手口について全部洗い直せ」

自分でも予想していた役目だったが、正直納得できない。要するに書類仕事ではないか。そういう仕事も必要なのは分かるが、自分は刑事課に配属されたばかり、駆け出しの刑事である。だからこそ、現場で靴底をすり減らす必要があるのではないか？

捜査会議が終わると、高岡が声をかけてきた。

「まあ、腐るなよ。手口の調査は捜査の基本だからな」

「はあ……」そう言われても困る。

「それよりお前、メモ取ってなかっただろう。駄目だぜ、会議の時はちゃんとメモを取らないと」

「覚えました」

「ああ？」高岡が目を見開く。「じゃあ、通報者の名前は？」

「常田吾郎さん、三十五歳」ついでに電話番号もつけ加える。

高岡の表情が微妙に変わった。固有名詞ならともかく、電話番号まで出てくるのが意外な様子だった。

「ちなみに、日野貿易の住所は渋谷区渋谷二の二十五の三、渋谷ビジネスビル三階の三〇五号室、電話番号は――」

「ああ、もういい」高岡が面倒臭そうに言った。「何なんだ、お前、こういうのが特技なのか？」

「特技というわけじゃないですけど……」どうでもいいようなことは覚えられるのに、大事なことには弱い。試験勉強で記憶力を発揮できるわけではなかったのだ。

「ま、この際手口をちゃんと勉強しておくのもいいんじゃないか？」

勝手なことを……岩倉は、自分だけが捜査から取り残されてしまったような気分だった。

2

翌日、岩倉は朝一番で桜田門にある警視庁本部に向かった。仕事で訪れるのは初めて……前夜、捜査三課に話は通していたが、やはり緊張する。

対応してくれたのは、二係の谷口（たにぐち）という若い刑事だった。自分とさほど年齢は変わらないようだが、でっぷりしていて妙な貫禄がある。

「こいつが、過去十年間の焼き破りの窃盗事件を調べた一覧だ」岩倉の前に、どさりと書類を置く。高さ五センチほど……何枚あるのだろうとうんざりしてきた。

「資料は門外不出だから、ここで見ていってくれ」

「ありがとうございます」岩倉は頭を下げた。「二係って、手口分析の専門ですよね」

「面倒臭いぞ」谷口が小声で言った。「必要な仕事なんだけど、肩が凝る。間違っても、こんなところは希望するなよ」

「一課希望です」

「一課ねえ。狭き門だぜ」

確かに……警察官になった若者の間で人気なのは、捜査一課と交通機動隊だと言われる。殺人事件などの凶悪事件を担当する捜査一課は、やはり警察の花形である。白バイに乗る交通機動隊は純粋に格好いい……どちらも希望者が多いが故に、ふるいにかけられて残った優秀な人材だけが集まると言われているのだが。

「頑張ります」

「ああ。終わったら声をかけてくれよ」

そう言われたものの、いつまでかかることやら。

岩倉はまず、ざっと目を通し始めた。昨日の鑑識の調査で、手口はだいたい分かっている。ガラスを熱したバーナーがどんなものかは不明だが、冷やす際には冷却スプレーを使ったことは、残留物のチェックで明らかになっている。

焼き破りの場合、ガラスを一気に冷やすには冷却スプレー、あるいは水が使われることが多い。岩倉は、水を使ったケースを除外した。常習的な犯罪者というのは、一度成功した手口にこだわる。水を使った犯人が、次回は冷却スプレーに変える、ということはまずないはずだ。水で成功すれば、その後はずっと水というパターンが多いと警察学校で学んでいた。

三十分後、手口表は二つに分かれた。冷却スプレーを使った手口は四十五件。この中で、犯人が逮捕されたケースは二件しかなく、他は未解決だった。四十五件の中には、この二人の余罪もありそうだ……常習の窃盗犯は、何度も犯行を重ねていても、それが全て立件されるとは限らない。

どうしたものか……まず、犯人が逮捕されている二件についてチェックしなければならない。もしもこの犯人が既に服役を終えて出所していたら、また同じ犯行を繰り返している可能性もある。

岩倉は席を立ち、谷口の席に行った。谷口は二人の犯人についてすぐに調べてくれた。逮捕された二人のうち、東新太（あずましんた）は服役中。しかしもう一人、西田康介（にしだこうすけ）は一年前に出所していた。

「西田ねえ……こいつ、確か三回ぐらい逮捕されてるぜ」谷口が言った。

岩倉は、手口表を確認した。容疑者の名前は書いてあるものの、詳しい犯歴までは分からない。谷口がすぐに、別の資料を引っ張り出してくれた。

「そうだな……」ファイルフォルダから数枚の資料を取り出し、確認する。「確かに三回逮捕されて、そのうち二回は実刑判決を受けている」

「今の住所は分かりますか？」

「一年前に出所した後の居所は分からないな……しかし、怪しいっちゃ怪しい」

「ただ、どうですかね」岩倉は疑義を呈した。「ずっと窃盗専門でやってきた人間が、急に暴力的になりますか？」

「居直り強盗ってこともあるよ。いきなり住人が出てきたら、びっくりして何をしでかすか分からないだろう」

「……ですかね」

「ま、特捜に持ち帰って検討しろよ」谷口が立ち上がり、西田に関する資料をコピーしてくれた。

これで本当に西田が犯人なら、自分の手柄になるのだが、岩倉はどうにもすっきりしなかった。窃盗犯は臆病なものだ、と先輩に聞いたことがある。絶対に捕まりたくないから、バレそうになると何も盗らずに逃げ出すこともある。被害者に気づかれ、抵抗されたとしても、相手を殺そうとするものだろうか？　何とか逃げて、相手に顔を見られないようにするのではないだろうか。

　この件がどう転がっていくか、まだ想像もできなかった。

　岩倉は警視庁本部の食堂で初めて昼飯を食べてみた。安いが味気ない……しかし、いつかは——近いうちには、自分もここで毎日昼飯を食べたいものだと思った。所轄を回って警察官人生を終える者も少なくないが、やはり本部で活躍してこその警察官人生である。

　午後、渋谷中央署の特捜本部へ戻る。刑事たちは出払っていて、幹部がいるだけだった。捜査三課での調査結果を田川に報告する。

「分かった。今日の夜の捜査会議で、お前から報告してくれ」

「了解です。それまでどうしましょうか」

「ここで電話番」田川があっさり言った。

「しかし……」岩倉は眉をひそめて抗議の姿勢を示した。

「電話番をしていた人間を送り出しちまったから、人がいないんだよ」

「……分かりました」

　電話番なんか暇でしょうがないだろうと思ったが、実際にはかなり忙しくなった。街に出ている刑事たちからは頻繁に電話が入る。報告のために幹部につないでくれという電話だったり、他の刑事をポケベルで呼び出してくれというものだったり、訪ねる場所の住所や電話番号を割り出してくれという頼みだったり……刑事らしい仕事をしている感じはなかったが、それでも休む間もなく動いているうちに午後は潰れてしまった。

そして午後七時から捜査会議。その前に田川と少し話す時間ができたが、今のところ有力な手がかりはないということだった。日野の普段の人間関係に関しても、トラブルにつながりそうな材料はなし。

「ということは、お前の報告が極めて重要になるぞ」

「そうでしょうか」岩倉は疑義を呈した。自分でも「当たりかもしれない」と思っていたが、時間が経つに連れ、やはり「違うのではないか」という疑念が強くなってきている。

捜査会議では、外を回っていた刑事たちからの報告が続いた後、田川に指名された。少し緊張しながら立ち上がり、捜査三課で得た情報を披露する。

「――同様の手口で過去に三回逮捕された西田康介は、一年前に出所しています。現在の動向は摑めていませんが、捜査三課で調べてくれることになっています」

岩倉は突然、先輩刑事たちの質問責めにあった。そいつの以前の住所は？　家族関係は？　出所後に頼りそうな人間はいるか？

戸惑いながら、岩倉は分かることは答えた。何となく、会議室の空気が暖まってきた感じがする。しかしそれとは逆に、岩倉は冷めていった。

最後に捜査一課の管理官がまとめる。

「よし、この手口の共通点は気になるな。捜査三課の協力ももらって、西田という男の追跡を始めよう。明日からは、こいつの追跡に人手を割く」

一点集中ということか……しかし岩倉は、西田の追跡捜査担当に選ばれなかった。自ら手を上げるべきだったか？　釈然としないまま、捜査会議は終わった。田川が声をかけてくる。

「何だ、自分で引っかけてきたネタなのに捜査できないから、ご機嫌斜めなのか」

「いえ、こんなに一気に方向性が決まっていいんですか？　十人も割くのはやり過ぎっていうか……」捜査本部の人員には限りがあるのだ。

「何が気になる？」田川は怒りもせず、質問してきた。

「確かに焼き破りの手口は似ていると思います。しかし、窃盗専門でやってきた人間が、居直りとはいえ強盗をしようとするものでしょうか？　捜査三課の人と話したんですが、西田は臆病で用心深い人間だそうです。家に侵入して誰かと出くわしたら、そのまま逃げそうな感じがするんですが」

「駄目だな、お前は」田川が首を横に振った。「おかしいと思ったら、そこで待ったをかけないと」

「捜査会議で、ですか？」想像もできない。刑事たちは報告するだけで、捜査方針を決めるのは幹部、と思っていたのだ。そうでないと、捜査の指揮が混乱するはずだし。

「疑問に思ったら、すぐ手を上げろ。俺は、この線は悪くないと思うけど、誰も何の疑問も持たないで、一気に同じ方向に突っ走ってしまうと危ない」

「ええ……」

「もしも間違っていたら、引き戻すのが大変になるんだ。こういう大人数での仕事の場合、でかいタンカーを動かすみたいなものだからな。止まるにも方向転換するにも、時間がかかる」

「でも、捜査会議でいきなり声を上げるなんて、難しいですよ」

「それができるようになるまでには、お前ももっと経験が必要かもしれないが、忘れないでおけよ。勇気を持って『ノー』と言うことも大事だ……俺も、そんなに簡単には言えないけどな」

「そうですか」そんな図々しいことをしていいのだろうか、と驚く。警察の世界は上意下達が当たり前だと思っていたのだ。命令は絶対。勝手なことをしていると、組織として立ち行かなくなる……しかし、上の命令が常に正しいとは限らないのも事実だろう。

「とにかく今回は、手口の問題が重要になりそうだ。お前は西田の捜査から外したが、頭の片隅には置いておけよ。いきなり仕事が変わることもあるからな」

「分かりました。しかし、焼き破りの手口って、多いんですね」

「泥棒さんにすれば、比較的安全確実なやり方なんだろうな」田川がうなずく。「音がしないのがメリットだ。住人がいても、気づかれずに侵入できる可能性が高いからな」

「そうですか……」岩倉の頭の中に、ふと何かが入りこんできた。拳を顎に当て、二度、三度と叩く。その刺激で、記憶が一気に鮮明になった。

「どうかしたか？」

「いや……あの、ちょっと気になることがあるんです」

「何だ？」

「それは調べてからお話しします。失礼します」

岩倉はさっと頭を下げ、刑事課に向かった。古い新聞は……渋谷中央署の刑事課では、二週間分の新聞を取り置いている。何かあった時に、後から見返すためだ。二週間経つと、必要な記事だけスクラップして廃棄する。その役目は、主に岩倉に任されていた。下っ端の仕事なのだ。

あの記事は……岩倉は新聞の束を下の方からひっくり返した。あった――問題の記事はすぐに見つかった。記憶通り、山梨県で起きた事件の記事。被害額が小さかったので、見出しが一段のベタ記事だったが、それでも岩倉は覚えていた。その記事をコピーし、捜査本部の置かれた会議室に駆け上がる。本部の管理官たちと話していた田川の元に向かい、直立不動の姿勢を取った。

「どうした」田川が怪訝そうな視線を向けてくる。

「この記事なんですが」

岩倉はコピーを差し出した。受け取った田川がさっと目を通す。顔を上げると「何で分かった？」と訊ねた。

「読んでましたから」

「だけど他県で起きた事件だし、ベタ記事じゃないか。そんなもの、普通は読み飛ばすか、読んでもすぐに忘れるだろう」

「どうしてと言われると困りますが」

「人数分、コピーしろ」

言われて岩倉は、会議室の片隅に持ちこまれていたコピー機に向かった。幹部——田川と本部の管理官、係長に一枚ずつ渡す。

「この事件は記憶にないな」記事に目を通した管理官が言った。「何でこんな小さな事件を覚えてるんだ？」

「新聞で読みましたから」自分でもよく理由が分からぬまま、岩倉はまた言った。

「読んだからって、覚えてるわけじゃないだろう。他県の事件だし」

岩倉も、手にしていた記事のコピーにもう一度目を通した。約二週間前、山梨県大月市で発生した強盗事件。

6日午前1時半頃、山梨県大月市大月のアパートで、「人の悲鳴が聞こえた」との一一〇番通報があった。大月中央署員が駆けつけたところ、部屋のドアは開いており、住人の無職鳥谷三夫(とりたにみつお)さん(68)が頭から血を流して倒れていた。鳥谷さんは意識不明の重体。

部屋のベランダの窓は、鍵の周辺のガラスだけが破られており、犯人はそこから侵入したと見られている。県警は大月中央署に捜査本部を設置、強盗傷害事件として捜査を始めた。

「詳しい手口は書いてありませんが、窓の一部だけが破られている手口が似ています。やはり焼き破りではないでしょうか。それに、住人を負傷させる乱暴な手口も、こちらの事件と似ています」

「よし、分かった」管理官がようやく顔を上げる。「君……名前は何だったかな」

「岩倉です。岩倉剛です」

「これからすぐ大月に向かってくれ」

「今からですか?」岩倉は思わず目を剝いた。壁の時計を見上げると、午後八時過ぎ……新宿から大月までは、特急あずさに乗れば一時間ぐらいなのだと思い出す。

「まだ電車もあるだろう。山梨県警には捜査共助課経由で連絡を入れておく。今夜中に向こうへ移動しておけば、明日の朝一番から動けて楽だろう」

「分かりました」

参ったな……一泊か二泊の出張になるだろうが、着替えの用意がない。いざという時のために、ロッカーに二日分ぐらいの下着とワイシャツぐらいは入れておけ、と田川から言われていたのだが、何となく面倒で準備していなかったのだ。まあ、大月ならコンビニもあるだろうし、向こうで下着やワイシャツを仕入れてもいい。

これが何かの手がかりになるかどうかは分からない。しかし岩倉の胸は期待で膨らんでいた。本当に、自分が引っかけてきたネタで動けるのだ。他人の指示でなく、自分で、というのが何となく誇らしい。

3

大月駅に到着したのは午後十時過ぎ。東京に比べてぐっと気温が低い。飛び込みで、駅前にある小さなビジネスホテルに宿が取れた。小さな駅で、駅前も賑やかさとは程遠いので、ここで宿が取れなかったら、と想像するとぞっとする。その場合は、地元の所轄に行って頭を下げ、宿直室に寝かせてもらうことになっただろう。

フロントで、大月中央署の場所を確認する。大月駅からは結構離れている——歩いては行けそうにない距離なので、タクシーを使ってしまおう。今夜はさっさと風呂を浴びて寝るだけ——睡眠不足解消にもちょうどいい。

しかし、ベッドに潜りこんだものの、なかなか眠れない。あれこれ考えて、脳は忙しく動き続けていた。結果、眠りに落ちたのは午前二時か三時頃だったろうか……目覚ましの音も聞こえず、慌てて飛び起きた時には、既に午前八時になっていた。クソ、これじゃ着替えを買いに行っている時間はない。朝飯も抜きだ。

昨日の服をそのまま着て、慌ててホテルを飛び出す。駅前にはタクシーが溜まっていた。こういう地方の駅前には、朝から開いている食堂があったりするものだが、それらしき店は見当たらない。コンビニや喫茶店もなし。朝飯抜きさか、とがっかりしたが、せいぜい胃を温めようと、駅前の自販機で缶コーヒーを買った。それを飲みながらタクシーに乗りこみ、行き先を告げる。

十分ほど車に揺られ、所轄に到着。田舎の警察らしく、庁舎の前は広い駐車場になっている。庁舎自体は最近建て替えられたばかりのようで、三角屋根がモダンなイメージだった。あまり警察署らしくないとも言えるが……二階にある刑事課に足を踏み入れると、既に朝の引き継ぎ、朝礼は終わっており、通常業務が始まっていた。デスクの数に比して、人は半分ほど。何もない時でも街を回り、地元の人たちと顔つなぎするのも大事な仕事だ、と岩倉は言われている。渋谷中央署の場合、顔つなぎが終わる前に異動になってしまうだろうが。事件が多いから、捜査に追われて、管内をくまなく歩く暇もないだろう。

一番奥にいる刑事課長に挨拶した。

「ずいぶん若い刑事さんが来るんだね」課長は苦笑いしていた。

「すみません、駆け出しです」

「普通は、二人一組で動くもんだが」

「今、他の捜査に人手を集中させています」

「話は聞いてるよ」課長がファイルフォルダを広げ、資料を取り出してから、近くにいるいかにもベテランという感じの刑事に声をかける。「山井部長」

山井と呼ばれた巡査部長が立ち上がり、課長席の前で直立不動の姿勢を取る。小柄で小太り、髪はほとんどなくなっていたが、丸顔は若々しく血色がいい。年齢を読むのが難しいタイプだ。

「こちら、警視庁の――」

「岩倉です」名乗り、山井に向かってさっと頭を下げる。山井は笑顔を浮かべたままうなずいた。

「うちの事件の手口を調べたいそうだ。ちょっと面倒みてやってくれるか？」

「分かりました。じゃあ、行きますか」山井が早速言った。

「え？」最初は説明を聞くものだと思っていた。

「まず現場を見た方がいいでしょう。手口と言えば、そこだから」

山井はさっさと刑事課を出てしまう。岩倉は慌てて課長に一礼し、山井の後を追った。

駐車場に出ると、覆面パトカーに乗りこむ。

「あんた、ずいぶん若いね」ハンドルを握る山井が切り出してきた。

「先月、交番から刑事課に上がってきたばかりです」

「警視庁だと大変だろう」

「まだ慣れていないので……東京の事件は、ご存じでしたか？」

「新聞で読んだだけだけどね。犠牲者が出ているから、扱いが大きかったね」

「手口について、引っかかりませんでしたか？」

「まあ……多少は気になっていたけど、はっきりしたことは分からないからな」山井の口調が曖昧になる。こんなものだろうか？　管轄が違っていても、情報があるのなら、何らかの方法で流しそうなものだが。やはり警察というのは、管轄の違いが大きいのだろうか。

東西に走る国道二十号線が、大月の交通の大動脈だ。山井は駅の方へ向かって車を走らせ、銀行の駐車場に停めた。ここだと駅から歩いて来られる……先に現場を確認して、ここで落ち合うようにすればよかった、と悔いる。もう少し仕事に慣れれば、無駄なく動けるようになるかもしれないが。

「ここに停めて大丈夫なんですか？」

「昔から頼んでるんだよ。大月の駅付近には、車を停める場所があまりなくてね」

「そうなんですね」この辺の人たちは、基本的に車移動だろう。駐車場が少ないと不便ではないかと岩倉は想像した。

「大月、田舎でしょう」銀行の裏手の、レンガ敷の細い通りを歩き出しながら山井が言った。

「でも、空気は綺麗ですよね」そして寒い。東京より二度、三度ぐらいは気温が低い感じで、岩倉は朝から寒さに悩まされていた。

「そりゃ、東京とはまったく違うだろうね」

「新宿から一時間で来ちゃうのが信じられないですね」

「さて……そこのアパートです」

山井が、三階建てのアパートの前で足を止めた。それぞれのフロアに五部屋。こぢんまりとして、単身者か子どもがいない若い夫婦向けという感じだった。

「被害者の方、ここで一人暮らしだったんですか？」

「そう。大月の市役所に勤めていて、もう定年退職してる……生まれは都留市なんだけど、実家とは折り合いが悪かったみたいで、定年退職してからもここでずっと暮らしていたんですよ」

「独身ですか？」

「ああ、一度も結婚したことがない。そういう人もいるってことだな」

「近所づき合いは？」

「ほどほどに。田舎だからって、ご近所さん全員と親戚みたいにつき合っているわけじゃない」

山井は何だか、やけに田舎を卑下しているようだ。山梨県警の人間ということは、こちらの出身である可能性が高いのだが、何か思うところでもあるのだろうか。

「ちょっと見てみていいですか」

「どうぞ。もう、原状は回復されてるけどね」

事件から二週間も経っているのだから当然だ。大家も、いつまでも、窓ガラスが破れたままにしておきたくはないだろう。

「犯人は、一度屋上へ出て、そこからロープを使って三階のベランダに降りた」階段を上りながら山井が説明した。

「こちらの事件と同じ手口です。東京の場合はマンションでしたが」

「で、ベランダの窓ガラスに焼き破りで穴を開けて、鍵を開けて侵入、ということだ」

「その手口もまったく同じです。この部屋を狙った理由は何なんでしょうか」

「そいつは、犯人に聞いてもらわないと分からないな」山井が軽く笑った。「しかし、犯人は下調べもしてなかったんじゃないかな。こんな狭い家に入りこんだら、住人とすぐに出くわすことぐらいは分かりそうなものだが」

「間取りはどうなってますか？」

「1LDK。被害者は、ベランダに近い方の部屋で寝ていた。反対側――」山井がドアに向かって手を差し伸べる。「この階段と外廊下の側が、玄関とダイニングキッチンだ」

「ベランダ側で寝ていた被害者がすぐに気づいた、ということですね」

「それで格闘になって、犯人は被害者の頭を一撃、だ」山井が腕を振るった。「そのまま、玄関から逃げ出したようだ」

「発生――通報時刻は午前一時過ぎでしたよね？　それぐらいだと、この辺はどんな様子ですか」

「人っ子一人歩いてないね。猫もいない」言って、山井がまた軽く笑う。「暇で元気のいい若い連中が、車やバイクで走り回ることはあるけど、基本的には真っ暗で人気もない」

「そうですか……」となると、逃げ出した犯人を見ていた人もいないだろう。

「焼き破りは、窃盗犯に多い手口だね」山井が言った。

「はい。ただ、強盗となると……」

「あまりない――だから類似ケースで、うちの事件に目をつけたわけか」

「都内で、焼き破りの手口による窃盗事件を調べていたんですけど、どうもピンとこなくて。こちらの事件を新聞で読んでいたので、思い出したんです」

「同一犯の可能性もあるか」

「隣県ですからね」

「確かに考えられないでもないな。とにかく手口が乱暴だ。こういう方法を使う人間は、それほど多くないと思うよ――ちょっと待った」

山井がコートの前をはだけ、腰に手をやった。ポケベルの呼び出し音が甲高くなる。

「ちょっと電話してくる」

「ええ」

山井が軽やかに階段を駆け降りた。残された岩倉は、ドアの周辺を検分したが、そこから何かが分かるわけではない。ただ、同一犯が山梨と東京で近い間隔で事件を起こしていた可能性は否定できない――いや、その可能性が高いのでは、と思えてきた。焼き破りの手口もそうだが、一度屋上まで出て、ロープを使って最上階のベランダに降りるやり方も似ている。こういう手口を使う人間が、何人もいるとは思えなかった。

ほどなく、階段を駆け上がる音が聞こえてくる。ひどく焦った感じだった。山井はずっと柔和な表情を浮かべていたのだが、今は形相が変わっている。

「すぐ戻るぞ」

「何かあったんですか？」

「犯人が捕まったんだ」


「逮捕された？」電話の向こうで、田川の声がひっくり返った。

「現場を見ていた時に連絡が入ったんですよ」

「どういう経緯で？　うちとの関係はどうなんだ」

「詳細はこれから調べます。何か分かったらすぐ連絡します」

署の入り口にある公衆電話の受話器をフックに戻し、テレフォンカードを抜く。さすがに数字の減りは速い……次に連絡する時は、大月中央署の警電を借りよう。

山井が階段で降りて来た。交通課の横にある自動販売機で缶コーヒーを買っている――岩倉に気づくと、もう一本買って差し出した。

「ほれ」

「ありがとうございます」朝に続いて糖分がたっぷり入ったコーヒーだが、まだ固形物を胃に入れていないので、少しは空腹を紛らす役に立つ。

「悪かったね。隠してたわけじゃなくて、連絡が遅れたんだ」山井が言い訳した。「実はね、問題の犯人は今日未明、甲府市内で逮捕されていたんだ。今回は窃盗未遂容疑──やはり焼き破りでアパートの二階の部屋に忍びこもうとして、通行人に発見された」

「間抜けじゃないですか」岩倉は思わず言ってしまった。「そんな、通行人から見えるようなやり方……」

「バーナーでガラスを熱している時に、たまたま立ち上がってしまったんだろう。その時にバーナーの炎が見えたから、通行人が放火だと思って通報したようだよ」

「それで逮捕ですか？」

「犯人は、見られていることに気づかなかった。侵入して室内を物色中に、地元の署員が到着して逮捕した」

「住人は……」話の流れからして怪我人はいない感じだったが、岩倉は確認した。

「誰もいなかった。旅行中だったそうだよ」

「何時頃ですか？」

「午前二時」山井が自分の腕時計を見た。

「そんな時間に目撃者が？」

「裏春日でスナックをやってる人なんだ。ああ、裏春日っていうのは、甲府で一番の繁華街な。風俗街と言うべきかもしれないが」

なるほど……それなら、午前二時という時間に歩いていても不自然ではない。

「手口が手口だからな。こっちの事件の情報は、当然本部にも行っていて、うちに情報が還流してきたんだ」

「こっちへ引くんですか？」

「いや、しばらく甲府の所轄で取り調べをする。うちの方の調べは、そっちが固まってからだ。ただし、常習の窃盗犯となると、本部が介入して主導権を握るだろうね」

「俺が、甲府の所轄へ行ってもいいでしょうか」岩倉は遠慮がちに切り出した。

「それは、警視庁さんのやり方だから……上から上に話を通せば、何とかなるんじゃないか？」

「そうなると面倒なことになるので、ちょっと話をしてもらえれば」

山井が目を見開く。しばらく岩倉の目をまじまじと見てから、我慢できなくなったように吹き出した。

「あんた、若い割に図々しいねえ」

「すみません」岩倉は慌てて頭を下げた。「でも、上に話を通したらややこしくなります。時間もかかります。できるだけ早く、今回の犯人の顔を拝んでおきたいんですよ」

「まさか、自分で取り調べをするつもりじゃないだろうな？　さすがにそれは無理だよ」

「いえいえ……ただ、取り調べをちょっと見られればと思いまして」

「強引だねぇ」山井が苦笑する。「まあ、いいか。実は俺もこれから、甲府に行くことになっている。あんたと同じで、犯人の顔を拝みに行くんだ」

「じゃあ――」

「いいよ。課長に言っておけば、うちとしては問題ない。ただし、警視庁の方には、あんたがちゃんと話を通してくれよ。後で面倒なことになると困るからな」

「それは大丈夫です」田川は止めるだろうか。「やり過ぎだ」と言われる可能性もある。しかし目の前に手がかりが現れたのかもしれないのだから、直接確認しない手はない。

「まあ……あんたも相当強引だけど、頼もしいね」

「そうですか？」

「昔は、あんたみたいな若い刑事も少なくなかったんだよ。何でも自分で首を突っこんで、直接見てみないと気が済まない刑事が。上から見ると辟易することもあるけど、刑事としては大事なことだよな」

「すみません」思わず頭を下げた。

「あんた、案外古いタイプの刑事なのかもしれないな」

駆け出しの自分をそんな風に評価されても……「古い」と言われるのは、そんなに嬉しいことではない。今度は岩倉が苦笑する番だった。

4

立花亮太、三十八歳。これまでに逮捕歴はない。甲府市内の自動車修理工場に勤務していることは確認されていた。見た目はいかにも悪そう……短く刈り上げた髪を金色に染め、左右の耳にピアスをしている。長袖のTシャツから覗く手首のところに、何の模様か分からないがタトゥーがあるのが見えた。逮捕歴はないものの、相当問題ある人間ではないかと岩倉は想像した。

取り調べは順調に進んでいるようだった。岩倉は取調室の外に陣取り、マジックミラー越しにその様子を見ていたのだが、立花の態度は悪くはない。反省している様子はないが、取り調べを担当する刑事の追及には、一々丁寧に答えている。いかつい外見に反して声は頼りなく、女性的とさえ言えた。

「うちの事件についても調べるように、お願いしているんだ」

山井が言った瞬間、取り調べ担当の刑事が話を切り替える。

「ところで、二週間前に、大月市内でも同じような手口の事件が起きている。この時は、犯人は住人と揉み合いになった。住人は頭に大怪我を負って、一時、意識不明の重体になったんだ。この件について、あんた、言うことは？」

立花がうつむくと、刑事が畳みかけた。

「現場ではバーナーと冷却スプレーが使われていた。あんた、逮捕された時にバーナーとスプレーを持ってたよな？　それを使って窓ガラスを破り、室内を荒らしている時に逮捕された。それは間違いないだろう？」

「……はい」立花の声は細く、頼りない。外見にまったく合っていなかった。

「二週間前の大月の件も、あんたがやったのか？」

「……すみません」立花が頭を下げる。その重みを首が支えきれないように、頭がテーブルにぶつかった。

岩倉はほっと息を吐き、握り締めていた手を開いた。暖房がきつく効いているせいもあるが、両手にびっしり汗をかいている。

「あっさり吐きやがったな」山井が安心したような声で言った。

「これで解決ですね」岩倉もほっとした。他県警の事件でも、解決と聞くと安心する。

「となると、気になるのは東京の事件だろう？」

「ええ」

「もうちょっとしたら休憩に入るはずだ。その時に、話を出してみるように頼もうか」

「いいんですか？」

「取り敢えず、手応えだけでも知りたいだろう」

「ありがとうございます」

その時ポケベルが鳴った。田川……刑事課に行き、警電を借りて渋谷中央署の特捜に電話を入れる。

「今、甲府だな？」

「はい。犯人は、二週間前の大月の強盗傷害事件についても自供しました」

「そうか……上に話を通しておいたから、お前、ちょっと取り調べをやってみろ。うちの件について突っこむんだ」

「いいんですか？」この段階で他県警の捜査が入るのは異例だと思う。

「正式のものじゃない。あくまでニュアンスを探るだけだ。もしも関係しているようなことを言ったら、すぐにそっちに刑事を送りこむ」

「分かりました」

「無理はしないようにな」

無理するも何も、こんな風に取調室で容疑者と相対したことはないのだ。初体験が自分の地元ではなく、まったく関係ない山梨県の所轄の取調室とは。

刑事課長がさっと寄って来た。本当に話が通っているようで、次の休憩後の十分だけ時間をやる、という話になった。決まってしまったものは仕方がない。岩倉は気持ちを固めて、質問事項を頭の中でこねくり回した。遠回りしたり、ややこしい言い方をする必要はない。ここはストレートに質問をぶつけるしかない。

休憩明け、取調室に入ると、岩倉は異様に緊張しているのを意識した。やはり立花のルックスには圧力を受けてしまう。

「警視庁渋谷中央署の岩倉と言います」

「警視庁……」立花の声は消え入りそうだったが、その目には懸念の色が宿っていた。

「東京から来ました。一つだけ、確認させて下さい」

「何ですか？」立花とは、少なくとも会話は成立しそうだ。

「二十日から二十一日にかけて、どこにいましたか？」岩倉はいきなり切り出した。

「どこって……」立花が戸惑った。

「東京にいませんでしたか？　渋谷区内のマンションに侵入して、そこの住人を殺害しませんでしたか？」

「まさか」立花が目を見開く。「冗談じゃない、そんなこと、やるわけないじゃないですか」

「それを証明できますか？」

「当たり前です」怒ったように立花が言った。

「証明できますか」と繰り返し言った後、岩倉は急に不安になってきた。

「旅行ですよ。社員旅行」

「どちらへ？」

「長野。聞いてもらえばすぐに分かります」

これは駄目だ、と岩倉はすぐに諦めた。ここまではっきり言われては……社員旅行なら、確認するのも簡単だろう。

岩倉は、十分も経たずに引くしかなかった。せめて確認だけは自分できちんとやろうと、立花の勤務先を聞いて聞き込みに行く。社長に面会すると、すぐに確認が取れた――二十日から連休で、社員四人とその家族で上諏訪温泉に一泊二日の社員旅行。立花がずっと行動を共にしていたのは間違いない。いや、あいつが泥棒なんて、まったく信じられないよ。

社長の曇り顔を拝んでから会社を辞し、所轄に戻る。どうやらこの線は失敗のようだ。期待が大きかっただけに、失望も大きい。しかし落ちこんでいるわけにはいかない。東京へ戻らないといけないのだが、取り敢えず挨拶だけはしておかないと。

戻ると夕方近くになっていた。既に取り調べは終わっていて、山井も帰り支度をしている。

「どうだい？　裏、取れたか？」

「ええ。残念ながら……」

「いい線かと思ったけどな。あんた、これからどうしますか？」

「上司に連絡してから戻ります」

「せっかく来たんだから、温泉にでもつかって行けばいいのに――というわけにもいかないだろうな。捜査本部の連中が必死になってる状態で、一人だけ温泉を楽しんでたら、ひどい目に遭うだろうな」

「そんな怖いこと、できませんよ」田川の渋い表情が、つい頭に浮かんでしまう。

「どうする？　甲府から帰るか、一度大月に戻るか」

「刑事課長にはお礼――お詫びしておきたいところですけど」

「そんなこと、気にするなよ。俺からちゃんと言っておくさ」

「じゃあ、山井さんが課長の名代ということで……ありがとうございました」

「残念だけど、捜査ではこういうことはつきものだから」

「何だか疲れます」

「何言ってるんだ」山井が目を見開く。「こういうのが捜査の醍醐味じゃないか。事件発生即犯人逮捕じゃ、刑事なんかいらなくなってしまう。山あり谷ありだから、捜査は面白いんだよ」

それは、あまり事件がない山梨県警ならではの余裕ではないかと思ったが、岩倉は余計なことは口にせずに改めて礼を言った。

甲府から中央線で東京へ戻る。気分はよくない。丸一日を潰して、一瞬期待を抱いたものの、それはあっさり消えた——まさに無駄足だ。「山あり谷あり」を楽しむ山井のような余裕は岩倉にはない。

移動中はやることがないので、せいぜい惰眠を貪ろうとしたが、あれこれ考えてしまって眠れない。本でも持ってくればよかったが……こういう時、メモを取る人間なら、自分が書いたものを見直して考えをまとめようとするのだろうが、岩倉は基本的にメモを取らない。大抵のことならその場で覚えてしまえるし、メモを取るより、相手の顔を見ながら話す方が、向こうもきちんと喋ってくれるような気がする。

結局、無為に時間を潰したまま新宿に着いた。夕方のラッシュは一段落していたが、渋谷へ向かう山手線は、まだ体を揉まれるぐらい混んでいる。特捜の冷たい弁当を思い出し、途中で素早く食事を済ませていくことにした。渋谷まで出れば、手早く食事を取れる店はいくらでもある。

少し迷った末、カレー屋に入った。交番勤務時代から頻繁に利用している、カウンターしかない店で、注文すると一分でカレーが出てくる。しかし味はそこそこで、手早く食事を済ませたい時には最高の店だった。

腕時計を睨んでいると、注文してから四十八秒で、目の前にカレーが置かれた。後から、キャベツを刻んだ小さいサラダも出てくる。岩倉はキャベツのサラダをカレーの皿に移してしまい、カレーソースをまぶしながら食べ始めた。ドレッシングで食べるよりも、この方が栄養になるような気がする。

五分で食べ終え、急ぎ足で署に向かう。ろくな仕事もしていないのに、何だか妙に疲れていた。

既に捜査会議は終わっている。刑事たちは一部は引き上げ、一部は夜の街の捜査に散っていた。残っているのは幹部連中、それに打ち合わせしている刑事たちだけ。岩倉は真っ直ぐ田川のところへ行った。

「おう。ご苦労さん」田川が鷹揚に言った。

「すみません、まったく的外れでした」

「アリバイが成立したんだな」

「動かしようがないアリバイでした」自動車修理工場の社長に話を聞いた後、長野の宿にも電話を突っこみ、実際に立花が泊まったことを確認していた。厳密に言えば、そっと宿を抜け出して東京へ向かい、犯行に及ぶことも不可能ではないはずだが、当夜の立花はひどく酔っ払っていて、とても車を運転できる状態ではなかったという。

「まあ、毎回当たりを引き当てられるわけじゃない。こういうことはよくあるから、気にするな。気になったらすぐに動く、という方針でいいんだ」

「ええ」しかし時間を無駄にしてしまった、という後悔は消えない。もう少し深く考えて動いていたら、昨日から今日にかけての時間は無駄にならなかったのではないだろうか。

「今日はどうしますか」疲れてはいたが、何かしたいという気持ちは強い。今のところ、特捜の中で何の役にも立っていないではないか。

「今日は引き上げろ。明日の捜査会議で、新しい仕事を振る」

「しかし……」

「お前一人がフル回転しないと間に合わないようじゃ、特捜も終わりだよ」田川が笑った。「明日から普通に仕事ができるように、今夜は休め」

そんなにのんびりしたことでいいのだろうか。岩倉は内心首を捻りながら、結局引き上げざるを得なかった。どうせ今夜も、あれこれ考えて眠れないのではと思いながら。

5

予感は当たり、岩倉は、ほとんど眠れないまま翌日の捜査会議に参加した。今日は、同様の手口での逮捕歴がある西田康介のチェック……特捜と捜査三課は、昨日のうちに西田康介の居場所を割り出していた。出所してから、台東区の知り合いのアパートに転がりこんでいるのだという。そこを張って、西田の動向を確認しろ、というのが岩倉に命じられた仕事だった。

動向確認は二人組で、時間交代で行われる。岩倉は高岡と組み、昼から夕方までの監視を任された。少し時間があるので、昨日の捜査の様子を高岡に確認する。

「腐れ縁の女がいたみたいだな」

「転がりこんだのは、その人が住んでいるところですか?」

「ああ」

「その女性は……」

「今は上野の呑み屋で働いてる。西田とは同郷なんだ」

「西田は……」岩倉は、記憶を引っ張り出すのに一瞬時間がかかった。「山形出身でしたね」

「山形の高校を出て上京して、二十年だな。仕事が定まらないで、そのうち泥棒をするようになったようだ」

「その女性とは、いつから知り合いなんですか?」

「高校の同級生だとさ」高岡が呆れたように言った。「詳細はまだ分からないけど、どういうことかね。高校の頃からつき合ってたのか、同級生同士がたまたま東京で再会して盛り上がったのか。どっちにしろ、ろくなもんじゃないな。お互いに悪い影響を及ぼし合ってる感じもする」

「西田の所在は確認できたんですか？」

「いや、まだ目撃はできていない。そこに住民票を置いているわけでもないから、本人の姿を拝むには、張り込むしかないな」

「いつから監視してるんですか」

「昨日の夕方。一晩中張り込んでるけど、姿を見せない」

「そんなに何日も引きこもったまま、というわけにはいかないでしょうね」どこかへ姿を隠した可能性もある。人を殺していたら、住んでいる場所に戻って平然としているのもきついだろう。目立たないよう、東京を離れて地方の大きな都市に潜伏しているのではないだろうか。被害額はまだ確定していないが、相当の金を儲けたなら、馴染みの女を残して一人遁走してもおかしくはない。

「とにかく、しばらくは監視だな」

　膝を叩いて高岡が立ち上がり、岩倉を見下ろした。視線が厳しい……居心地が悪くなった。

「――何ですか？」

「お前、コートは何着てる？」

「普通のコートですけど」裏地つきのトレンチコートだ。ごく自然に街に溶けこめる服装だと思う。

「裾が長いコートは、いざという時に動きにくいぞ。腰までのダウンジャケットが一番いいんだぜ。ダウンなら暖かいし、東京だって、冬の夜は氷点下になるんだから、防寒対策はどれだけやってもいい。今夜は特に冷えそうだぞ」

今日の仕事が先に分かっていれば、そういう格好をしてきた。しかし不満は言わないように呑みこむ。どんなに寒い思いをしようが、それはこの捜査で得点を挙げられていない自分に対する罰のようなものではないか。

午前中、岩倉は西田の半生を頭に叩きこむことに費やした。残念としか言いようがない生き様——田舎の若者が都会の闇に呑みこまれ、逃げようがない場所まで追いこまれていったことが分かる。

西田は二十一年前、一九七四年に高校を卒業して上京した。東京にいる親類を頼って菓子メーカーに就職し、大井町にある工場に勤務していたのだが、そこでの単調な仕事と生活に飽きたのか、その後二十代半ばまでに数回の転職を繰り返している。二十五歳で最初の窃盗事件を起こして逮捕されたが、この時は被害金額が僅少——二千円だった——で、初犯だったせいもあり、執行猶予判決を受けている。しかし執行猶予期間中に二回目の事件を起こして、今度は実刑判決を受けた。この時には既に、焼き破りの手口を使っていた。一年半の服役を終えて出所し、しばらく田舎に戻っていたようだが、そちらにも居辛くなったのか、再び上京。またあちこちで短期間働きながら、三十五歳の時に三度目の犯行に及び、また逮捕されている。三年の実刑判決を受け、一年前に出所した。

「本当は、これだけじゃないだろうな」高岡が指摘した。「こういう奴は、何度でも同じ犯行を繰り返す。そして逮捕されても、全て自供するわけじゃない。当然、担当署は厳しく追及しただろうけど、成功していい儲けになった仕事を吐くわけがない」

「喋れば喋るだけ、罪が重くなりますからね」

「中には、上手くいった仕事で儲けた金を密かに隠している奴もいるんだ。出所後は、その金でやり直す」

「やり直すって、新しい犯行に走るだけでしょう」

「そうなんだよ」高岡が皮肉っぽく笑った。「泥棒さんっていうのは、なかなか更生できないからな。ギャンブルみたいなものかもしれないぜ。一度成功するとそれに味をしめて、何度でも繰り返すんだ」

人の家に忍びこみ、金を奪う。そのためには相当の労力と工夫が必要だ。下見をし、忍びこむための手段を考え、勇気を振り絞って実行に及ぶ。それで必ず大金が手に入るかと言えばそんなこともなく、逮捕される危険と常に背中合わせだ。しかし上手くいった場合は——まさに一攫千金ではないだろうか。だから一度でも成功した者は、たとえ逮捕されようが、結局は何度でも犯行を繰り返す。

昼前、二人は地下鉄日比谷線の三ノ輪駅に近い住宅街にいた。ごちゃごちゃした住宅街にある、五階建てのマンション。これまでの調査で、この部屋の居住者である北岡真(きたおかま)由美(ゆみ)は上野駅に近い繁華街で自分の店を経営していることが分かっていた。よりによって台東中央署のすぐ裏手だったが、店としては特に何の問題もないらしい。午後五時に店を開けると、後は日付けが変わるまで営業——カラオケを中心としたスナックで、地元の人たちで賑わっているという。ちなみに、東京に出てきてから、万引きで二度逮捕されたことがあるのが分かっている。犯罪者同士がくっついたのか……。

「俺たちは、彼女のご出勤まで見届ける感じかな」高岡が腕時計に視線を落とした。

「西田は出て来ませんかね」

「本当に犯人だったら、出て来ない可能性もある」

「じゃあ、出て来たらそれで無罪が証明されるわけですか」

「いや、単に神経が太いか、間抜けなのかもしれない」

本当に人を殺したなら、少なくともしばらくは表に出ないで息を潜めていたいのではないだろうか。この件は、新聞やテレビのニュースでも大きく伝えられたし。

張り込みは初めてだった。二人が——特に北岡真由美が車を持っていないことは分かっていたので、二人が動く時も徒歩か電車だろうと予想して、今回は覆面パトカーを用意していない。昼間で人通りが多いから、ずっとマンションの前で立ち尽くして張り込んでいても目立たないだろう、という判断もあったようだ。

「タクシーに乗ったら心配ですね」

「いや、大丈夫だろう」高岡は楽天的だった。「俺たちもすぐ後を追えばいい。ちょっと前までは、タクシーを摑まえるのも大変だったけど、今は何てことない」

銀座でタクシーを摑まえるのに、一万円札を何枚もひらひらさせて——という伝説を岩倉も聞いたことがあった。ほんの数年前、バブルが弾ける前のことである。当時は学生だった岩倉には関係ない世界だったが、とにかく余っていた金を使うためにタクシーは大人気で、特に夜の時間帯の繁華街では摑まえるのに一苦労だったのが事実のようだ。岩倉の感覚では、世間がそんなに景気がよく、金払いがよかった時期があったなどと信じられないが。今は何となく、世の中全体が息を潜めているような感じになっている。

張り込み初体験の岩倉だったが、特に難しいことではなかった。それほど集中する必要もない。このマンションには出入り口は一ヶ所しかなく、そこを注視していれば、人の出入りを見逃すことはないのだ。ただし、人の出入りは結構ある。その都度緊張して相手の顔を凝視したが、北岡真由美も西田も出て来ない。北岡真由美は、昨夜は午前一時過ぎに帰宅したことが確認されているが、以降、まったく外には出て来ていなかった。

「中でよろしくやってるのかね」高岡がぶつぶつと文句を言った。午後四時——張り込みを始めて既に四時間が経過しているので、少し飽きてきたのかもしれない。

「張り込みって、いつも五時間交代ですか？」

「二十四時間本格的に張りつく時は、八時間交代が基本だな。朝八時から四時までの日勤、四時から午前零時までの遅番、午前零時から朝八時までの夜勤」高岡が順番に指を折っていった。「今回は、どうしてこんなに短い時間で交代することになったのか、分からない。上が決めることだから、俺たちが文句を言ってもしょうがないけどな」

「別に文句はないですけどね」

「優等生だねえ、お前は」

「別にそういうわけじゃないです」

特に苦にならないのは事実だ。ただ立って、マンションの出入り口を凝視しているだけなのに、不思議と飽きない。これが夜中だと、時間の流れが遅くなりそうな気もしたが。

それにしても、やはり寒い。路上で立っているので、寒風が遠慮なく身を叩いていく。コートはほとんど役に立たず、足踏みしていないと体が芯から凍りついてしまいそうだった。やはり高岡が言うように、この季節はダウンジャケットが必須だ。

あと一時間か……何もないまま担当の時間が過ぎてしまうのが何だか悔しい。どうせならここで何か動きがあって、手柄の一つも立てたいものだ。

午後四時三十五分。高岡が「来た」と低く声を上げる。見ると、マンションから二人の男女が出て来るところだった。最初に北岡真由美らしい女性が姿を現し、その後に西田が続く。西田の顔は、写真を見て完全に頭に叩きこんでいた。細面の顔立ち、切れ目が入ったような細い目に薄い唇。顔の下半分は薄らと髭に覆われていたが、見間違えようがない。そもそも、百八十センチという長身なので、立っているだけでも目立つ。この身長は窃盗犯としてはマイナスではないかと岩倉は首を傾げた。特に今回の手口のように、屋上から最上階のベランダに降り立つような場合、身の軽さが大事な気がするのだが。

「マル対、マンションを出た。尾行開始」高岡が無線に向かって小声でつぶやく。岩倉が耳に押しこんだイヤフォンにも、特捜本部からの「了解」という声が入ってくる。続いて「応援でB班を向かわせる。詳細に報告を」と指示が飛んだ。

「了解」と返して高岡が歩き出す。振り向き、岩倉に「フォーメーションは分かってるな？」と確認した。うなずき、高岡から少し遅れて続く。

二人は国際通りに向かっているようだった。ということは、向かう先は三ノ輪駅か……真由美は間もなく店を開ける時間だから、西田は店まで送っていくつもりだろうか。あるいは別々の方へ向かうのか。

国際通りに出ると、三ノ輪駅方面へ足を向ける。西田が途中で真由美に声をかけ、立ち止まった。煙草屋……自販機で煙草を買うと、その場で一本抜いて吸い始めた。犬の散歩をしている老人が、迷惑そうに顔をしかめる。岩倉と高岡は、飲み物の自販機の陰に隠れて二人の様子を観察した。この後の動きが予想できない。

そのうち、二人はこちらへ戻って来た。真由美は自分の店へ行くのではないのか？ あるいは今日は休みか？

「どうします？」小声で岩倉は訊ねた。このままだと二人は、岩倉たちの前を通り過ぎるかもしれない。

「待ちだ。目が合わないようにしろ」

それしかないか……動き出すと、二人の行方を見失ってしまうかもしれない。距離が詰まってくるに連れ、鼓動が早くなっていった。岩倉は自販機を見て、飲み物を選ぶ振りをしていたが、ほどなく「サツよ！」という女性の声が響く。バレていたか。真由美も逮捕歴があるから、警察の気配に敏感なのかもしれない——さっと身を翻して確認すると、西田が三ノ輪駅方面へ向かってダッシュし始めたところだった。

「追え！」と高岡が命じるより先に、岩倉は駆け出していた。あろうことか、真由美が前に立ちはだかって邪魔しようとする。岩倉は軽くステップを踏んで彼女を振り切り、西田を追いかけた。その直後、「クソ！」という高岡の声が聞こえる。一瞬振り向くと、高岡も真由美も倒れていた。真由美は、高岡の妨害には成功したらしい。

幸い、西田はそれほど足が速くなかった。刑務所暮らしで体力も落ちているのかもしれない。追っているのは自分一人と意識して緊張しながら、岩倉はすぐに間合いを詰めた。西田は、赤信号の交差点に飛びこんで強引に渡ろうとしたが、車道に足を踏み入れた瞬間、岩倉は背後からのタックルに成功した。西田が下になり、二人揃ってアスファルトの上に転がる。背中の方で、何かが破れる音が聞こえた。背広が一着駄目になったか——二人のすぐ前で、一台の車がクラクションを鳴らしながら急停車する。ぎりぎりで事故回避だ。

こういう場合の手順はどうするか——岩倉は頭が真っ白になっていたが、本能的に西田を立たせ、胸ぐらを摑んだ。

「西田だな！　どうして逃げた！」

西田が顔を背ける。薄い唇が震え、顔面は蒼白だった。それを見た瞬間、岩倉はこの男が犯人に間違いないと確信した。

「聴きたいことがある。署まで同行してもらう」

西田が膝から崩れ落ちた。

こんなに簡単に人は自供するものか、と岩倉は呆れた。

取調室には捜査一課の取り調べ担当が入り、名前と住所を確認した直後に、西田が

「すみませんでした！」と大声を上げて頭を下げたのだった。あまりにも勢いがよかったので、額がデスクを打つ音を、マイクが拾ってしまったぐらいだった。

「あんなに簡単に認めるなら、最初から逃げなければよかったんじゃないですか」岩倉は思わず正直に言ってしまった。

「人を一人殺してるんだぜ？　逃げられるものなら逃げようと思うだろう」高岡が肩をすくめた。「ただし捕まったら、心証をよくするために抵抗しない——変わり身が早い奴なんだよ」

「あんな人間ばかりだったら、取り調べ担当は苦労しませんよね」岩倉は呆れた。

「まあ、最初はな」

「最初？」

「奴は今、必死に計算してると思うよ。これからは、いかに自分の罪を軽くするかが問題だ。何を喋るか喋らないか、奴の脳みそはフル回転している」

しかし——実際には、西田は警察が必要としていることをほとんど喋ってしまった。刑務所を出所後、仕事もなく、旧知の女のところで世話になっていた。しかしいつまでもそうするわけにもいかず、関西にでも行ってやり直そうと思ったが、そのための金がない。それで結局、また人の家に盗みに入るしかなかった。

渋谷で犯行に及んだのは、三ノ輪辺りよりもそちらの方が金持ちが多いと思ったから。

いや、日野という人間は知らない。屋上から入りやすそうな家を探していて、たまたまあそこに入っただけ。

もちろん、金だけ盗んで逃げるつもりだった。しかし住人に見つかってしまって、殴りかかられたので、仕方なく殴り返した。その後どうなったかは覚えていないが、気づいた時には、床に血だらけの男が倒れていた——。

筋は合っている、と岩倉は一人うなずいた。殺意があったかどうかが今後の捜査の焦点になるだろうが、自分が殺したことは認めたも同然だ。殺意の有無については、調べは難しくなるかもしれないが、そこを担当するのは自分ではない。岩倉たちは、西田の証言の裏取り捜査を担当することになるはずだ。

取り調べは続く。担当する刑事は、細部にこだわるのではなく、犯行全体の流れを摑もうとするタイプのようだ。そのために、犯行後の動きもほぼ把握できた。

奪った金は百十万円。それを聞いた時、岩倉は思わず目を剝いた。自宅にそんな大金を置いておく人がいるものか——しかし被害者は自分で商売をしていた。何かあった時のために、手元に現金を置いておくのは「保険」として普通なのかもしれない。

その金は、北岡真由美の部屋に隠してある。もちろん、彼女はそのことを知らない。いや、彼女はこの件に何も関係ない。

北岡真由美に対する取り調べは、別の刑事が担当している。今の証言は信用できるかどうか微妙だな、と岩倉は思った。犯行から数日。真由美が計画に加担していなくても、異常に気づかなかったとは思えない。知っていて匿っていたとすれば、彼女も当然罪に問われることになる。しかしそれが証明できるかどうか。二人は口裏合わせをしていてもおかしくはない。あるいは西田が言う通りで、彼女は何も知らない可能性もあるが。

しかし、これで事件は終わりだ。

初めての特捜。無事に犯人を逮捕できたのは「白星」と言っていいが、何となく釈然としない。

結局、この事件で自分は何もできなかったのではないか？

6

西田は強盗殺人で起訴され、特捜本部の仕事は一段落した。捜査はこういう風に終わるのか……本部に署長の差し入れで日本酒が持ちこまれ、湯呑み茶碗で乾杯——元号が平成になったのに昭和の刑事ドラマのような雰囲気だが、日本酒で乾杯、というのは昔から決まった儀式のようだった。

ただし、長くは続かない。全員が湯呑みの日本酒を呑み干すと、それで終わりになった。さすがに疲れた——さっさと帰って今日は絶対十時間寝てやると思ったが、岩倉は田川に呼び止められた。

「おい、一杯いくか」

「ああ——はい」

「何だ、乗り気じゃないな」

「さすがに疲れました」

「そういう時は呑むに限るんだよ」田川がニヤリと笑う。そういう理屈もあるのか……。

二人はしばらく歩いて、のんべい横丁にある渋い焼き鳥屋に入った。それを言えば、のんべい横丁には渋い店しかないのだが。この辺と、京王井の頭線の裏辺りは、若者の街・渋谷では特にごちゃごちゃした古臭い一角で、戦後の闇市の雰囲気が残っていると言われている。戦後五十年も経ってそんなことを言われても、という感じだったが。

「取り敢えず、お疲れ」生ビールで乾杯すると、田川がまず労ってくれた。

「いや、何の役にもたちませんでした。一人で引っ掻き回して、結局本筋からは外れていたんですから」

「しかし、容疑者の名前を真っ先に上げたのはお前だぞ」

「あんなもの、データをひっくり返せば誰にでも分かるものです。山梨の件は……すみません、出張旅費の無駄でした」

「確かに、捜査の本筋には関係なかった。ただな、俺は正直感心したよ。俺が感心した、なんて言うことは滅多にないから、感謝しろよ」

「はあ」

「何で、山梨くんだりで起きた事件を覚えてたんだ？　自分の足元の事件ならともかく、普通は読み飛ばすだろう。そこが俺には分からない」

「何となく頭に入っていた……としか言いようがありません」

「そうか。お前の記憶力は、一種の特殊能力かもしれないな」

「そうですかねえ」岩倉は首を捻った。自分では、こういうのはかえって困る、と思っていたのだ。人生に必要ないことばかり、よく覚えている――変な話だが、先週、電車で見かけた週刊誌の中吊り広告の見出しまで思い出せるのだ。ただし、普段の生活ではむしろ忘れっぽい。

「記憶力は、ないよりある方がいい。お前の場合は、それを上手く捜査に結びつけるように経験を積んでいくんだな。ま、俺がみっちり鍛えてやるよ」

この変な記憶力が、刑事としての武器になるのだろうか……岩倉にはまったく分からなかった。

「古い事件には興味があるんですよ」

「そうなのか？」田川が目を見開いた。

「未解決事件とか」

「それは、あまり有難い話じゃないな。刑事にとって、未解決事件は恥だから」

「それは分かってるんですけど、何故か引かれるんですよね……学生の頃から、未解決事件のことを調べたりしていたので、事件に関する記憶力がよくなったのかもしれません」

「そうか。いずれ、未解決事件はなくなるかもしれないがな」

「そうなんですか？」

「重大事件の時効を延長する、あるいは撤廃するという議論がずっとあるからな。時効がなくなれば永遠に捜査できるわけで、法的には迷宮入りの事件はなくなるんだ。そういう時代の方が、お前には合ってるかもしれない」

「そんな時代がくるんですかね」

「世の中はどんどん変わるんだよ。お前、今、何歳だ」

「二十七です」

「定年まで三十三年か……三十三年だぞ？　何がどう変わってもおかしくない。変わらないことといえば、警察が存在してることだろうな。世の中からワルがいなくなることはないから」

「それは間違いないですね」定年と言われたことにはピンとこなかったが。

三十三年も先のことは誰にも分からない。目標を立てるのも難しいだろう。しかし

——どうなろうと、自分は刑事としての第一歩を踏み出した。長い道のりの最初の一歩。歯車の一つにもなれなかったかもしれないが、今は無事に解決したことを素直に祝おう。

そして岩倉は、泥酔した田川を浅草の自宅まで送るはめになった。これから何度も繰り返されることの、最初の一回だった。

虚飾の代償

鳴神響一

鳴神響一（なるかみ・きょういち）
一九六二年、東京都生まれ。中央大学卒。二〇一四年に『私が愛したサムライの娘』で第六回角川春樹小説賞を受賞しデビューする。同作で一五年に第三回野村胡堂文学賞を受賞する。著書に「鬼船の城塞」「影の火盗犯科帳」「脳科学捜査官　真田夏希」「神奈川県警『ヲタク』担当　細川春菜」「令嬢弁護士桜子」「S－S　丹沢湖駐在　武田晴虎」「警視庁ノマド調査官　朝倉真冬」の各シリーズなど。

1

鎌倉長谷(かまくらはせ)ホテルに夕闇が迫っている。

南欧風のオレンジ色の屋根瓦と白い壁が闇に溶け始めていた。

昭和初期の建造とあって、一世紀近い歳月、江ノ電長谷駅近くの坂ノ下海岸から吹く潮風を受けてきた。戦災を免れたために、鎌倉には古い建物が比較的よく残っている。

古い木枠の窓の外には白い波頭が目立つ青藍色の海がひろがっていた。

神奈川県警刑事部捜査一課に所属する吉川元哉(きつかわもとや)巡査長は、ホテルのバンケットホールにいた。午後六時から女優、青木(あおき)マナミの結婚パーティーがホールで開かれている。

ゴールデンウィークが明けてすぐの土曜日のことだった。

元哉は友人の端くれとして七〇名の招待客に混じってこの場にいた。

結婚式と披露宴はすでにお昼までに終わっていた。親族なども出席していない友人中心のカジュアルなパーティーだった。今日は元哉も黒いタキシードに身を包んで、いつになくお洒落をしていた。

パーティーは始まったばかりである。まずはプロの司会者の紹介で、盛大な拍手とともに新郎新婦が入場した。続けて新郎の大学の先輩である大手通販サイト経営者の四谷康司による乾杯が終わったところだった。

「これ美味っ！」

キャビアと生ハムのブルスケッタをつまんで、元哉は思わず叫び声を上げた。はしたない声に自分で驚き、そっと左右を見まわして肩をすぼめた。

着飾った数十名の男女はそれぞれ会話に夢中で、幸いにも気づいたようすはなかった。ホールの壁際にずらりと並んだテーブルには、元哉がふだん食べ慣れてはいないたくさんのご馳走が並んでいた。

おまけにバーカウンターに置いてある酒はどれも高級酒ばかりだ。

シャンパーニュが大好きな元哉は、モエ・エ・シャンドンをあっという間に三杯もおかわりした。口のなかで弾ける泡のやわらかさと甘みと酸味のバランスがたまらない。

デートのときには気合いを入れて高級なフレンチなどを張り込んだが、元哉の日々の食事は急いで食べられる牛丼や炒飯ばかりだ。酒もビールか焼酎がほとんどなのだ。

警察官は誰もが早食いになるし、酔いが早く回る酒を好む傾向がある。捜査一課の刑事ともなると、食事をとっている暇もないほど忙しいのだ。

捜一に異動してからは、デートもままならずつきあっていた女性にもフラれた。彼女いない歴二年に及ぶ元哉だった。

ホールには弦楽四重奏団も呼ばれていて、なんだか上品な室内楽が流れている。

前方には新婦のマナミと、新郎であるベンチャー長者の後藤元康が席に座っている。

SOHO向け、つまり自宅や小さなオフィスを仕事場としている個人事業主などを顧客とした、コワーキングスペースを地方都市に展開するビジネスで成功した男だ。

マナミの誇らしげな笑顔が元哉の目を引いた。

白いドレスの首もとには、後藤から贈られたというダイヤモンドとプラチナのネックレスが光る。

世界的にも有名なフランスのジュエリーデザイナー、ミシェル・バシュレがデザインしたとの話で一〇個のダイヤは合計二〇カラットにも及ぶらしい。噂では一〇〇〇万円は下らないという話だ。

（あいつ、うまくやったよな）

こころのなかで元哉はつぶやいた。

テレビの帯ドラマなどで脇役で顔が売れ始めてからはあまり会っていなかった。ここしばらくはあまり見かけないと思っていたら、後藤のような金持ちを捕まえていたのか。

「あれっ」

ローストビーフを運んできたサービング係の女性を見た元哉は頓狂な声を上げた。

なんと鎌倉署の小笠原亜澄巡査部長ではないか。平塚育ちの彼女は幼なじみでもある。

ビクトリア朝のメイド服にも似た黒い制服に身を包んだ亜澄の姿は、こうして見るとなかなかかわいい。亜澄は鼻も口もちまっとした小顔で両の瞳が不釣り合いに大きいが、もともと明るく愛らしい顔立ちだ。二八歳という年齢よりいくらか若く見える。

「吉川くん……」

亜澄の目がまん丸になった。元哉がこのパーティーに出席していると気づいていなかったようだ。

「なんだ小笠原、転職したのかよ？」

気楽な調子で元哉が訊くと、亜澄はギラリと睨みつけてきた。

「お客さまこちらへどうぞぉ」

次の瞬間、引きつった愛想笑いを浮かべて亜澄は元哉の手を取った。

「おい、俺もローストビーフ食いたいんだけど」

どんなパーティーでも人気のメニューだ。すでに人だかりがしている。

「いいから、こっちへ来て」

亜澄は元哉を引きずるようにしてホールの外へと連れ出した。

人気のない廊下に出ると、亜澄はいきなり目を吊り上げて鬼のような形相に変わった。

「あんたバカじゃないの？」

両脚を少し開き、眉間にしわを刻んで亜澄は腕を組んだ。

「相変わらず高飛車な女だな」

元哉はあきれ声を出した。

かわいい顔立ちも、これでは台なしだ。

亜澄は元哉より二つ年下のくせに、幼なじみのせいか、いつもこんな調子だ。

もっとも亜澄はあっという間に巡査部長試験に受かり、階級では抜かれてしまった。

「あたしが何をしてるのか、捜一のくせにわかんないの」

目を怒らせたまま、亜澄は尖った声を出した。

「そ、そうか……仕事か……わ、わかった」

ようやく気づいた元哉は、後ろへ大きく身を引いた。

「あたりまえじゃないの。あたしが隠れバイトしてるとでも思ってたの？」

小馬鹿にしたように亜澄は言った。

この四月に亜澄は本部の刑事特別捜査隊から鎌倉署に異動となっていた。

たしか刑事課強行犯係の所属だったはずだ。

だが、このパーティーに強行犯係の扱うような事件の犯人が紛れ込んでいるのだろうか。

「小笠原どうしたんだ?」

そのとき、タキシード姿の筋骨のがっしりした長身の男が近づいてきた。

招待客姿の鎌倉署盗犯係長の青木一也警部補だった。

「なんだ吉川。おまえ、来てたのか」

青木は意外そうな声を出した。

元哉はドタキャンした客の代わりに一昨日急遽マナミから招待された。休日なのでご馳走目当てに鎌倉にやって来たのだ。

「あ、おめでとうございます。マナミさんにご招待頂きまして」

青木係長は、マナミの兄だった。かつて高島署の強行犯係で元哉が新米刑事だった頃、先輩の青木とバディを組み、刑事としてのさまざまなことを教わった。その縁で都筑区の中川駅近くにあった青木の自宅を訪ねることも多く、マナミとも知り合ったのだ。

「この人、もう少しであたしの正体ばらしそうだったんですから」

亜澄は鼻息も荒く憤然と訴えた。

「このパーティーは警戒中なんだ。いまは詳しいことは言えないが……」

「つまり青木さんもお仕事中ってわけですね。俺もお手伝いしましょうか」

「酔っ払いに手伝ってもらう必要はない。まぁ、おまえは招待客だから、好きに飲み食いしてろ」

「わかりました。ご迷惑掛けました」

元哉は頭を下げてパーティー会場に戻った。

残念ながら、すべてのローストビーフはすでに招待客たちの皿に移っていた。

それにしても多彩なゲストたちだ。大物若手女優の中原さゆみと楽しそうに話している白髪白髯の老人は映画監督の初鹿野正喜だ。乾杯の音頭をとった四谷康司と笑い合っているのは新進気鋭のアニメーター大岡和行ではないか。

新郎新婦が見栄を張りたいのか、あるいはふたりの仕事の都合なのか、テレビやネットなどでよく見かけるような有名人がまわりで談笑している。

そんな招待客によるスピーチが次々に続いて、まわりではおしゃべりが目立ってきた。

だが、中原さゆみが新郎新婦席の横に立つと、場内は静まりかえった。

会場のいちばん後ろに立っている元哉からは二〇メートルほど離れているが、さゆみの全身からオーラが後光のように光り輝いている。

「マナミさん、いいえ、マナミお姉さんと呼ばせてください。後藤さんという素敵な男性を一生涯の伴侶となさった記念すべき日に立ち合えたことにわたしは感激しております。デビュー間もない頃から、お姉さんはわたしを本当の妹のように愛してくれました。

お姉さんのおかげでたくさんのつらい時間を乗り越えてくることができました……」

さゆみは少し高いよく通る声で切々と話した。すぐ近くで亜澄がすすり泣いている。

だが、マナミはそんなキャラだっただろうか？　元哉に対する態度とは違うのだろう。

そのときだった。室内と廊下の照明が急に落ちた。ホールは闇に包まれた。

「きゃーっ」

女性の悲鳴が闇のなかに長く尾を引いて響き渡った。

「な、なんだっ」「停電かっ」「灯りつけて」叫び声が続き、場内は騒然となった。

窓の外は街の灯りで静かにぼんやりと明るい。

「早く照明を回復しろっ。誰かフラッシュライトを！」

青木の緊迫した声がすぐ隣で響いた。

スタッフが点けたのか、フラッシュライトの灯りがホールの何か所かで光った。

次の瞬間、ホールの灯りが回復した。まぶしくて元哉は一瞬目をつぶった。

照明が消えていたのは、三分に満たないわずかな時間だった。

「係長、廊下にある電源スイッチが切られただけでした」

サービングスタッフのグレーのタキシードを着た男が小走りで青木に報告しに来た。

「なんだと？　それよりネックレスは無事なのかっ」

青木は声を張り上げると、新婦席へと視線を移した。

「わ、わたしの……ネックレスが……」

マナミは気を失って、新郎の後藤に抱きかかえられた。

「尾崎、直ちに全出入口を封鎖しろっ」

青木が短く命じた。四〇歳くらいのグレータキシードの男は鎌倉署員なのだ。

「わかりました。小笠原、みんな来いっ」

「は、はいっ」

亜澄があわて声で答え、尾崎とともに廊下へと出ていった。あとから続いたふたりのホールスタッフも変装した警察官に違いない。

「吉川、おまえも一緒に来るんだ」

「了解です」

元哉は青木のあとを追って前方のテーブルへと走った。

「お義兄さん……マナミが……」

後藤がマナミを抱きかかえたまま、新郎席でおろおろしている。

かたわらでは中原さゆみも心配そうにマナミを覗き込んでいた。

「救急車だ。吉川、手配しろっ」

元哉がスマホを取り出すと、マナミが力なく答えた。

「だ、大丈夫……どこかで横にならせて」

「支配人の本山(もとやま)です。隣の隣にソファのある貴賓室がございます。そちらへ」

五〇代の白髪頭のタキシードの男が歩みよって来て、掌を廊下へと向けた。

「よし、マナミ、その部屋で横になるんだ。吉川、足を持ってくれ」

「大丈夫、歩ける……」

立ち上がったマナミは、すぐにふらふらとその場に崩れ落ちてしゃがみ込んだ。

「無理するな。吉川、頼むぞ」

青木はマナミの腋の下に両手を入れて抱え上げた。

「まかせてください」

元哉はマナミのウェディングドレスの裾から手を入れてくるぶしをつかんだ。

幸いにもそれほど裾が長いデザインではなかった。流行のマーメイドラインだったら、裾持ちがほかにもうひとり必要だったろう。

テーブルの前には出席者たちが、輪を作って心配そうに眺めている。

「申し訳ないですが、全員、少し下がって下さい」

青木が声を尖らせた。

「お客さま方、後ろにお飲み物をご用意致しますので、そちらへお移り下さいませ」

「みなさま、あちらでおしゃべりしましょう」

本山と中原さゆみが機転を利かせてくれたので招待客たちは散った。

（意外と重いな）

本山に先導されてマナミを運びながら、元哉は内心で苦笑した。

マナミは目をつむってちいさく震えている。

貴賓室はホールとデザインをそろえてある漆喰壁につややかなマホガニーの内装で、天井にはホールに負けぬ豪華なシャンデリアが光っていた。

本山は一礼して扉を閉めて貴賓室から出てゆき、元哉と新郎新婦、青木だけが残った。

イタリア製らしいアイボリーにエンジの細いストライプの猫足ソファに、元哉と青木はマナミの身体を横たえた。幅が二メートル以上あるのでゆとりを持って横になれる。

「お兄ちゃん……わたしのネックレスがない」

わずかに身を起こして、マナミはうめくように言った。

マナミの首もとからダイヤモンドの輝きは失われていた。

「盗られたんだな……」

青木が乾いた声で訊くと、マナミは暗い顔でうなずいた。

「電気が消えたとき、後ろから盗られたんだと思う。人の手が首もとに当たったんで、わたし怖くて叫んじゃったの」

「マナミ、心配しなくていいよ。もっといいネックレスをプレゼントするから」

後藤があたたかい声でなぐさめた。

さすがは年収数億と噂されるベンチャー長者だけのことはあると元哉は舌を巻いた。

「でも……元康さんのまごころがこんなことになってしまって……」

マナミはしょげきっている。

「きみのせいじゃないじゃないか」

後藤は取りなすように言葉を重ねた。

「でも……あんなに高価なものなのに……」

「いいんだ。きみが無事ならそれでいい。とりあえずパーティーは中止にしよう。申し訳ないが、みんなには帰ってもらうことにするよ。後日、お詫びをすればいいさ」

マナミが顔の前で手を合わせると、後藤は部屋を出ていった。

すれ違いのように扉をノックする音が響いた。青木が入室を許可すると、尾崎が息せき切って駆け込んできた。

「係長、これが現場に落ちていました」

尾崎は白手袋をはめた手で、プリントアウトされたA5判のカードを見せた。

——楽しい結婚式だった。引き出物はたしかに頂戴した。怪盗タイガーズアイ
「くそっ。ふざけやがって」

青木は音が出るほど歯嚙みした。

「鎌倉署は、このタイガーズアイを張ってたんすか」

元哉が驚いて尋ねると、青木は苦い顔でうなずいてスマホの画面を見せた。


――青木マナミ殿　ご結婚おめでとう。ダイヤモンドを頂戴しにパーティーに伺う。

楽しみに待っていたまえ。　怪盗タイガーズアイ

「犯人はこのふざけきったメールを捨てアドから我が鎌倉署に送りつけてきたんだ」

青木の額に深い縦じわが寄った。

「なんと古典的な……まるで怪人二十面相ですね」

「だが、発信元は辿れそうにない……尾崎、建物の封鎖は手抜かりなく行えたな」

「はい、すべての出口を施錠して捜査員を配置しました。窓の外にも見張りを立ててあります。猫一匹這い出られませんよ。地域課にも応援を頼んであります」

尾崎は胸を張って答えた。

「そうか、ご苦労。招待客のなかに必ず犯人はいるはずだ。ひとりずつ所持品チェックを行え。女性客は別室を用意して徳岡と小笠原に対応させろ」

青木はテキパキと指示を出した。

「お兄ちゃん……あたし着替えたい」

マナミは弱々しい声で訴えた。

「そうだな、尾崎すまないが、ホテルの人にこいつの服を持ってくるように頼んでくれ」

尾崎は一礼して立ち去った。

「俺もボディチェック手伝いますよ」

着替えるとなると、元哉もこの部屋にいるわけにはいかない。

「そうか……俺もそっちに行こう。マナミ、カーテン閉めるぞ」

青木が貴賓室のカーテンを閉め始めたので元哉も手伝った。

「予告があったのに、中止にできなかったんですか」

元哉は青木に小さな声で訊いた。

「予告が届いたのは三日前だ。来客の顔ぶれを見ろ。中止にできるわけはないだろう。それに鎌倉署の威信をかけて守るつもりだったんだ」

たしかにこれだけの有名人を、ふたたび集めるのは至難の業だろう。

部屋を出ると、マナミの服が入ったらしきバッグを持って小走りに駆けてきたメイド服姿の若い女性スタッフとすれ違った。

ホテルの出口付近には、折りたたみテーブルが置かれ、一人の私服警官が招待客ひとりずつに身体検査をしていた。

元哉と青木が加わり、倍のスピードになったが、それでも招待客たちのボディチェックが終わったのは午後九時をまわった頃だった。後藤も自ら進んで検査を受けた。ホールには鎌倉署の鑑識係が入ったが、招待客が多かったのでたいした成果は得られないだろう。

世間では裁判所など所持品検査される場所は少なくないが、結婚式では聞いた覚えがない。有名人が多いだけに不愉快な顔をされてばかりだった。刑事は市民に歓迎されないのには慣れている。そんなことよりも、ネックレスが出てこないことが問題だ。

「あーあ、この仕事はやっぱり嫌ね」

女性のボディチェックを済ませた亜澄は嘆き声を上げた。

「お疲れ。そっちもなんにも出なかったのか」

「出なかった。鎌倉署の刑事課から盗犯全員と、強行犯からの応援があたしともうひとり、あわせて七人で警戒に当たってたのに、まんまと出し抜かれちゃった」

亜澄は大きく顔をしかめた。

「犯人は間違いなくあのときホールにいたんだからな」

「照明が落ちたときに廊下にいてスイッチを切った人間が犯人なわけだけど、あたしさゆみさんのスピーチに聞き惚れてたからなぁ」

「ご同様だ。招待客の全員が彼女に注目していただろう」

「中原さんっていい人。ボディチェックのときも『大変ですね』って言ってくれて」

「まぁ、美人は性格がいいんだよ」

「男ってすぐそれだ」

亜澄は鼻にしわを寄せて笑った。

おまえだってイケメンには弱いくせにという言葉を、元哉はぐっと呑み込んだ。

「まずは地取りだな。このホテルから逃げ出した人間がいるわけだから」

「クルマで逃げたと思うのよね。まぁ、盗犯の仕事だから、あたしは関係ないけど」

「冷たいな。おたくの係長の妹が被害者だぞ」

「仕方ないよ。強行犯はヒマじゃないし……吉川くんには仕事させちゃって悪いね」

「まぁ、鎌倉署への貸しだな」

「あたしも吉川くんには貸しがあるからね」

亜澄がイタズラっぽく笑った。

「おいおい、まだそれ言うのか。じゃあ俺は帰るから」

子どもの頃の話を持ち出されて元哉はうんざりした。小学校中学年の頃、元哉はいじめっ子から亜澄に守ってもらうことが多かったのだ。

元哉は青木や新郎新婦にあいさつしてホテルを退出した。

「ご迷惑をお掛けしました」

後藤とふつうのワンピースに着替えたマナミはていねいに頭を下げた。

外へ出ると、パトカーの回転灯が赤く光るなか、波の音が激しく聞こえた。

2

勤務を終えた元哉が自分の部屋でネット映画を見ているとスマホに着信があった。

ディスプレイを見ると亜澄の名前が表示されている。

「あのさ、明日の日曜って休みでしょ。ヒマ？」

「忙しい。いろいろと用事が詰まっている」

どうせロクな誘いではないので、元哉は即答して切ろうと思った。

「この前の長谷ホテルの事件だけどさぁ……」

「怪盗タイガーズアイの見当はついたのかよ」

元哉の答えを無視して亜澄が続けた言葉に、つい反応してしまった。

「それがぜんぜんなんだ。地取りは怪しい人もクルマも目撃者ゼロ。青木マナミ夫妻周辺の鑑取りもなにも出ていない。鑑識もロクな材料は持ち帰れなかったんだ。盗犯の連中、しょげてるよ。とくに青木係長がね」

「まぁ、自分が出張っていて、妹が被害に遭ったのになにもできなかったんだからな」

「それどころかさ、鎌倉署あてのメールで新しい予告状が来たんだよ」

メールが着信した。見まいと思いつつも元哉は耳からスマホを離して覗いた。

——鎌倉の名刹、曹洞宗光慈寺で開かれる箸尾恭子氏の野点茶会にお邪魔する。土産物として名物茶器『五月雨』を頂戴する。　怪盗タイガーズアイ
元哉は自分ののどが鳴るのを覚え、スマホをふたたび耳に当てた。

「第二の犯行予告かよ」

「ねっ、興味出たでしょ。光慈寺っていうのは曹洞宗のお寺でね。鎌倉の浄妙寺の近くにあるの。箸尾恭子さんっていう方は北千家の茶道家で有名な方なの。それでね……」

「聞きたくない。俺、興味ないから」

「青木係長から聴いた話じゃ、『五月雨』って推定価格は約一〇〇〇万円だって！」

「そんなに高いのか……たかだか茶碗だろ」

よせばいいのに、元哉はふたたび反応した。タイガーズアイに興味がないはずはない。

「でもさ、『五月雨』は室町時代のもので重文級なんだって」

「なるほどな、骨董品ってわけか」

「そうなのよ。ところで、この脅迫メールも鎌倉署あてにＩＰを偽装した捨てアドから

送られてきてるの。本部にも依頼してるけど、相変わらず追跡できずにいる。当日はあたしも警備に入る予定なんだけど」

「そう、ご苦労さん」

「茶会はね、一時半からなんだ。キミは優秀な刑事くんでしょ。応援に入ってよ」

「なにおだててるんだよ。いつも俺のことバカにしまくってるくせに」

「バカになんてしてないって……うちの盗犯は青木係長以外はちょっと頼りないし、強行犯は明日はあたししか出られない。捜査一課の吉川くんがいれば安心なんだよ」

　まじめな声で亜澄は言った。

「知らん。鎌倉署の事件じゃないか。俺には関係ない」

「乗りかかった船じゃないの」

「そんな船に乗った覚えはないね」

「吉川くんさぁ、あたし、キミにいくつも貸しがあるよね」

　亜澄は急に意地の悪い口調に変わった。

「子どものときの話じゃないか……」

「小倉(おくら)ってキミと同い年の《立野屋(たつのや)》ってせんべい屋の孫にいじめられたとき、いつもあたしが助けてあげてたじゃん」

　元哉と亜澄は、平塚の駅前商店街育ちだ。元哉は《吉川紙店》という文房具屋の孫で、両親は市役所勤めだった。亜澄は《かつらや》という呉服店の一人娘だった。

亜澄の言葉に嘘はない。小さい頃、成長が遅く小柄でひ弱だった元哉は小倉といういじめっ子に目をつけられて、背中に砂を入れられたり、路傍に落ちている缶を投げつけられたりさんざんいじめられていた。いつも亜澄が小倉を怒鳴りつけたり、蹴りを入れたりして追い払ってくれたのだ。だが、それは元哉が一〇歳くらいまでの話だった。

「まぁ、そんな話をキミのまわりの人は知らないよねぇ」

亜澄は意地の悪い声で言い放った。

「そんな……脅す気かよ」

「捜一のエリート、吉川巡査長が熱烈に応援志願してくれたって上には通しておくね。茶会の招待状もメールで送っとくから。明日の午後一時、光慈寺で待ってるね」

「おい、待てよ」

だが、電話はそれきり切れた。

翌朝は雲ひとつないほどの快晴だった。午後に入って、鎌倉の空にはぽかりぽかりと綿雲が浮かんでいた。

光慈寺は木々に囲まれた広い庭と泉水を持つが、本堂や庫裏（くり）はさほど大きくはなかった。元哉はスーツ姿で本堂にいた。

立派な須弥壇で金色に光る阿弥陀如来像を眺めながら、元哉は亜澄の脅しに負けて光慈寺にやってきた自分をバカだと罵るしかなかった。

茶会の三〇分前に、主催者である箸尾恭子と警備に当たる鎌倉署員の事前の打ち合わせが始まった。青木をはじめとする男性は、全員がスーツ姿だった。先日の尾崎もいる。聞いたところでは彼は鎌倉署盗犯係の巡査部長だそうだ。

亜澄は淡いピンク色に草花を描いた振袖を着ている。もう一人の徳岡麻美という盗犯係の亜澄と同年輩の女性刑事も白っぽい振袖姿だった。全員が畳に端座していた。

「皆さま、ご苦労さまでございます。本日はご足労をお掛けしてまことに恐れ入ります」

恭子は凜然とした声であいさつした。

六〇歳くらいだろう。色白の細面に目鼻立ちが整っていて気品がある顔立ちだった。きらきらと輝く両の瞳もふんわりとした唇もどこか愛らしい。若い頃はさぞかし美しかっただろうと想像できる容姿の持ち主だった。

身につけた深い青紫色の色無地に花唐草の地紋が浮かび上がる着物と、浅黄色の西陣らしい帯との組み合わせが、痩身で小柄な身体によく似合っていた。

目の前に置かれた黒漆の経机の上には、今日使われる茶道具がずらりと並べてある。

黒、茶、薄茶色、白、赤っぽいものまでいくつもの茶碗が並んでいるが、いったいどれが『五月雨』なのだろう。雨を描いた模様の茶碗などは見当たらなかった。

「こちらがくだんの『五月雨』ですね」

青木係長は顔を近づけるようにして茶色い小壺をしげしげと眺めた。

「これなんですか!」

叫んだ元哉は自分の目を疑った。それは拳よりも小さく地味な焼き物の壺だった。

言っては悪いが、うなぎ屋で粉山椒が入れてある瓶にぴったりな雰囲気だ。

「はい、こちらが『五月雨』でございます」

恭子は静かな調子で答えた。

「わたしも茶道には暗いのですが、いったいどういう道具なんですか」

青木係長は畳みかけるように訊いた。

「お濃茶を入れる濃茶入でして、蓋は象牙で裏側には金箔が貼ってあります」

「てっきりお茶碗かと思ってました」

亜澄も驚きの声を上げた。

ほかの捜査員たちもうなずいている。

「茶碗は今日のような催しですから、いくつかご用意致しました。すべて現代もので、
それほど高価なものではございません。それぞれ数十万円程度でございましょうか」

恭子は口もとに笑みを浮かべた。

「なるほど、茶碗がひとつでは今日のような人数だととても足りませんね」

青木係長は、納得がいったようにうなずいた。

「でも、この茶色っぽい焼き物が、そんなに高いんですか」

元哉はしつこく訊いた。あまりにも意外だったからだ。

「はい、こちらの茶入は室町期と推定される古瀬戸もので、利休の高弟古田織部に師事して茶人大名としても名高い小堀遠州が好んだかたちです。ある書状によれば、遠州はこの『五月雨』を激賞していたそうです。自然の釉流れが五月雨に似ることから、この銘を持っています。重要文化財級とも評価されています。茶入は茶道具のなかでも名物と呼ばれる銘品が多く、戦国大名は戦功に対して所領の代わりに茶入を与えることも多うございました。蓋の金箔は、毒が混入された際に色が変わって持ち主に知らせるものでございます」

やわらかく穏やかな口調で恭子は答えた。

陶磁器や茶道具の善し悪しなどわからない元哉には、むしろ茶碗のほうがずっと高価に見える。だが、室町時代の骨董品と考えれば不思議はないのだろう。

「箸尾さん、今日の茶会にこの茶入を使わないというわけにはいかないのでしょうか」

青木は目を光らせていささか厳しい口調で訊いた。

「それはできません。茶道の恩師でもある亡夫の形見なのでございます。ばかりか、我が箸尾一門にとっては象徴とも言える茶道具でございます。夫は一昨年の秋に病で身罷りました。今日は夫の跡を継いで、三度目でいちばん大きい茶会でございます。わたくしが宗主となってから初めて参加する弟子たちも多く、一門の承継者としてこの茶入を使わないわけには参りません」

恭子は眉をつり上げてきっぱりと拒んだ。

「致し方ありませんね。我々が使うなと取り上げるわけにも参りませんから」

唇を歪めて青木は答えた。

「本日は野点でございますし、参加者も多うございますので、万事に気安いお作法で行います。一門からの出席者はわたくしを含めて五一人ですが、それほどの時間は掛からないと思います」

恭子はやわらかい笑顔に戻った。

「では、総員に配置を指示する」

青木は13インチくらいの大きめのタブレットを畳の上に置いた。元哉を含めて六人の刑事がいっせいに画面を覗き込んだ。

「箸尾さんはこの位置で茶を点てる。今日の茶会は点前机という机を使うそうだ」

本堂から少し離れた泉水べりの一点を青木は指差した。

「点前机のかたわらには、運び役に女性のお弟子さんがひとり座る。ほかの客は四名か五名ずつ一〇箇所に分かれて床几に座ることになっている。特別の措置として、茶会が始まる直前に山門を閉める。築地塀が高いので境内に侵入することは困難だ。茶会が始まったら、わたしを含めて五人の男性捜査員は、取材名目でカメラを持って境内を歩いてまわり不審な者の警戒に当たる。いいか、おまえらはジャーナリストだ。お弟子さんたちの写真を撮ることは了解を得てある。遠慮なくシャッターを切れ」

　元哉も含めて、男性捜査員たちがいっせいに、了解の答えを返した。

「また、ふたりの女性捜査員は点前机にいちばん近いこのイの床几と、二番目に近いロの床几に客として座り点前机を監視する。イは小笠原、ロは徳岡だ。ふたりとも順番が来たら箸尾さんの弟子として茶を飲みにゆくように」

　亜澄と麻美のふたりは「了解しました」と声をそろえた。

「わたしは箸尾さんにいちばん近いところで『五月雨』から目を離さずにいる。それでは全員配置につけ」

　青木の号令一下、元哉たちは本堂から庭へと出た。

　入れ替わりに茶道具を運ぶためか三人の中年女性の弟子たちが本堂に入っていった。

　青木と恭子は、茶道具の運搬に付き添うために本堂に残った。

　すでに境内には弟子たちが入場しており、それぞれ床几にきちんと座っていた。

　ほとんどが女性で高齢の弟子が多い。訪問着を身につけている者ばかりだったが、なかには振袖姿の若い女性の姿も見られた。数名の男性は紋付袴に威儀を正していた。

やがて、墨染めの衣姿の寺僧の手で山門が静かに閉じられた。

茶釜にはすでに湯が沸いており、茶会はすぐに始まった。

恭子は『五月雨』から茶杓で濃茶を茶碗に移した。

背を伸ばして美しい姿勢で風炉柄杓で湯を茶碗に移し、優雅な手さばきで茶筅を使う。

かたわらに座っていた若い女性の弟子が茶碗を手にして立ち上がった。

運び役はまずは亜澄の座る床几に歩み寄っていった。

意外にも亜澄はきれいな姿勢で茶碗を受け取って茶を喫している。きちんと点前を学んでいるようだ。元哉は感心したが、呉服屋の娘なので茶を学ぶ機会もあったのだろう。

捜査員を含めて六〇人近い人間が境内にいるわけだが、さすがにほとんど人の声というものが聞こえない。

さやさやと木々をそよぐ風の音と、泉水で鯉が跳ねる音だけが響いている。

元哉は茶の飲みようはまったく知らず、茶碗をどう持っていいのかもわからない。

床几に座らされなかったことは幸いだった。

あちこちでシャッターを切りながら、元哉は意識を『五月雨』に集中させていた。

何ごとも起きない。いや、起きるはずもないと元哉は確信していた。

これだけ衆人環視のなかで、あの茶入を盗み去るなどという芸当ができるはずはない。

さらに七人の刑事の前でそんなことができるのは、魔術師しかいないだろう。

やがて、無事に茶会はお開きとなった。

茶道具は三人の弟子たちによって本堂に戻された。

今回も青木と恭子が付き添った。

ふたたび山門は開かれ、弟子たちは三々五々、境内を出ていった。

道具係の弟子たちは点前机や床几などの片づけに入った。

本堂に戻ったのは、恭子と元哉たち七人の捜査員だけだった。

問題の『五月雨』をはじめ、主要な茶道具が経机に戻されている。

「皆さま、本当にありがとうございました。おかげさまでこの通り、『五月雨』も無事でございます」

恭子は『五月雨』の茶入を手に取った。

茶入を見つめた恭子の両眼が急に大きく見開かれ、唇が震え始めた。

「そんな……」

恭子は茶入の裏面や底面を食い入るように見て調べはじめた。

「どうかなさったのですか？」

青木が不思議そうに訊いた。

「こ、これは……贋物（がんぶつ）です」

恭子の全身が痙攣したように小刻みに震えている。

「なんですって！　ニセモノだと言うんですかっ」

青木が大きな声で叫んだ。

「釉流れがぼやけております。それに、ろくろ目に品がございません」

眉を曇らせ恭子は暗い声で言った。

「そんなバカな……ちょっと拝見します」

恭子は無言で青木に茶入を手渡した。

捜査員一同が青木の手もとの『五月雨』に見入った。

元哉にはお昼過ぎに見た本物の『五月雨』とまったく同じものにしか見えなかった。

「わたしには本物と区別が付きませんが……」

とまどったような青木の声だった。

「よくできておりますが、贋物……おそらくはレプリカでございましょう。かつて主人が貸し出した先で写しを作ったことがあります」

肩を落として力なく恭子は言った。

「写しがあるのですね」

恭子は青木の質問には答えずに頭を横に振った。

「ああ、どうしましょう。この茶入がないと……わたくし、一門を率いてゆくことができません。それに……七月に県立鎌倉博物館で開かれる茶道具展に出品予定なのです。

どうすればいいのでしょう」

　悲痛な恭子の声が本堂に響き渡った。

「しかし、我々はずっと監視していましたが、怪しい者は誰ひとりおりませんでした。いつ、贋物と気づいたのですか？」

　青木の問いに、恭子はうなだれて答えた。

「たったいままでございます」

「野点の席からここへ運ぶ途中にすり替えられたということか。おい、尾崎、道具を運んだお弟子たちをチェックしろっ。山門も閉めるんだ」

　青木は張り詰めた声で下命した。

「了解です」と走り出した亜澄や尾崎たちと一緒に元哉も本堂の外へ出た。

「寺域で盗難事件が発生しました。大変申し訳ないですが、身体検査をさせて頂きます」

　尾崎が声を掛けると、三人の弟子たちは信じられないといった顔で立ち尽くした。

　だが、そもそもおとなしい人たちなのか、文句をいう弟子はいなかった。

「ごめんなさい、庫裏のお部屋へご一緒頂けますか」

　亜澄がやわらかい声で頼んだ。

　三人の弟子たちはお互いに顔を見合わせつつ、亜澄と麻美のふたりの女性刑事について庫裏へと向かった。

その表情を見て、元哉にはこの三人が犯罪に関与しているとは思えなかった。

その後、鎌倉署の鑑識係も駆けつけて、境内のあちこちで作業を始めた。

だが、今回も多くの出席者がいたので成果は期待できないだろう。

「青木係長、これが、泉水べりに落ちていました」

現場鑑識作業服の捜査員が、一枚のA5判くらいのカードを提示した。


——名物茶器『五月雨』を頂戴した。美味い茶を飲めそうだ。怪盗タイガーズアイ

プリントアウトされた文字が躍っていた。

「くそっ、またしてもこんなもんを」

青木は文字通り地団駄踏んで悔しがった。

盗犯係と鑑識は現場に残ったが、応援の元哉と亜澄は帰宅を許された。

鎌倉駅に向かうバスのなかで元哉と亜澄は並んで座った。

「ねぇ、誰がいつすり替えたんだろう。吉川くんはなにか気づいた？」

バスが走り始めるなり、亜澄が訊いてきた。

「ぜんぜん……不思議だな。みんなで監視してたのになぁ」

「せっかくエースの吉川くんに来てもらったのに、無駄だったね」

「俺のせいにするなよ」

「もしかすると、箸尾先生が気づかなかっただけなのかもしれない」

亜澄はポツンと言った。

「どういうことだよ？」

「茶会が始まる前にすり替えられていたのかも……茶会の最中は緊張してたかもしれないし、箸尾先生気づかなかったんじゃないかな」

「あり得るな。茶会前は我々もずっと監視してたわけじゃないからな」

「でも、すり替えができた人間がいないよ。『五月雨』のそばには、箸尾先生とあの三人のお弟子さん、あたしたち捜査員しかいなかったんだからさ」

亜澄は考え深げに言って首を傾げた。

バスは東口ターミナルに入り、特徴ある三角屋根の駅舎と時計台が近づいてきた。

3

水曜の夜。元哉がシャワーを浴びてさっぱりとしたところにスマホに着信があった。

例によって亜澄だ。無視しようかと思った。どうせロクな話ではないだろう。

だが、タイガーズアイのふたつの事件になにか進展があったのかもしれない。

元哉はなんだかんだ言っても刑事だ。自分が携わった事件への関心はつよい。

「忙しいよね？　捜査本部立ってるの？」

やっぱりそう来たか……。残念だが、元哉はどこの捜査本部にも呼ばれていなかった。

「亜澄に関係ないだろ。それより、長谷ホテルと光慈寺の事件の進展あったのかよ」

ふたつの事件はメディアによって派手に報道されており、市民の関心は高かった。

「それがぜんぜん。地取りも鑑取りも進んでないし、鑑識の収穫はゼロ。現場に落ちてたカードもあちこちでいくらでも売っているものだし、出力されたプリンタの特定もできてない。ひとつだけ進展したのは、残されていた『五月雨』が贋作ってはっきりしたことかな」

「やっぱりニセモノだったのか」

「県立鎌倉博物館の学芸員さんの簡易鑑定だけどね。作られたのは現代だって。いま正式な鑑定を大学に依頼してるけど、たぶん覆らないだろうって……で、メール送るね」

亜澄はまたも元哉の意思を無視してメールを送りつけてきた。

――七里ヶ浜ホテルで開かれる《ジュエリー・ファーストコレクション2021》に参上する。なにを頂戴するかは楽しみにしていてくれたまえ。　怪盗タイガーズアイ

「三回目の脅迫状か……で、なんだこの長たらしい名前のコレクションってのは？」

元哉はうなり声を上げた後で訊いた。

「全国の若手デザイナーが新作を関係者やマスメディアに披露する機会としてすごく大事な発表会なの。ハイコレクションみたいに億単位のジュエリーは出品されないけど、一〇〇〇万円くらいのものはゴロゴロですって。二二日土曜日の六時開場だよ」

「知るか。俺は宝石なんかに興味はない」

「でも、怪盗タイガーズアイには興味があるでしょ？」

「いや別に……鎌倉署の事案だ」

「美人モデルはお嫌い？」

「び、美人モデルだって？」

「一流のファッションモデルさんが一〇人くらいジュエリーを身につけてランウェイを歩くんだよ。なんならひとりくらい主催者の方に紹介してもらおうか」

「えっ……そうなの？　だけど……モデルなんて、ぜんぜん興味も関心もない」

「嘘つき……しゃあないなぁ。吉川くんはあたしにたくさん借りがあるじゃん」

「またそれかよ。子どもの時の話なんぞバラされてもどうってことないって」

元哉は開き直った。

「へぇ。じゃあカンニングの件とか、福島捜査一課長に話してもいいんだ？」

巡査部長昇任試験の予備試験のときのことである。警察法規の解答中にたまたま隣に座った亜澄のほうを一瞬ちらっと見ただけで、カンニングしたわけではない。それに、およそ五倍の倍率である試験に亜澄は受かったのに、自分はしっかり落ちた。

「お、おい、はっきり言うけど、俺はカンニングなんてしてないぞ」

「そうだっけぇ？」

亜澄は真実をわかっていてこんなことを言い出しているのだ。

「だいいち、きみは一課長と口がきけるような立場じゃないだろ？」

「どうかな？　あたしの前の上司の安東（あんどう）班長と福島一課長ってすごく親しいんだよ」

「また、脅すつもりか。誰がなんと言っても、七里ヶ浜なんぞに行かないからな」

「上にはキミがまたまた応援に来てくれるって話通しておくね。招待状はすぐに送るから。土曜日の五時半には七里ヶ浜ホテルで会いましょう」

それきり電話は切れた。

五月二二日の土曜日、七里ヶ浜の空も海もシャンパンゴールドに輝いていた。

（俺はやっぱりバカだ）

ブラックスーツに身を包んだ元哉は、波頭がキラキラと光る海を眺めながら内心で舌打ちしていた。

ファッションモデルにそれほど興味があったわけではない。だが、自分がいた現場で二度もしてやられた怪盗タイガーズアイが三度目の挑戦をしてきたのだ。

なぜ、亜澄が二度にわたってしつこく誘ってきたのかが気になった。彼女が元哉の能力をそれほど評価しているとは思えないのだ。どんな目的があるのだろう。

七里ヶ浜ホテルは、海岸線の国道１３４号沿いにある中規模リゾートホテルだった。日本のクラシックバレエの発祥の地である旧パブロバ記念館の並びに建っていて、近くには洒落た飲食店が目立つ。江ノ電の七里ヶ浜駅から五、六分歩くとホテルが見えた。

二階建で奥行きのあるホテルは壁面全体にコルク色の天然石を張ってあり、ひろいガラスエリアや細長い前庭に植えられたパームツリーと相まってリゾート感が漂っていた。

地下というか、道路と同じ高さの一階部分は駐車場になっていた。

元哉は建物左手の階段を上って建物に入っていった。

受付には亜澄が待っていた。

「来てくれてありがとう。奥で打ち合わせするから一緒に来て」

亜澄は元哉を廊下の左手の小会議室に引っ張っていった。

テーブルに就いている青木係長と尾崎ら鎌倉署員は茶会の時と同じ顔ぶれだった。

さらに主催者の東京ジュエリーデザイナー協会理事の三田村美和（みたむらみわ）という五〇歳くらいの女性と、三〇代終わりくらいの七里ヶ浜ホテルの戸田（とだ）支配人が顔をそろえていた。

「おう、捜一の応援かたじけない」

元哉の顔を見るなり青木は手を合わせて拝むような素振りを見せた。

「なに言ってんですか。青木さんが苦労してるのに黙って見てらんないですよ」

元哉は笑顔で調子をくれていると、隣で亜澄が忍び笑いを漏らした。

「頼もしいな。今日こそふざけたドロボウ野郎をふん縛ってくれる」

青木は闘志満々に鼻から息を吐いた。

「皆さま、ご苦労さまでございます。どうか悪人から本日のコレクションをお守り下さい。すべてのジュエリーはデザイナーのものですので、盗まれれば彼ら彼女たちの損となってしまいます」

理事の美和は小ぎれいな感じの女性だった。黒のワンピースとストッキング、華やかなのは首元を飾るブローチだけという黒子に徹した恰好が似合っていた。

「本日のショーを延期するという選択肢は考えられないのですか？」

いくぶん控えめに元哉は訊いてみた。

「あり得ません。予告状が届いたのは三日前です。すでにたくさんのお客さまにお越し頂くことになっております。パリやミラノからお越しのバイヤーさんもいらっしゃいます。大変な損害が予想されますし、いまさら、日程を組み直すことは不可能です」

美和は首を横に振ってきっぱりと言い切った。

「出品作に損害保険は掛けられているのですよね」

思わず元哉は尋ねた。

「はい、もちろん保険は掛けられています。最終的には売却予想価格に相応する金額は戻ってきます。ですが、一時的に負担をするのは若手デザイナーさんたちですので」

美和の言葉が終わると、戸田支配人が口を開いた。

「どうぞよろしくお願いします。うちのホテルは一昨年オープンしたばかりです。地の利がよいので各種イベントにもお使い頂いておりますが、ドロボウなどに入られると集客に影響が出るおそれがありまして……」

黒いタキシード姿の戸田支配人はもみ手をしながら言葉を呑み込んだ。

「今日のパーティーは隣のバンケットホールで行われる。出席者はまず一流宝飾店、宝飾商といった業界関係者だ。なかには欧米の有名ブティックのバイヤーもいる。あわせて四〇名ほど。マスメディアの関係者が五名前後、出品している宝飾デザイナーが五名。照明と音響が入るのでそのエンジニアが二名。舞台設置スタッフが三名。ファッションモデルが一〇名。ヘアメイクが二名。協会のスタッフが三田村さんを含めて三名。ホテルの従業員は発表会の前後にドリンク類をサービングするだけなので二名。ぜんぶで七二名ほどになる」

青木はメモを見ながら説明した。今回もなかなか大人数だ。

「出席者たちは予告については知らされているのですか」

　元哉は青木に向かって尋ねた。

「ホテルの従業員と協会スタッフ、デザイナー、音響と照明スタッフ以外の出席者は怪盗タイガーズアイからの予告があったことは知らない。たとえばモデルが知ればランウェイでの演技に影響が出るだろう。メディア関係者ならイベントそっちのけで事件に関心を示す。招待客たちに知らせれば、デザイナーたちに営業上のマイナスとなる。知らせるべきでない」

「よくわかりました」

　元哉の言葉にうなずいてから、青木はあらたまった表情で捜査員たちを見まわした。

「さて、今日の対応について指示する。今回の難しさは犯人がどのタイミングで誰を狙うのかがわからないところにある。そこで、いつでもランウェイに飛び出せるように、ステージとランウェイに近いところに吉川、山中の二人がメディア関係者を装って立て。一眼レフカメラは用意してある。小笠原と徳岡はホテル従業員の代わりに後方入口のバーコーナーに立つんだ。尾崎と塚田は協会スタッフと一緒に、ホール出入口の外に置いた折りたたみテーブルのところで入場係に扮する。ホール、の人の出入りを徹底的にチェックしろ。わたしはモデルの進入路とは反対側の出入口付近に立つ」

　青木はテキパキと指示した。

捜査員たちの了解の声が響いた。

元哉たちは青木からカメラを受け取り、会場となっているバンケットホールに入った。

ランウェイに向かって左右に並んだ椅子の奥のほうには数人の男女が座っていた。

音響や照明のリハーサルは終わっているのか、エンジニアは機器の前にはいなかった。

「警察の方ですか。出品者の酒井忠行と申します」

彩り豊かなアブストラクト柄のジャケットを着た四〇歳くらいの男性が訊いてきた。

「はい、県警本部の吉川です」

デザイナーには身分を明かしても問題ないだろう。

「ああ、警察では本部の方も警備につけてくださったんですね」

「我々にできる限りの対応はします。予定通りにショーを行ってください」

元哉は頼もしい声を出すように努めた。

ほかの男女も立ち上がった。それぞれにシックだが個性的なファッションを身につけている。酒井を含めて男性が三名、女性が二名だった。年齢は二〇代後半から三〇代なかばくらいだろうか。酒井がいちばん年かさのようだ。

「よろしくお願いします。このショーは僕たちにとって、バイヤーに対する大事な売り込みの機会なんです。自分の作品も大切ですが、ショー自体もとても重要なイベントなのです」

酒井は丁重に頭を下げた。ほかのデザイナーたちも次々に身体を折った。

「モデルさんはあのボードの後ろから登場するのですね？」

元哉はランウェイのいちばん奥に設置してある白いボードを指差した。

「はい、ボードの左側に一〇畳ほどの部屋があって、今日は一〇名のモデルと二名のヘアメイクの待機する楽屋になっています。モデルはBGMに合わせて入退室する運びになっています。それぞれ我々の作品を三回チェンジして身につけることになっています」

「つまり三〇回の出入りがあるわけですね」

「そうです。アップテンポの曲が多いので、三〇分前後で終了すると思います。その後は、作品に興味を持ったバイヤーさんが声を掛けてくださって、我々発表者と顔合わせする時間となります。こちらは一時間くらいを見ています」

「ありがとうございます。ショーの概要がつかめました」

こうした内容はもちろん青木は知っているはずだ。

ホテルの制服に着替えた亜澄と麻美も入室してバーカウンターで仕事をし始めた。

プレス席に座ってあらためて右手の全面ガラス窓を見ると、海の眺めが素晴らしい。

七里ヶ浜の海はスカーレットに輝き、水平線上の空はオレンジからピンク、さらに紫から藍色のグラデーションに染まっている。

開場時間の午後六時になると、スーツを着た男性と、さまざまなアンサンブルやワンピース姿の女性の招待客が入って来た。八人ほどの外国人も混じっている。男女比は半々くらいだろうか。年齢層は高めで、五〇歳前後の者が多かった。

さっそく亜澄たちがドリンクのオーダーを聞きにまわっている。

二人の若いエンジニアも所定の席に就き、いよいよショーのスタートを待つばかりとなった。大手ブランドのショーと違って、室内灯は落としてあり、ランウェイの左右にたくさんのフットライトが輝いていた。モデルはいわゆる「脚光を浴びる」状態となる。

BGMが始まった。アップテンポのハウスミュージックだった。

白地に金文字でTJDAと記されたバックボードから最初のモデルが姿を現した。フットライトとスポットライトがモデルを華やかに照らし出す。

真っ黒でつややかなショートカット。典型的なアジアン美人だ。

顔が小さく八・五頭身くらいだろうか。信じられないほど脚が長く、スタイルがいい。

鳥の羽をイメージした豪華なネックレスを引き立てるための衣装に違いない。

かるくステップを踏みながらモデルは元哉が座る席に近づいてくる。

間近で見るモデルの美しさに、さすがに元哉もぼーっと見とれてしまった。

次々にモデルは現れる。シルバーっぽい髪のモデル、アッシュの入ったブラウン系の髪のモデル。モノトーン基調で地味なファッションが多いのはジュエリーに目を引くために違いない。プラチナ、ゴールド、シルバーのベースと宝石の輝きがまぶしい。

全員が華やかで贅沢なネックレスをつけているが、バングル、ピアスやイヤリングとさまざまなジュエリーをコーディネートしていた。招待客たちは真剣な表情で手もとの資料とモデルのジュエリーを交互に眺めている。

スタートから二五分以上が経過したが、何ごとも起きない。

あとわずかで無事にショーは終わると、元哉の緊張もいささかゆるんできた。

ＢＧＭがチルアウト系の曲に変わった。波の音に乗ったアコースティックギターがゆったりと響き始める。

ランウェイには最初のアジアン美人が登場した。プラチナベースにダイヤモンドが輝く豪華なティアラを頭に載せ、華やかなネックレスが胸もとを飾っている。彼女はシルクらしい生地のふんわりとした白いワンピースを身につけていた。

そのときである。会場の外から高らかな哄笑が響き渡った。

「外だっ。吉川、来いっ」

青木のこわばった指示が入口付近で響いた。

元哉は廊下の光が入って来る入口めざして走った。

場内の騒然とした声が背中から聞こえてくる。

「係長、隣の部屋ですっ」

焦りながら隣の部屋の扉の鍵を開ける戸田支配人のかたわらで、尾崎が叫んだ。

尾崎が先頭で、元哉も含めた四人の刑事と支配人が隣の小会議室になだれ込んだ。

モデルが楽屋に使っている控室らしく、私服がハンガーに掛かって荷物が置いてある。

——怪盗タイガーズアイ参上。素晴らしいジュエリーばかりだね。ひとつ頂戴するよ。

合成音声らしき男の声が一五畳くらいの部屋に響き渡った。

「くそっ。これだっ」

尾崎は部屋の隅の目立たない場所に置いてある黒く細長いボックスを指差した。

「これは当ホテルの備品のスピーカーです……」

うめくような声で戸田支配人が言った。

「いつもここに置いてあるのですか？」

青木の問いに戸田支配人は頬を引きつらせて答えた。

「はい、ここはふだんは会議室でして、10ワットありますんでいろいろ便利なので……」

「では、誰もが接続するチャンスはあったわけだな。おいっ、会場に戻るぞ」

厳しい声で青木が下命し、元哉たちは会場に戻った。

会場の照明は点いていて、ＢＧＭも途絶えていた。

招待客やデザイナーたちは落ち着かないようすで椅子から腰を浮かし掛けていた。

「そのまま椅子に座っていてください」

「皆さん、落ち着いてください」

「警察官の指示に従ってください」

亜澄と山中のふたりが招待客に呼びかけていた。

ランウェイ上には誰もいなかった。

「モデルたちはどこだっ？」

「隣のバックヤードに避難させました。徳岡巡査がついてます」

青木の問いに亜澄が緊張した声で答えた。

「おい吉川、バックヤードに応援に行け」

「了解です！」

元哉はランウェイ奥のバックボード左側にある楽屋へと走った。

アイボリーに粉体塗装されているスチール扉を開けようとした瞬間だった。

「きゃあー」「なにっ、なんなの？」「怖い」「電気つけて」

室内からモデルたちの悲鳴が次々に聞こえた。

ドアを開けると、ホールの灯りで壁際のスイッチが見えた。

元哉はとりあえずスイッチを入れた。

なんのことはなく室内の蛍光灯が点いた。

一〇畳ほどのこの部屋にはほかに出入口はなく、幅一間ほどの高窓が一箇所あるだけだった。

室内には折り畳みテーブルが三つ置かれていて、大きなメイクボックスやヘアドライヤーなどが置かれていた。ほかにはゴミ箱くらいしかないがらんとした部屋だ。折り畳み椅子も人数分用意され、半分くらいの人が座っていた。

元哉が入口近くに立つと、モデルたちは誰しも不安そうな表情で元哉を見た。

美女たちの視線が集まったまぶしさに元哉は一瞬めまいを感じた。が、職業意識で自分の身体を立て直して声を掛けた。

「大丈夫ですか？　誰かケガしてませんか？」

一〇名のモデルと二人のヘアメイクはいちようにうなずいた。

「吉川さん、怪しい者は誰も侵入していません。照明が一時的に落ちただけです」

麻美が真剣な顔つきで告げた。

「わたしのティアラが……ない……」

最初と最後で演技した黒髪のアジアン美人がかすれ声を出した。

彼女の頭の上に載っていた豪華なティアラが消えている。

「盗まれたのか……」

信じられない思いで元哉が訊くと、アジアン美人は力なくうなずいた。

「えーっ」「なんで？」「そんなぁ」

美しい声が次々に響いた。

「わたしは県警の吉川です。あなたのお名前は？」

「堀内(ほりうち)ゆみかと言います。ティアラプロモーション所属です」

「誰かに頭から盗られた感触はなかったんですか」

元哉はやわらかく詰め寄った。

「電気が消えたときに、背中から近寄った誰かがティアラを取り上げたんで、わたし怖くて……」

消え入りそうな声でゆみかは答えた。

「なるほど、それで悲鳴を上げたんですね……お、窓が開いている……」

元哉は白手袋をはめて窓を開けた。向かいには建物がなく道路が見えた。一階は駐車場なので地面までは三メートルほどの高さがあった。だが、無理すれば飛び下りられないことはない。

「あっ、吉川さん。これ見て下さい」

麻美がテーブル上のメイクボックスの蔭に落ちているカードを指差した。

──いちばん美しい女性の素晴らしいティアラを頂戴した。　怪盗タイガーズアイ

「鑑識が来るまで手を触れちゃダメだ。とにかく、青木係長を呼んできてくれ」

「了解です！」麻美は小走りに会場へと戻った。

すぐに青木と尾崎、山中の三人が駆け込んできた。

「こちらの堀内ゆみかさんが身につけていたティアラが盗まれました。テーブルの上に
タイガーズアイを名乗る者のカードが残されていました」

「くそっ、またやられたかっ」

青木はカードを一瞥すると、音が出るほど歯嚙みした。

「この部屋の開口部はあの窓だけですが、飛び下りられないこともなさそうです」

「なんだと？　おい、山中っ、窓の下を見てこい」

無言でうなずいた山中が飛び出していった。

「吉川、この部屋にいる者を全員、会場のホールに出せ」

「了解。さぁ皆さん、外へ出て下さい。荷物がある方はこの部屋に残して出ます」

元哉が声を掛けると、モデルとヘアメイクの一二人の女性はおとなしく会場へと出た。

「よし、尾崎、ティアラを探し出すぞ」

青木と尾崎は室内を調べ始めた。

「犯人は窓から逃げたとしか考えられんな。外回りが山中一人じゃ足らん。尾崎、おま

え も建物の外を見てこい。それからここは閉鎖だ。ドア閉めてけ」

青木の指示で尾崎が部屋から飛び出してきて控室のドアを閉めた。

「俺も外へ出ようか？」

「いや、吉川はモデルさんたちのほうを頼む」

走りながら言う尾崎の言葉は、元哉にとっては願ったりかなったりであった。

ホールの招待客たちは全員着席していた。

亜澄が招待客に事情を説明している。

「さぁ、皆さん、いったん椅子に座ってくださぁい」

元哉はモデルたちを椅子に座らせた。

麻美がさっと近づいてきて耳打ちした。

「出入口と二階へ続く階段を封鎖して、塚田さんと七里ヶ浜駐在所の駐在所員が監視に立っています。すでに本署に連絡済みです。地域課の応援と鑑識も来るはずです」

「わかった。全員の持ち物検査だな……」

また、あの嫌な役回りがやって来た。

「はい、戸田支配人に別室を用意してもらっています。山中さんが戻ってきたら二人で男性をお願いします。わたしと小笠原さんで女性の検査をします」

「代わってもいいんだけど」

「は？　どういうことですか？」

「いや、冗談だ。ところで、盗られたティアラのデザイナーは誰なんだ？」

「あちらの酒井さんです」

立ったままのゆみかと話している酒井に元哉は歩み寄っていった。

「刑事さん……どうして僕のティアラが……」

酒井は動揺しきった顔で訊いてきた。

「いま、懸命に捜索活動を行っています。落ち着いて下さい」

「これが落ち着いてられますか。ショーはめちゃくちゃな上に、あのティアラは時価八〇〇万はするんですよ。いったいどうして僕が被害に遭わなきゃいけないんですか」

酒井は歯を剝き出して食って掛かってきた。

元哉としては返す言葉がなかった。

「外を見て回りましたが、不審な者はいません。あの窓の下にも異状はないです」

山中が帰ってきて報告した。

「ふたつの会議室をご用意できました。それぞれ男女のお客さまが全員入れます」

戸田支配人が近づいてきて告げた。

「大変申し訳ありませんが、皆さまの所持品を検査させて頂きます。これは任意のお願いなのでもちろん拒否できます。拒否なさる方は挙手頂けますか？」

元哉は声を張り上げた。外国人に対しては協会理事の美和が即座に英語に翻訳してくれた。手を挙げるものはひとりもいなかった。痛くもない腹を探られるよりは短い時間の不快感を我慢したほうがマシだ。

「では、男性はご起立下さい。わたしのあとに続いてこちらへどうぞ」

元哉の言葉に会場内の男性が立ち上がり、口々に文句を言いながらあとに続いた。

「こんなことが噂になると、うちも困ってしまいます」

戸田支配人にも嫌味を言われたが、こんなことを気にしていては刑事はつとまらない。

男性の招待客や関係者を会議室に入れて、元哉は山中と所持品検査を始めた。

かなり時間を掛けたが、誰ひとり怪しい物を持っている人間はいなかった。

招待客は次々に帰ってゆき、元哉と山中は会場に戻った。

すでにモデルたちも帰宅したのか、残っているのは捜査員と関係者だけだった。

「だめ。女性からはなんにも出なかったよ」

元哉の顔を見るなり亜澄が口を尖らせた。

「そうか……青木係長は？」

「別の部屋で被害者の酒井さんとか協会理事の三田村さんとかから事情聴取してる」

「そうか、ご苦労さんだな。しっかし、タイガーズアイにしてやられるのは三回目だ」

「でもさ、ヘンだと思わない？」

亜澄は考え深そうに言った。

「ヘンな事件には違いないけど」

予告してモノを盗む犯人がヘンでないわけはない。

「犯人は外へ飛び下りて逃げたんだろうけど、どうやってあの部屋に入ったのかな」

「窓から侵入したんだろう」

「じゃあ、どうやって部屋の電気消したのよ？」

「そうだよな。窓から誰かが入って来れば、モデルさんたち大騒ぎになるよな」

「うん、だから電気を消したのは一二人のうちのひとりと考えればいちばん納得がいく」

「共犯者か……」

「そう、この事件にもぜったいに共犯者がいる。そこから考えたほうがいい」

「青木係長に言ってくるよ」

亜澄は元哉をかるく手で押し留めた。

「ね……ちょっと相談があるんだ。吉川くんに協力してもらいたいの」

「じゅうぶん協力してるじゃないか。これで三回目の無償奉仕だぜ」

「違うフェーズに入ったの。盗犯係じゃないあたしたちは先に解放されるはずだから、時間とって話聞いてくれないかな。夕飯おごるから」

亜澄はまじめな表情で言った。

「飯おごってくれるなら考えてもいいけど……」

言葉とは裏腹に、元哉は亜澄の考えていることを知りたくなってきた。

「決まりね。稲村ヶ崎に美味しいイタリアンがあるから、そこ行こう」

「ワインも楽しみだな」

「お酒は自分で頼みなさいね」

亜澄はにやっと笑った。

そのとき鎌倉署鑑識係の一団が入口に現れ、会場内はものものしい雰囲気に包まれた。

4

格子窓の向こうでやわらかく青くうねる海に、銀色の波頭が光り輝いている。

六月初日の昼過ぎ、元哉は鎌倉長谷ホテルの貴賓室にいた。

部屋には、今回の事件の関係者が集められていた。

タイガーズアイによる一連の事件の被害者である女優青木マナミ、茶道家箸尾恭子、モデル堀内ゆみかとデザイナーの酒井忠行がイタリアンソファに座っている。被害者たちは誰もが緊張しきった顔つきだった。

警察官は、青木係長以下盗犯係の面々ばかりか、鎌倉署からは大野治夫(おおのはるお)刑事課長と吉(よし)

田康隆強行犯係長も顔を出していた。吉田係長は亜澄の直属の上司である。

亜澄の請いに応じて、この貴賓室に全員を集めたのは大野刑事課長だった。今日のこの集まりについては県警本部の福島捜査一課長から大野課長に対する指示が出ていた。

元哉はこの一週間ばかり、福島一課長の許可を得て、亜澄の指示で動き回っていた。その成果がこれから明かされてゆくのだ。元哉の胸にも緊張感が湧き上がってきた。

ライトグレーのパンツスーツ姿の亜澄が立ち上がった。

「皆さま、お集まり頂き恐縮です。すぐ近所の《力餅》という和菓子です。まずお茶を召し上がってくださいませ」

にこやかな笑みを浮かべ、亜澄は気取った声で茶を勧めた。

出席者たちは次々に茶菓や茶碗を手にとった。元哉も《力餅》を口にして茶をすすった。あんころ餅の一種だが、甘さが自然でのびやかな美味しさが口のなかにひろがった。

「今日は、怪盗タイガーズアイについて、いままでわかったことをお話ししたいと思います」

晴れやかな顔で亜澄は、出席者たちをゆっくり見まわした。

「おい、小笠原。盗犯係の捜査は進展していないんだぞ。どういうことなんだ」

青木が眉間にしわを寄せて声を尖らせた。

「いいんだ。青木、小笠原の言うことを黙って聞け」

大野課長は苛立たしげな声を出した。

青木は気まずそうに黙り込んだ。警察組織では警部の課長に対して警部補の青木が容易に反論できるわけはない。

「まず、事件の状況について次の三点が共通しています。怪盗タイガーズアイの予告が鎌倉署に対してメールで送られたこと、不可解な状況で高価な品物が盗まれたこと、現場にはしてやったりとばかりにメッセージが残されていたことです。ちなみにすべての現場にはたくさんの出席者がおり、ふたつの事件では鎌倉署で徹底した所持品検査が行われました。ですが、出席者から盗品をはじめ怪しい所持品はなにひとつ発見できませんでした。このうち、第一の予告メールについては捨てアドが使われて発信元も何重にも秘匿されています。このため発信者を特定できない状況にあります。第三のメッセージについては市販の大量生産のカードにレーザープリンタで印字されたもので、現時点ではカードやプリンタの販売ルートなどを特定できておりません。両方とも県警本部の専門機関が調査しております。そこで、第二の盗難現場の捜査状況についてお話ししたいと思います」

亜澄はやわらかい表情で言葉を連ねた。

「おいっ、俺は知らんぞ。いったい誰が捜査したと言うんだ？」

ふたたび青木は声を荒らげた。

「青木、黙れと言っているだろう」

大野課長がさらに強い声を出したので、青木はうつむいて口をつぐんだ。

亜澄が大野課長に向かってかるく頭を下げると、大野はゆったりと微笑んだ。

「それでは、第一の事件現場について簡単に振り返ってみたいと思います。第一事件は五月八日の土曜日にこのホテルで開かれた青木マナミさんの結婚パーティーで一〇〇〇万円相当のネックレスが窃取された事件です。犯行が実行されたのは、このホテルの隣のバンケットホールです。招待客は七〇名。事前予告があって、わたしたち警察官が厳戒態勢を敷いていました。わたし自身もサービングスタッフに扮して警備に当たっていました。ところが、女優の中原さゆみさんがスピーチをしている最中に、ホールの照明が落とされ、部屋が暗くなった混乱のなかでマナミさんの胸もとにあったネックレスが盗まれました。照明は単に廊下にあったスイッチが切られていただけの単純な方法によるものでした。この事件にはわかりやすい特徴がひとつあります」

全員の意識が亜澄に集中するのが空気を通してピリピリと伝わってきた。

「マナミさんが被害に遭った前方の新郎新婦席と、廊下にあったスイッチの間には二〇メートルを超える距離がありました。マナミさんがネックレスを盗まれたのは照明が落ちている間です。照明が落ちてから回復するまでは三分間もありませんでした。この間に、廊下から新郎新婦席に走ってネックレスを盗み、誰にも姿を見られずに逃走することは不可能です。となると、新郎新婦席付近にいてネックレスを盗んだ人間と、廊下付近にいて照明のスイッチを切った人間とが存在するわけです。つまりこの犯行は複数犯によるものなのです。それだけではありません。犯行直後に我々がこのホテルと周辺地域を捜索したにもかかわらず、怪しい人物の影も形も見つけられませんでした。我々も警察官です。不審者を簡単に見逃すわけはありません。こんな事態はふつうにはあり得ないことです。つまり、この第一事件は不可能犯罪に限りなく近いのです」

貴賓室は静まりかえって、亜澄の次の言葉を待った。

「続いて第二の犯行現場を振り返ってみましょう。第二事件は五月一六日の日曜日に鎌倉の光慈寺で茶道家、箸尾恭子さんが開いた茶会で起きました。お弟子さんと捜査員、あわせて六〇名近い人間が境内におりました。この茶会でも我々は厳戒態勢でした。ところが、いつの間にか一〇〇〇万円相当の茶入の『五月雨』がすり替えられました。第二事件では茶会開始直前に山門を閉鎖し境内は密室状態でした。不審者が侵入する余地はなかったのです。また、『五月雨』は境内に持ち出される前と茶会終了後には本堂で我々が警備しておりました。茶会中にはなんの問題も起きなかったのです。ところが、茶会が終わって本堂に戻ってすぐに箸尾さんは茶入が贋物とおっしゃいました。この短い間に『五月雨』をすり替えることはほとんど不可能です。つまり、第二事件も実行不可能に限りなく近い犯罪です」

「だが、現実に事件は起きたわけだね。第三の事件についてはどうなんだ?」

大野が静かに続きを促した。

「第三の事件は五月二二日の土曜日に七里ヶ浜ホテルのバンケットホールで開かれた《ジュエリー・ファーストコレクション2021》の会場で起きました。捜査員を含めて七〇名を超える人が会場におりました。ショーのステージが終わろうというときになって会場の隣の部屋から怪しげな笑い声が響き、青木係長や一部の捜査員たちはそちらに駆けつけました。そこでは怪盗タイガーズアイからの不遜なメッセージさえ流れたのです。ですが、これは会場を混乱させるための犯人の手段に過ぎず、ホテルの備品であるブルートゥース・スピーカーを使ったものでした。音声はおそらくスマートフォンかなにかを使って送信したのでしょう。しかし、通信履歴は消去されていて、犯人の特定にはつながりませんでした。会場にいたわたしは協会理事の三田村美和さんと相談してショーを中止し、犯人が狙っているジュエリーを身につけたモデルさんたちを控室に誘導して、徳岡巡査を警護につけました。ところが、またも電灯が消えました。これも室内のスイッチを切るという単純な方法によるものでした。その混乱に乗じて犯人は堀内ゆみかさんに背後から忍び寄ってティアラを奪いました。窓が開いていたのですが、そこから犯人が出入りしたとは考えにくいのです。なぜなら、侵入したときは灯りが点いていたわけですから、不審者はモデルさんとヘアメイクさん、一二人の目につくわけです。必ず騒ぎは起きます。ところが、そんな騒ぎは起きていません。また、窓の下は三メートルほどの高低差があり、コンクリート上に土がたまっていました。飛び下りられないことはないのですが、鑑識は足跡を発見できませんでした。つまり犯人は窓から侵入したわけでも逃走したわけでもない。それでは、いったい犯人はどこからやって来たのでしょうか？　さらにどうやって二人の目につかないように電気を消したのでしょうか。これまた不可能犯罪に近いのです。ですが、この事件からわたしは解決の糸口を見出すことができました。怪盗タイガーズアイは荒っぽい仕事をしたと言わざるを得ません」

「糸口とはどういうことなんだ？」

大野刑事課長が身を乗り出した。

「ご説明しますが、その前に怪盗タイガーズアイを名乗る犯人像について考えてみたいと思います」

「そうか、犯人像が見えてきたか」

「ええ、三件の事件で被害に遭ったものについての共通点があります。第一事件ではフランスのジュエリーデザイナー、ミシェル・バシュレの手になるネックレス、第二事件では重要文化財級の室町期の茶入『五月雨』、第三事件ではここにいらっしゃる酒井忠行さんがお創りになったティアラ。いずれも非代替物です。こうしたものは市場に出れば、すぐに足がつきます。つまり通常のルートで売りさばくことは困難なのです。わたしは前々の所属が厚木署の盗犯係でしたので知っているのですが、こうした非代替物を盗んだ犯人は多くの場合、盗品を闇に流せるプロの故買屋（こばい）を使います。つまり、犯人はそうした故買屋の知り合いを持つ人間です。ふつうに考えればプロの泥棒ですね。少なくとも、窃盗に縁の深い人間であることは間違いがありません。この点も事件の解決への糸口となりました」

「詳しく説明してくれ」

大野刑事課長は話の続きを促した。

「まず、犯人を解き明かす前にはっきりしていることがあります。実は今回の三つの事件には窃盗犯は存在しないのです」

亜澄は自信たっぷりに笑みを浮かべた。

亜澄の発言の趣旨を理解しかねて、室内の人々は首をひねった。

「馬鹿なことを言うな。現にネックレスと茶入、ティアラが盗まれているじゃないか」

青木係長が目を剝いた。

「犯罪が発生していないとは言っていません。ですが、刑法第二三五条の窃盗罪を犯した者は存在しません。怪盗タイガーズアイはもとより存在しないのです」

「意味がわかりませんよ。僕は八〇〇万円のティアラを盗まれたんですよ」

酒井が食って掛かった。

「そうよ、わたしだって、主人から贈られた愛の証のネックレスを盗られたんだから」

青木マナミも不快げに鼻にしわを寄せた。

「まぁ、これから説明してゆきます。どの事件から謎解きをしていきましょうか」

笑みを浮かべたまま亜澄は大野刑事課長に尋ねた。

「このホテルで起きた第一事件から説明してくれ」

大野刑事課長の言葉に無言でうなずいて、亜澄は姿勢を正した。

「第一の事件の犯人は青木マナミさん。あなたです」

亜澄はいきなりマナミを指差した。

「な、な、なんですって！」

マナミは両の瞳をこぼれ落ちそうなほどに見開いた。

貴賓室内は騒然となった。鎌倉署の面々など口をあんぐりと開けて固まっている。

「あなたしかいないんです。犯行が可能だった人は」

「なに言ってんのよ。わたしは被害者なのよっ」

歯を剝き出してマナミはつばをとばした。

「あの短い時間でネックレスを人の目から隠せたのはあなたしかいません」

亜澄は自信たっぷりに言い放った。

「バカなこと言わないでちょうだい。スピーチしてた中原さゆみさんだって、夫だってすぐ近くにいたじゃない。ネックレスを盗ることはできたはずじゃないの」

「でも、あなたと捜査員以外で所持品検査を受けていない人はいないんです」

「夫の検査もしたの？」

「ご主人さまは進んで検査を受けられました。あなたはあの暗闇のなかでネックレスを首から外し、あらかじめウェディングドレスの下に忍ばせていた布袋かなにかに移したんです。ひろがったスカートの下に隠したのではないですか。太股に固定するためのバンドなどを着けていたのかもしれません。その後、具合が悪くなったふりをしてこの部屋に運ばれた。ここで着替えてなに食わぬ顔でネックレスを外部に持ち出したのです」

「だけど、わたしが電気を消せるわけないじゃない」

「それについてはさっき言いましたように、共犯が存在します」

「あの事件は狂言だって言いたいわけ？」

「はい、そう言ってます」

「なんで、わたしが自分の持ち物を盗まれたふりしなきゃいけないのよ」

「それについては捜査一課の吉川が調べました」

亜澄に振られて元哉は自分が調べた捜査情報を記入してある手帳を開いた。

「簡単に説明します。青木マナミさん、あなたは相当額の借金を背負っていますね」

「吉川くん、なにを言い出すのよっ」

激しい口調でマナミは叫んだ。

「あなたはいくつかの金融機関から数百万円の借金をしていた調べがついています」

「なに言ってるの。私の夫は大金持ちなのよ。数百万円くらい瞬時に払えるんだから」

マナミは懸命にあらがった。

「問題はなんのために借金したかです。仕事が減って落ち込んでいたあなたは、おもに六本木の会員制ホストクラブに通いまくって憂さを晴らしていたんですね。その支払のための借金という事実が後藤さんにバレるのを恐れた。あなたが入れ込んでいたホストの供述を録取してありますよ。名前を言いましょうか」

元哉が突きつけた言葉に、見る見るマナミの顔から血の気が失せていった。

「バレたら夫婦仲は最悪になるだろうし、下手をすると離婚ですね」

亜澄がちょっと意地悪な口調で追い詰めた。

「せっかくつかんだ幸せを失いたくなかったのよ……」

マナミはがっくりとうなだれて床に目を落とした。

室内に声にならないざわめきがひろがった。

肩で大きく息をついたきり、マナミは黙りこくってしまった。

「さて、続いては第二事件についてお話ししましょう。第一の事件とは違う性質の……」

亜澄の言葉をさえぎるように細い声が響いた。

「あの……。犯人はわたくしです」

箸尾恭子の両目に涙がいっぱいにたまっていた。

貴賓室内にどよめきが上がった。

元哉は肩透かしを食った気持ちだった。自分の手帳にはしっかりと調べた内容が記載されている。まさか恭子自身がさっさと自供するとは思わなかった。

「箸尾先生、お認めになるのですね」

亜澄はやわらかい声で尋ねた。

「はい、申し訳ございませんでした」

恭子は悄然として椅子の上で身体を深く折った。

「すり替えなどは初めから行われていなかった。そうなのですね」

亜澄は畳みかけるように訊いた。

「はい、あの茶会で使った『五月雨』は初めから写しでございました」

消え入りそうな声で恭子は答えた。

「そうですね。茶会の日の『五月雨』が本物かどうかは、あの会場ではあなた以外にはわからなかった。先生以外に光慈寺に専門家はいなかったのですから。茶会での時間軸を振り返ると、誰もすり替えなどはできなかったはずです。どうしてそんなウソをついたんですか」

亜澄の追及に恭子は頬を引きつらせて話し始めた。

「わたくし、本物の『五月雨』は一年半ほど前にあるお金持ちの方にお譲りしてしまったのです。その方はご高齢で半年ほど前に亡くなりました。相続人の方たちは専門家に鑑定してもらっているはずなので遠州好みの古い茶入ということはわかると思います。でも、『五月雨』であることがわかる人間はほとんどいないと思います。先日も申しましたが、あの日の茶会では一門の承継者として『五月雨』を使わないわけにはいきませんでした。それに七月に鎌倉博物館で開かれる茶道具展に出品予定でした。学芸員さんがご覧になれば写しとわかってしまいます。それで苦しまぎれにあんな偽りを……」

恭子の声は暗く沈んだ。

「どうしてそんなことをなさったんですか」

ほんのしばらく黙っていた恭子は思い切ったように口を開いた。

「あの……わたくしFXで大損してしまったんです。一五〇〇万円ほど……」

恭子の頬がほんのり紅く染まった。

「わたしも詳しいことは知らないのですが、FXというのは、外国為替証拠金取引……為替差益によって利益を得る投資ですね」

「はい、お友だちに儲かるからと勧められて始めて、最初は楽しかったのですが……そのうちに損金が出始めて、自分の資金を使い果たしてしまって……損したお金を取り戻そうとしてやめられずに借金がかさんでしまって……」

途切れがちの声で恭子は答えた。

「その穴埋めをするためにあんなお芝居をなさったのですね」

恭子は黙ってあごを引いた。

「よく自分からお話し下さいました」

「はい、たくさんの皆さまにご迷惑をお掛け致しました」

ふたたび恭子は深々と頭を下げた。

恭子の動機については自分が調べた内容との食い違いはなかった。

「さて、それでは第三の事件についてお話ししましょう。その前に酒井さん。もう損害保険金の申請はなさいましたか」

亜澄の問いに、デザイナーの酒井はとまどいの表情を浮かべた。

「いいえ、いろいろ忙しくてまだ申請していませんが」

「それはよかったです」

「はぁ？　意味がわかりませんが」

面食らったような表情で酒井は答えた。

「その説明は後にしましょう。第三の事件の実行犯は堀内ゆみかさん、あなたですね」

亜澄はゆみかを指さし、言葉に力を込めた。

「え、えっ、なんでぇ。わたし被害者なんですよぉ」

ゆみかは舌をもつれさせて抗議した。

「まずショーのバックヤードのあの控室で電灯のスイッチを切ることができたのは、あなたを含めて一〇名のモデルさんと二名のヘアメイクさんしかいません。ですが、あなたと断定することはできません」

「あたりまえでしょ」

美しい眉をきゅっと寄せて怒りに燃えた目で亜澄を見た。

「さらにティアラを隠すことができたのも、あの部屋にいた人だけなのです。窓から侵入することはできず、逃走することもできないのはさっき言ったとおりです」

「だからってわたしだなんてよくもそんなことが言えたもんですね」

ゆみかの声が怒りに震えた。

「あなたは実行犯ですが、主犯と考えられるのはあなたの恋人です」

「そんな人いませんっ」

けんもほろろにゆみかは答えた。

「申し訳ないですが、こちらで調べさせてもらいました」

「いい加減なことを言わないでください」

ゆみかはそっぽを向いた。

「警察を甘く見ないほうがいいですよ。これは刑法犯の捜査なんです」

亜澄はすごみのある声で言った後に、酒井を指差した。

「酒井さん、ゆみかさんの恋人、つまり主犯はあなたですね」

「ば、バカな……」

酒井は絶句した。

「とぼけてもダメですよ。本当に隠したいのなら完全な秘密交際にしなくっちゃ。ゆみかさんのお友だちのモデルさんでお二人の関係をご存じの方が何人もいたんですよ」

ちょっと愉快そうに亜澄は言った。

「ふたりのことはともかく……いまの話だと、あなたは僕が主犯だなんてふざけたことを言ってますね。これは侮辱ですよ。名誉毀損で訴えますよ」

眉間に深いしわを寄せて酒井は毒づいた。

「吉川さん、教えてあげてください」

亜澄に振られて、元哉は手帳を覗き込んだ。

「酒井さん、あなたも相当額の借金を背負っていますね。昨年、南青山に開いたジュエリーショップの運転資金が焦げ付いているではないですか。保険金が下りても、八〇〇万円では足りないんじゃないんですか」

「大きなお世話ですよ」

酒井は不機嫌そうな声を出した。

「さっき保険金の申請をしていないと伺ってよかったと言ったのは、もし申請していたら、少なくとも詐欺罪の未遂を構成するんですよ。でも、申請していなければ、偽計業務妨害でしか起訴されない可能性が高いです」

「どういうことですか」

けげんな顔で酒井は亜澄を見た。

「詐欺罪は一〇年以下の懲役ですが、偽計業務妨害罪は三年以下の懲役又は五〇万円以下の罰金ですから罪が軽いんです」

「へぇ、知りませんでした。どっちにしても僕には関係ない話ですから」

酒井は頬をふくらませた。

「そうですね、あなたを立件するための証拠はこれだけでは不足しています」

「あたりまえじゃないですか」

酒井は鼻からふんと息を吐いた。

「あなたを立件するには、怪盗タイガーズアイの正体を明かさなければなりません」

全員を見まわして亜澄はゆっくりと言った。

「怪盗タイガーズアイは実在するのか。たしかに三つの事件には脅迫メールとカード式のメッセージが残されているわけだが」

いままで黙って聞いていた吉田強行犯係長が訊いた。

「はい、三つの事件の共同正犯である怪盗タイガーズアイもまた、この部屋にいます。『五月雨』のすり替えが行われなかった第二事件は別として、第一の事件では会場の灯りを消し、第三の事件ではティアラを七里ヶ浜ホテルの外に持ち出した人物です」

貴賓室は静まりかえった。

「第三事件では徹底した所持品検査を行いました。酒井さんやゆみかさんもボディチェックを受けています。ティアラを持ち出すことはできません。ですが、例外があります」

亜澄は警察官たちを見まわして言葉を切った。

「捜査員か……」

大野刑事課長がうなり声を上げた。

「そうです。犯罪予告メールを鎌倉署に送りつけ、現場にメッセージを残し、第一、第三事件を実行可能にした……それは青木係長。あなたですね」

亜澄は青木係長を指差した。

「なんだと！」

叫び声を上げたのは大野刑事課長だった。

「小笠原、なにを根拠にそんな世迷い言を言ってるんだ」

青木係長は歯を剝き出して目を三角に怒らせた。

「第一事件でわたしと吉川はホールの後方にいました。もう一人、廊下に出られる位置にいた捜査員は青木係長、あなただけでした。ホール照明のスイッチを切ることは簡単にできたはずです。さて、第三事件です。ブルートゥース・スピーカーの通信記録もあなたなら消去する時間がありましたね。それよりも決定的なのは犯行現場です。あの控室で、堀内ゆみかさんは自分で外したティアラをあの部屋のゴミ箱に隠しました。それを持ち出せたのは控室を捜索した青木係長か尾崎さんしかいない。ところが、あなたは山中さんに次いで尾崎さんも外へと追い出した。なぜなら、ゆみかさんがゴミ箱に入れたティアラを自分のスーツの下に隠さねばならなかったからです。これができたのは青木さん、あなたひとりしかいない。ちょっと荒っぽい仕事でしたね」

有無を言わせぬ調子で亜澄は問い詰めた。

「ははは、バカを言うな。わたしがなぜそんなことをしなけりゃならないんだ」

青木は開き直ったように笑った。

ここぞとばかりに元哉は青木に調べた事実を突きつけた。

「青木係長、あなたがギャンブルに凝っていたとは知りませんでしたよ。相当な借金がありますね。このままだと、金融業者から職場に催促が来るんじゃないんですか」

元哉は青木係長が相当に追い詰められていた事実をつかんでいた。

「すべての犯行を計画したのも青木係長ですね。あなたは妹のマナミさんからホスト遊びでの借金の相談を受けて今回の犯行を思いついたのでしょう。さらに、マナミさんと堀内ゆみかさんは知り合いだったんですね。ゆみかさんから酒井さんの窮状を聞いて保険金詐欺を教唆したのではないのですか」

「そんなたわごとを言うな。証拠を見せてみろ」

亜澄を睨みつけて青木は抗った。

「あなたの部屋を捜索すれば、さまざまな証拠が出てくるはずです。あなたも警察官なら、すべての証拠の隠滅が容易ではないことをよく知っているはずです。観念したほうがいいですよ。それにあなたなら故買屋のひとりやふたりは知っているはずです」

亜澄は涼しい顔で青木をさらに追い詰めていった。

「さらに第二事件のときに、青木係長は決定的なミスを犯しているのです。あなたは茶道に暗いと言っていましたよね」

「それがどうした？　茶など飲みようも知らないぞ」

憤然と青木は鼻から息を吐いた。

「では、なんで怪盗タイガーズアイが狙っている茶器の『五月雨』が茶入だとわかったんですか」

「言っている意味がわからん」

青木はそっぽを向いた。

「あなたは茶会が始まる前に『五月雨』をひと目見て『こちらがくだんの「五月雨」ですね』と言いました。でも、怪盗タイガーズアイの脅迫文には『名物茶器』としか書かれていなかった。わたしはてっきり茶碗だと思い込んでいました。それなのに、あなたは『五月雨』が茶入であることを知っていた。つまり事件より前に箸尾先生と連絡をとりあって今回の事件の相談をしていたからではないのですか」

亜澄は青木に向かってつよい調子で詰め寄った。

「馬鹿なことを言うな。わたしは鎌倉署に脅迫状が届いたときに箸尾さんに電話をしているんだぞ。そのときに『五月雨』が茶入だと聞いたんじゃないか」

亜澄に向き直った青木は、人差し指を突き立てて激しい調子で反駁した。

だが、亜澄は余裕の笑みを浮かべている。

「では伺いますが、あなたはそんな重要なことを知りながら、なぜ盗犯の部下たちには告げなかったのですか？」

「なんだと……」

青木は乾いた声を出した。

「盗犯係の皆さんに伺います。青木係長から『五月雨』が茶入であることを聞いていた人はいますか？」

亜澄の静かな問い掛けに、盗犯係の四人はそろって力なく首を横に振った。

元哉はあっと思った。あれはたしかに青木の失言だったのだ。

「『五月雨』が茶入だと知っていたのなら、盗犯係のトップとして部下の四人に告げるのがあたりまえです。最初から守る必要なんてなかったから、告げ損なったんですよ。ところが、あなたは茶会当日にうっかり口にしてしまったんです」

ふたたび亜澄はつよい口調で言い放った。

大野刑事課長と吉田係長が低くうなった。

青木は口をへの字に曲げて黙りこくっている。

だが、その膝がかすかに震えているのを元哉は見逃さなかった。

「おや、青木係長、黙秘権の行使ですか。では、ほかの方から伺ってみましょう。箸尾先生、あなたは青木さんにそそのかされてあんな嘘を吐いたのではないですか？」

亜澄はやわらかい表情で尋ねた。

箸尾恭子は深くうなずいて口を開いた。

「青木さんは古い知り合いなんです。青木さんきょうだいのお母さまにわたくしは教えていたことがあったものですから。それで、わたくしが借金を抱えたときに相談したのです。そしたら、すり替えられたことにすればいいと……盗犯係長の自分がついているから、絶対に大丈夫だとおっしゃって……」

恭子が小さな声であっさりと自供した。

眉をピクリと動かしただけだったが、青木係長の顔からさっと血の気が引いた。

「これで第二の事件について青木係長の教唆がはっきりしました。第一事件と第三事件の対象物については青木係長がありかを知っているはずです。大野課長、青木一也の自宅に対する家宅捜索許可状を発給申請したいのですが」

亜澄の言葉に大野刑事課長はつよくあごを引いた。

「もちろんだ。すぐに誰かを横浜地裁に行かせる」

「青木係長、令状が出たら、強行犯係がお宅に伺いますね」

亜澄は強気で言葉をぶつけた。

「うるさい女だな。さっさと家宅捜索すりゃあいいだろ」

いらだちを隠さずに青木係長は言った。

「一〇〇パーセント証拠は出ますよ。いい加減にあきらめたらどうなんですか。怪盗タイガーズアイさん」

言葉に力を込めて亜澄は青木に言い放った。

しばらく貴賓室に沈黙が漂った。

「そうだよ、俺がタイガーズアイだよ。ネックレスもティアラも俺の部屋にあるぞ、さっさと見つけ出せよ。あはははは」

青木係長は開き直って奇妙な笑い声を立てた。

「青木、おまえは見下げ果てた男だな」

大野刑事課長が吐き捨てるように言った。

「課長に俺の気持ちなんかわかりゃしませんよ……」

うめくように青木係長は答えた。

「警察官のくせにバカな借金をするおまえが悪いんだ」

大野刑事課長は辛辣な口調で言うと、「加害者」たちに向かって静かに呼びかけた。

「青木マナミさん、箸尾恭子さん、酒井忠行さん、堀内ゆみかさん、お話を伺いたいので鎌倉署までお越し頂けますね」

四人は力なく頭を下げた。

「よし、尾崎、山中、塚田、徳岡、皆さんを鎌倉署にお連れしなさい」

盗犯係の面々は誰もがぼう然とした表情でうなずいた。

自分たちの直属上司の犯罪がはっきりしてつらくないはずはない。

ふたたび亜澄は全員を見まわして口を開いた。

「最後に申しあげます。繰り返しになりますが、今回の事件は窃盗ではないのです。なぜなら、第一事件のネックレスはマナミさんの所有物ですし、第三事件のティアラも酒井さんのものです。第二事件では『五月雨』が奪われたわけでもない。箸尾先生は嘘をついただけです。窃盗罪の『他人の財物を窃取した者』という構成要件を欠きます。三つの事案はすべて警察やイベントの主催者に対する偽計業務妨害罪事件となります。業務妨害罪は盗犯係ではなく強行犯係の担当です。それゆえ、本件については鎌倉署強行犯係のわたくしと本部捜査一課の吉川のふたりで捜査を進めました」

亜澄が腰を屈めて気取ったようすで頭を下げた。

元哉もあわてて一礼した。

亜澄の力で事件が早期解決できたことに元哉は舌を巻くほかはなかった。

部屋を出るとき元哉はこっそり亜澄に耳打ちした。

「小笠原、まるで名探偵登場だな」

「えへへ、そうかな」

照れたように亜澄は笑った。

「だけど、なんで俺を巻き込んだんだよ」

「だから、吉川くんは優秀だからだよ。ありがとね」

鎌倉署内の人間が動き回っていれば、青木係長に勘づかれる。

要するに亜澄は鎌倉署以外の捜査員としての自分の働きを必要としていたのだ。

「お世辞はいいから、フランス料理のフルコースおごれ」

「考えとく」

建物の外に出ると、さわやかな潮の香りが風に乗って漂ってきた。
梅雨前のいまごろは一年でもいちばんいい季節だ。
みずみずしいまわりの新緑を眺める元哉のこころは意味なく浮き立っていた。

裏庭のある交番

長岡弘樹

長岡弘樹（ながおか・ひろき）

一九六九年、山形県生まれ。筑波大学卒。二〇〇三年「真夏の車輪」で第二十五回小説推理新人賞を受賞。〇八年「傍聞き」で第六十一回日本推理作家協会賞（短編部門）を受賞。一三年に刊行の『教場』は、週刊文春「2013年ミステリーベスト10国内部門」第一位に輝き、一四年本屋大賞にもノミネートされた。著書に『風間教場』『緋色の残響』『幕間のモノローグ』『巨鳥の影』『教場X　刑事指導官・風間公親』『119』など。

1

目が覚めたのは、詰所(つめしょ)の方から話し声が聞こえてきたからだった。

「おまえなあ、トイレの換気扇を直しておけって、前からおれが言ってるだろ。回るとカタカタうるさくて、落ち着いて用が足せねえだろうが」

これは田窪(たくぼ)の声だった。

「すみません。ほかの仕事が忙しくて、つい忘れてました……」

消え入りそうなこの返事は、安川(やすかわ)が発したものだ。

ぼくは休憩室の布団で横になったまま、窓の方を見やった。趣味の悪い花柄模様のカーテン。その向こう側は、もうかすかに明るい。

左腕を目の前にかざした。腕時計のボタンを押し、文字盤のバックライトを点灯させる。午前四時だった。あと三十分したら、安川と一緒に警ら(けい)へ出る予定になっている。

「それとな、おまえ、今月に入ってから自転車窃盗の検挙が一件もねえってのは、どういうことだよ」

「……申し訳ありません」

「今月はもう、うちの管区で何台盗まれてるのか、知ってんのか」

「すみません」

「ったく、それしか言えねえのかよ。謝罪マシーンか、てめえは」

会話が途絶えたかと思うと、ピューと甲高い笛のような音が聞こえてきた。これは田窪が立てた音だ。

「おれもな、上からさんざん言われて、かなりまいってんだよ」

「今日こそ捕まえますから、チャンスをいただけませんか」

「待て待て。こっちが闇雲(やみくも)に張り切ったところで、泥棒さんの方から都合よく現れてくれる保証はねえだろ」

「……そうですね」

「こういうときはな、奥の手があるんだよ。警察学校でも教えていない、とっておきの方法がな」

「本当ですか」

「おれがおまえに嘘ついてどうするよ」

「申し訳ありません。──その方法、教えていただけますか」

「知りたいか」

「お願いしますっ」

　ばっ、と何かが空を切る音が聞こえてきた。たぶん安川が田窪に向かって思いっきり頭を下げたのだろう。

「じゃあもっと顔を近づけろ」

　田窪の声が小さくなった。

　耳をそばだてたが、どうしても声を聴き取ることができなかった。

　ふわーっ。代わりにぼくは、わざと大きな声を上げて欠伸(あくび)をしてみせた。そうしてこちらの気配を相手に伝えてから起き上がり、靴を履いて詰所へと通じるドアを開けた。

「おう、平本(ひらもと)。しっかり眠れたか」

「はい。ぐっすりと」

　嘘だった。交番の休憩室で熟睡できたことなど、警察官になってから三年のあいだに一度としてない。

　見ると、田窪は手に小さな箱のようなものを持っていた。この交番を出てすぐのところに飲料水の自販機が置いてある。そこで売っているパック入りのトマトジュースだ。

パックにはストローが刺さっている。田窪はそのストローを下唇のあたりにつけ、口をすぼませ、息を吹きかけた。またピューと音が鳴る。

顔を洗ったり、身支度をしているうちに、もう午前四時半が迫っていた。

そろそろ出ようか、の合図を安川に送ると、彼は青白い顔で頷いた。

「では、警らに行ってきます」

ぼくが田窪に言うと、彼はまたストローを笛のように吹いて音を出した。それが「おう、行ってこい」という言葉の代わりらしい。

安川と一緒に交番を出た。

建物の北側に小さな駐輪場が設けられていて、そこに白い自転車が三台ほど並んでいる。この三台は、警らだけでなく、署と交番を往復する際にも活躍する相棒たちだ。

警察官の乗る自転車には、前部に筒状の鞘(さや)が取りつけられている。そこに警棒を差し込んでから、サドルにまたがった。

いまは六月下旬。一年で最も日が長い時期だから、午前四時半ともなれば自転車のライトを点灯させる必要もなかった。ただ、時折ぐっと冷え込む朝もあり、寒暖の差がつらい。そんな時は薄手のコートが欲しくなる。

普段なら仮眠をとっている時間帯だった。こうして警らに出たのは、最近、マンションや事務所の駐輪場から自転車が盗まれる事件が相次ぎ、パトロールを強化するように上から通達が出たからだった。

しばらくは、ぼくも安川も無言でペダルを漕ぎ続けた。

斜め前にいる安川は、きょろきょろと落ち着かない様子だ。警らに出た直後からそうだった。人気のない繁華街の歩道をゆっくりと進みながら、左右にせわしなく視線を送っている。

どうやら、ビルとビルの間にある細い通路を注視しているようだ。

ぼくは少しスピードを上げ、安川の真横を並走するようにしながら、

「なあ、タカポン」

彼をあだ名で呼んだ。名前が隆保(たかほ)だから、それをもじって、警察学校時代にぼくがつけたあだ名だ。

ペダルを漕ぎ続けながら、安川が振り向いた。

「さっき、田窪主任と話をしていたよな」

「なんだ、聞いてたの」

「聞こえたんだよ。盗み聞きしたわけじゃない。自転車盗難の検挙数が少ない、って小言を食らっていたように聞こえたけど」

「……そうだよ」

「で、その問題を解決するいい方法があるそうじゃないか。それってどんなだ？」

安川は返事をしなかった。彼は明らかにこの話題を避けているようだったので、ぼくもそれ以上は追及しなかった。

またしばらく無言でパトロールを続けていると、

「あ、平本くん、待って」

安川は急に自転車を止め、ビルとビルの間にある細い隙間に入っていった。

そこには自転車が一台置いてあった。いや、タイヤがパンクしているところを見ると、放置されていた、と言った方が正確だろう。

ごく普通のシティサイクル、通称ママチャリだ。銀色のフレームはすっかり艶を失っているが、パンクさえ直せば乗れないことはなさそうだ。サドルの下にはちゃんと防犯登録証も貼ってある。

「これ、明らかに放置自転車だよね」

「みたいだな。——おい、まさか、持っていくとか言い出すんじゃないだろうな」

また安川は返事をせず、黙ってママチャリに目をやっている。

「放っておけよ、こんなもの」

何も仕事を増やすことはない。放置自転車をどうにかしてくれ、という相談はよく交番に持ち込まれるが、その都度こっちだって迷惑しているのだ。

——自転車の登録番号を調べ、盗難されたものと判明すれば警察で引き取ります。しかし、そうでない場合は放置されていた土地の所有者が処分してください。現在、ぼくの勤務する署ではそういう方針を取っていた。

「タカポン、勘違いすんなって。おれたちの仕事は、自転車を盗んでいくやつらを捕まえることだ。放置自転車の処理じゃないだろ」

「……分かってる」

ぼくは一足先に通路から出て、自転車のベルを一つチーンと鳴らした。

「ほら、さっさと先に行こう」

もう一度ベルを鳴らしたところ、ようやく安川も通路から出てきて、自分の自転車に跨(また)がった。

2

午前中は署で仕事をし、午後から交番へ向かった。

署から交番へ行く途中、長い上り坂がある。ここを通るときは、なぜか向かい風が吹いていることが多い。そういう場合はペダルが重く、かなりしんどい思いをする。

交番の駐輪場に自転車を停めると、建物の東側に設けられた出入り口を素通りし、南側にある通路へと入っていった。

その際、ちらりと中を覗(のぞ)いたところ、詰所には田窪の姿はなかった。

安川もいない。

彼らの代わりに来客応対用のカウンター席についているのは、女性警察官の制服を着た六十代の女性だった。非常勤の交番相談員、百目鬼(どうめき)巴(ともえ)だ。

ぼくは南側の通路を抜け、西側にある裏庭へと出た。

ここは幅五メートル、奥行き三メートルといった狭さだが、いろんな植物の鉢植えが並んでいる。加えて表通りから見えない位置にあるため、心の休まる場所だった。

日本全国には交番が六千か所以上あるそうだが、繁華街にあって庭つきというケースは、かなり珍しいのではないかと思う。

庭の東側、つまり交番の建物のある側には水道が設けてある。地面からパイプが伸びていて、その先には蛇口が、そして蛇口の先には長いホースが取りつけてあった。

水道の向こう側が、ちょうど交番の休憩室になっている。休憩室に入り、花柄模様のカーテンを開け、そして窓ガラスも開ければ、すぐ蛇口に手が届く、といった位置関係だ。

この庭から見て、休憩室の右側がトイレだった。

いま壁の上の方に、例のカラカラうるさい換気扇のファンが見えている。その真下には燕(つばめ)が巣を作っていた。いまは隠れていて見えないが、あの中に三羽ほど雛(ひな)がいることは以前から知っている。

ホースを手にして、蛇口のハンドルを回した。庭の植物たちに水をやるのは、主にぼくの仕事だ。

ホースの先端を指でつぶし、どの植物にもまんべんなく水がかかるようにする。

その仕事をそろそろ終えようとしたところ、休憩室の方から大きな欠伸の声がしたように思った。

窓は薄く開いていて、花柄模様のカーテンも中途半端にしか引かれていなかったため、隙間から中を覗くことができた。

畳の上で、田窪の巨体がごろりと横になっている。

本当なら詰所にいなければならない時間帯のはずだが、来客の応対は百目鬼がてきぱきとこなしてくれるから、サボりを決め込んでいるようだ。

「主任、たいへんお疲れさまです」

皮肉を込めた口調で言ってやったが、

「おう、帰ってきてたのか。ご苦労さん」

寝ぼけているせいか、田窪はこっちの底意にまるで気づかないようだった。

水やりを終え、ぼくは詰所に入っていった。

「たいへんお疲れさまです」

さっき田窪にかけたのと同じ言葉で百目鬼に挨拶をする。

「ああ、平本くん。お帰りなさい」

百目鬼巴——名前はやけに恐そうだが、実際は性格の穏やかな初老の警察ＯＧだ。県警本部の地域、交通、生活安全、警備、総務、警務とひと通り渡り歩いてきたと聞いている。科学捜査の知識も豊富に有しているらしく、そのため刑事部からも「未解決事件の捜査にあたってほしい」と熱烈なお呼びが掛かっていたようだが、その仕事は嫌だと断り続けたらしい。

最近の若い連中には、忙しいからという理由で刑事畑を敬遠する者が多い。だが、百目鬼が現役だった時代なら、まだまだそこは花形部署だったはずだ。

以前、「なぜ未解決事件の捜査が嫌だったんですか」と訊いたことがある。

百目鬼の答えは、「ものごとをほじくり返すと、ろくなことがないから」だった。その言葉の真意は、いまに至るも、ぼくにとっては不明のままだ。

ともかく、今年の三月に彼女は定年を迎え、四月から非常勤の相談員として、この交番に週三回ほど顔を出すようになっていた。

まだ休憩室から出てくる気配のない田窪を気にしながら、

「お茶を淹れましょうか」

百目鬼にそう声をかけたときだった。

「あのう、すみません」

入口で声がした。見ると、お世辞にも身なりがいいとは言えない五十がらみの男が立っている。

「ちょっと助けていただきたくて、お邪魔しました」

百目鬼が立ち上がって、男に軽く会釈をした。「わたしが御用を伺いましょう」

これから遠方にある自宅へ列車で帰らなければならないが、財布を落としてカードもなくして困っている。それが、この男が持ち掛けてきた相談の内容だった。鉄道の運賃は七千円ほどかかるらしい。

「困りましたね」百目鬼は椅子の背凭れに体を預けた。「たしかに公衆接遇弁償費というものがありますが、いくらなんでもそんなには貸せません」

男は肩を落とした。「……ですよね」

「あなた、ご職業は何ですか」

「トラックの運転手をしています」

「そうですか。――ところで、どうでしょう。いまから、あなたはわたしの友人になりませんか」

「は？」

ぼくが淹れた茶を、百目鬼は男にすすめながら続けた。「この場で、わたしと友達同士になってくれませんか」

「……ええ、別に構いませんけど」

「では」

百目鬼は制服のポケットから何かを取り出した。自分の財布のようだ。そこから一万円札を一枚抜き取り、男の前に差し出す。

「これをお貸しします。友人として」

「助かりましたっ。ありがとうございますっ」

相談者の男は、一万円札を押し戴くようにして、何度も頭を下げつつ交番から出ていった。

「いいんですか、あんなことして」男の後ろ姿を見ながら、ぼくは百目鬼に言った。

「寸借詐欺かもしれないじゃないですか」

「いまの人、トラックの運転手をしてるって言ってたよね」

「ええ。でも本当は無職かもしれませんよ。言葉だけで信用できますかね」

「平本くんは、あの人の手を見たかな」

「手……？　いいえ」

「右手と左手の甲で、肌の色が違っていたでしょ。右手がずっと黒かった。つまり日焼けをしていた」

そんなことには、まったく気づかなかった。

「右ハンドルの車にいつも乗っていたら、どうしてもそうなるよね」

「ええ。それで、嘘をつく人じゃない、と思えたわけですか」

「そう。だからお金を貸したの」

ぼくは百目鬼の顔を見据えた。思わずそうしていた。

外見に特別なところは一つもない。どこにでもいそうな普通のおばさん。そうした陳腐な表現こそが一番似合うこの人が、現役時代は刑事部から熱心にラブコールを受けていたという。その理由が、いまちょっとだけ分かったような気がした。

「ところで、安川くんはどうしたのかな」

そうなのだ。実はさっきからぼくもそれを気にしていた。

安川と一緒に早朝のパトロールに出たのが四日前だ。あの日以来、シフトが重なることはなく、彼とは顔を合わせていなかった。メールで近況を訊ねてはいた。なのに、いっさい返信がなかったのはどうしたことか。

今日は久しぶりに相勤だから会えると思っていたのだが、なぜか予定の時間になってもまだ安川は顔を見せない。

このとき、やっと休憩室から田窪が出てきたので、彼に訊いてみることにした。「安川はどうしました。遅れてくるんですか」

「いや、今日は休みだ」

「本当ですか。そんな連絡は安川から受けていませんが」

欠勤するときは、決まってぼくにも個人的なメールをよこすのが常だった。

「急病か何かでしょうか」

「どうだろな」

言葉を濁し、田窪は珍しく自分の方から目を逸らした。

ぼくは夕方まで交番にいたが、安川のことが気になり、仕事にほとんど身が入らなかった。

午後五時。シフト明けの時間になると、まだ残っていた書類仕事を放り出し、急いで自転車に跨った。

帰りは下り坂だから楽だ。飛ばせるだけ飛ばして寮に帰ると、周囲が妙に騒がしかった。署の隣に建つ四階建ての古びた建物。その出入口を遠巻きにするような形で人だかりができているのだ。

ほとんどがジャージか普段着姿の若い男ばかり。なかには警察官の制服を着ている者もいる。ほぼ全員が顔見知りだ。つまりこの独身寮に住んでいる連中が、建物の外に出て集まっているのだった。

いや、もっと正確に表現すれば、建物から慌てて出てきた、もしくは急かされつつ追い出された、といった様子だ。

人垣を掻き分けて前に進んでみると、出入口の前に救急車が停まっているのが見えた。最前列には、ぼくの隣室に住んでいる後輩がいた。肩を摑んで声をかけてみる。「この騒ぎは何だ？」

「事故があったみたいですよ」

「事故って、どんな」

「なんでも、誰かが自殺を図ったとか」

嫌な予感のせいで頬の肌が粟立つのを感じたとき、建物の出入口から救急隊員が担架を担いで出てくるのが見えた。隊員たちは全員、顔に面体と呼吸器を装着していた。

火事か？　そう思って建物を見やったが、煙はどこからも上がっていない。

はっきりと確認できたのは、担架で運ばれてきた人物の顔が安川のものであること、それだけだった。

3

今日は夕方まで田窪と二人だけの勤務だ。

ぼくがカウンター席についていると、出入口の向こう側に小さな人影が見えた。

入ってきたのは小学四年生ぐらいの男児だった。

「自動販売機の前に、これが落ちてました」

そう言って、男児はカウンターに硬貨を載せた。五十円玉だ。

「ちゃんと届けてくれてありがとう。偉いね」

そうは言ったものの、内心では迷惑していた。五十円玉一つでも届け出があった以上、書類をきちんと作成しなければならない。まったく面倒な話だ。

ぼくは「拾得物件預り書」の用紙を取り出した。

男児から聞き取りをしつつ書類を作成していると、田窪がそばに来てカウンター上の五十円玉を手にした。

「なあ、坊や」田窪は男児に向かって、ぬっと顔を近づけた。「退屈だろうから、おじさんが芸を見せてあげようか」

そう言うなり、五十円硬貨をぴたりと唇に当て、頰を膨(ふく)らませる。そして息を吐き出した。

硬貨の穴がプピューと妙な音を奏でる。

「どうだ、上手いだろ」

そうしているあいだに、ぼくは預り書の記入を終えた。これはカーボンコピー式になっている。下の控えの方を切り取り、男児に預けた。

「これ、お父さんかお母さんに保管してもらってね」

子供がいなくなると、ふたたび交番内は静寂に包まれた。

「安川のやつ」ぼくは田窪に言った。「いまごろ天国でどうしているでしょうね」

彼が寮の部屋で自殺してから、五日が経っていた。

そのあいだに、ぼくは安川の両親から遺書を見せてもらった。

【自身の悪行を恥じた結果、自死を選ぶことにしました】との一文から始まり、両親や世話になった人への感謝と、死を選んだことに対する謝罪の言葉が便箋一枚にびっしりと綴られていた。

【いま手元に、酸性の洗剤と硫黄入りの入浴剤がありますので、これで硫化水素ガスを発生させて死ぬことにします。ぼくの遺体を発見した方は換気にご注意ください。そうだ、それで急に思い出しましたが、交番の換気扇を直す仕事をやり残してしまいました。申し訳ありませんが、親友の平本くん、どうかわたしの代わりにお願いします】

ぼくの名前も、そんな形で文面に登場していた。

誰かを恨むような言葉は一言もなかった。そこが安川らしいところだ。

若手警察官の自殺は、それほど珍しい事件ではない。新聞記事の扱いは地元紙でも大きくなかったし、全国紙では載せていないところもあった。

「天国のベッドは柔らかいだろうから、ぐっすり寝ているんじゃねえか。——それにしてもまいったぜ」田窪は短く刈り込んだ頭に手をやった。「今回のことは、全部おれのせいかもしれねえな」

「と言いますと？」

「実は、先月、あいつにきつく発破をかけたんだよ。自転車盗犯の検挙数が少ないってな」

「え、そうだったんですか」知らないふりをして、ぼくはそのように応じた。

「それで、あいつに教えてやった方法があるんだ」

「どんな方法です？」

「なあに、大したことじゃない。その辺から放置自転車を拾ってきて、張り込みしやすい場所に置いておくんだ。そして」

「もしかして、誰かに盗ませるんですか」

「おお、冴えてんじゃねえか。そのとおりだよ」

実はすでに寮内に流れていた噂で、ぼくもだいたいのことは承知していた。安川は実際にそれをやってしまったらしいのだ。

彼はビルの隙間に放置されていたあの自転車を拾ってきて、公園近くの路上にわざと置き、植え込みに隠れて張り込みをしていた。

やがて自転車を持っていこうとする者が現れた。公園の近所に住む大学生だった。安川は植え込みから飛び出し、大学生を現行犯で逮捕した。だが、この大学生の母親が、路上に自転車を置く安川の姿を目撃していた。

安川は、占有離脱物横領の容疑で書類送検され、上層部から謹慎を命じられていた。だから四日間も連絡が取れない状態だったのだ。

結局、自分が手を染めた不正な行為を苦にして、彼は硫化水素ガスを吸ってしまった……。

「あいつ、真に受けやがって」

そう言って田窪は、ボールペンのキャップを外し、それを顎のあたりに当てた。ピュルルと力のない音が出る。

彼は最近、趣味でサキソフォンの練習を始めたらしい。そのため、吹いて音が出そうなものがあれば、とりあえず口元に持っていく、という癖がついてしまったようだ。

「おれは冗談のつもりで言ったんだ。実際にどこかの県警で、それをやった警察官がいてな、問題になったことがあった。だから、まさか安川が本当に実行するなんて思っていなかった」

「そうだったんですね」

帽子を手にして、ぼくは椅子から立ち上がった。

「署の地域課に呼ばれていますんで、ちょっとこれから行ってきます。休憩室に差し入れのチョコ菓子を置いときました。どうぞ食べてください」

「おう、悪いな」

地域課での用事を終え、交番に戻ったのは夕方だった。今日は無風だから、坂道を漕ぐのが楽だ。

建物に入る前、いつものように裏庭に回った。

水道のハンドルを回し、ホース内に溜まっていた水分を地面に捨ててから、鉢植えに水をやる。

建物の方を振り返ると、この前のように休憩室の窓が少し開いていた。

覗いてみたところ、これも前回と同じように田窪が畳の上で横になっている。

ぼくは窓の隙間に顔を近づけ、中に向かって声をかけた。

「平本です。戻りました」

返事がない。

「田窪主任。いつまでも休憩していてもらったら困りますって。今日は百目鬼さんの応援がない日ですから、詰所が無人のままになってますよ」

声を強めてそう言ったが、やはり田窪からの応答はなかった。

植物に水をやり終えてから、ぼくは建物に入った。

休憩室へ上がり、田窪の巨体を揺り動かしてみる。

いくら強く揺すっても、彼は目を覚まさなかった。

4

交番のトイレに入った。

センサーが作動し、自動で照明が点く。経年劣化で調子のおかしくなった換気扇がカラカラとうるさい音を立てている。

安川の遺書を思い出した。彼はこの換気扇を直しておくよう、田窪から言われていた。その仕事は彼の遺志によってぼくの手に託されていたのだが、何かと忙しくてすっかり忘れてしまっていた。

小用を足し終えたあと、洋式便器の上を見やった。そこには扉つきの棚が設けてある。扉を開けると、洗剤が入っていた。どこにでも普通に売っている酸性のトイレ用洗剤だ。

床に目をやる。

洋式便器の横。ここに粉末タイプの入浴剤の袋が落ちていた。硫黄入りのやつだ。そのように報告書には記載してあった。

ぼくが田窪の死を署に通報して、駆けつけた捜査員が現場を調べた後にまとめた報告書だ。ぼくも事件関係者の一人だから、それを閲覧することができた。

司法解剖の結果、田窪の死は硫化水素による中毒死と断定された。

視線を洗面台に移した。報告書によれば、田窪はこの中に入浴剤の粉末を撒き、洗剤を垂らして硫化水素ガスを発生させたことになっている。

硫化水素ガスで自殺を企てた場合、即死するとは限らない。濃度によっては死亡するまでしばらく時間を要するケースがある。

田窪のケースでも即死ではなく、トイレから出て休憩室まで戻る時間はあった。死の間際になって、田窪は死に場所がトイレであることを嫌ったのではないか。そこでトイレから出て、休憩室まで力を振り絞って移動してから息絶えた。それが報告書の見解だった。

トイレから出た。

クローザーがついているから、ドアはひとりでに閉まる。照明も自動で消えたが、換気扇のカラカラ音はまだ聞こえている。こちらは人の気配がなくなって以後も十分間だけ回り続ける仕様になっているせいだ。

詰所に戻って勤務表に目をやった。今日の午前中、交番にいるのはぼくと百目鬼の二人だけ、ということになっている。

その百目鬼はまだ来ない。

近くの自販機で買ったパック入りのオレンジジュースをカウンターに置いた。それにストローを刺したとき、交番に入ってきた人物がいた。百目鬼ではなく、郵便局の配達員だった。

「現金書留です。印鑑かサインをお願いします」

百目鬼宛にだ。ぼくが代理で受け取りのサインをし、彼女が来るまで預かることにした。

配達員が出ていってから二、三分ほどして、今度こそ百目鬼が姿を見せた。今日は少し疲れたような顔をしている。

「たいへんなことになっちゃったわね」

この交番に詰めていた人間が二人まで自殺してしまったのだから、安川のときは鈍い反応しか見せなかったマスコミも、今回は大騒ぎをしている。

田窪が死んでいるところを最初に発見したぼくも事情を聴取されたが、同僚と先輩をいっぺんに失った心痛を斟酌(しんしゃく)してか、調べに当たった担当者も始終どこか遠慮がちだった。

――自分が冗談のつもりで指南した自転車窃盗犯を挙げる方法。それを部下の安川巡査が真に受けて実行したことに、田窪巡査部長は深く責任を感じていた。そんな折、安川巡査が死を選んでしまったことで、さらに自責の念を深め、自らも同じ手段による自死に至った。

署長は、昨日の記者会見でそのように発表している。

「田窪主任はこのところ何かというと」

ぼくはオレンジジュースのパックに刺したストローを顎のあたりに当て、息を吹いた。スピュー、と間抜けな音が出る。

「こんなことをしていましたね」

「吹奏楽器に凝り始めた人って、たいていそんなものよ」

「子供が道端で拾ってきた五十円玉でも、平気で唇に当ててましたっけ」

「それだけは真似しない方がいいと思う」

「ですよね。衛生観念がなさすぎますよ。——そう言えば、これ、受け取っておきました」百目鬼に現金書留の封筒を差し出した。

「ありがとう」

彼女はその場で封を切った。中から出てきたのは一万円札だった。手紙も一緒に入っている。

百目鬼が開いたその文面を、ぼくは脇から覗き見た。

【その節は助けていただき、まことにありがとうございました。利子をつけてお返ししようと思いましたが、それではかえって百目鬼さんが恐縮してしまうかと思い、申し訳ありませんが、借りた分だけをお返しします。またご挨拶に伺います。友人より】

「もしかして、先日、財布を落として困っていた男の人からですか」

「そう」

「本当に返済してきたんですね」

「だから言ったでしょ。――わたしが四十年間の警察生活で学んだことの一つを教えてあげましょうか」

「ぜひお願いします」

「『犯人逮捕に結びつく一番のきっかけは、刑事の名推理なんかじゃなくて、住民からの通報である』ってこと」

だから市民には親切にしておかなければならない、というわけか。なるほど、先達の考え方は深い。いい勉強になる。

「いい勉強になった。そう思ったでしょ」

簡単に思考を見透かされて、頷きながら頰が火照(ほて)るのを感じた。

「じゃあ、もう一つ教えてあげましょう。ついてきて」

百目鬼は出入口の方へ向かいながら、

【御用のある方は左のボタンを押してください】

そう書かれたプレートを、カウンターの上に置いた。

交番に入ってすぐ、左側の壁にはチャイムのボタンが設置されている。その音がポーンと鳴れば、たとえ裏庭にいても人が来たことが分かる仕組みだ。

建物から出て百目鬼が向かった先は、まさにその裏庭だった。

5

「あれ見てごらん」

裏庭に着くと、百目鬼は建物に向かってトイレのある方を指差した。高い位置に換気扇のファンが見え、そのちょうど真下に燕が作った巣がある。いま百目鬼の指先は、その巣を指し示しているようだ。

「子育て中の燕って、すごく頻繁に餌を運ぶんだよ」

彼女の言葉どおり、待つほどもなく親鳥が飛来して巣の縁に止まった。同時にピイピイと子の鳴き声がし、いままで巣の底に隠れていた雛たちの顔が覗き見えた。

「可愛いわねえ」

目を細め、しみじみとした口調で言う百目鬼を横目で見やりながら、ぼくは、そう言えば、と思った。

そう言えば、百目鬼の家庭はどうなっているのだろう。子供や夫はどんな人なのか。いや、そもそもそういう家族がいるのかいないのか。知り合ってから三か月ほどになるが、ぼくはこの人の私生活をまるで知らないことに、いま初めて思い当たった。

「でも、あの燕が何か？」

いつまで経っても百目鬼が次の言葉を口にしようとしないため、しびれを切らして、こちらの方からそう水を向けた。

「田窪主任は」百目鬼は言った。「トイレ内で硫化水素を発生させた。そういう結論だったよね」

「ええ」

「ところで、巣のすぐ上に換気扇のファンがあるでしょ。あれって、トイレに入るとセンサーで回り始め、人が出たあとも十分間は回転を続けるようになっているよね」

「そうです」

「だったら、おかしいと思わない？」

「何がです」

「自殺を図った田窪主任がトイレから出る。ドアはクローザーでひとりでに閉まる。そして換気扇はあと十分間は動き続ける。こういう状態だったら、絶対に燕の雛たちはトイレに立ち込めた硫化水素ガスを吸っているはずだよね」

「……ですね」

「あんなに小さなか弱い生き物だもの、ちょっとでも有毒ガスを吸ったら、すぐにコロリと死んじゃうはずじゃない？」

異論はなかった。

「だけどほら、ああしてちゃんと生きている。おかしいでしょ」

「風のせいでファンから出た有毒ガスがすぐ横に流れた、そのせいで吸わなかった、とは考えられませんか」

「考えられない。だって、あのときは無風だったもの」

たしかにそのとおりだ。坂道を自転車で上るのが楽だった記憶がある。

「呆れたことに、報告書にはトイレの換気扇と燕の巣についての記述が一行もないのよ」

「言われてみれば、おっしゃるとおりです。こういう捜査も、けっこう杜撰なんですね」

「ええ。先入観があるとこういう失敗をする。今回は、田窪主任の自殺場所はトイレだ、と頭から決めてかかったせいで、完全に見落としたわけ」

「すると、主任はトイレで硫化水素ガスを発生させたのではない、ってことになりますね」

百目鬼はゆっくりと首を縦に振った。

「じゃあ、休憩室で発生させたんでしょうか。死亡現場である、あの部屋で直接」

今度は首を横に振った。「休憩室にはそれらしき形跡がなかった」

「ですよね。でも解剖の結果、硫化水素で死んだことは確実だし……。じゃあ、いったい主任が自殺したときの状況って、どんなだったんでしょう。百目鬼さんはどうお考えですか」

「そうねえ……。犯人はどうしたかというと、おそらく」

犯人——田窪が死亡した経緯を根底からひっくり返す言葉。それを百目鬼は何の躊躇（ためら）いもなくさらりと口にした。そのせいで、ぼくもうっかり聞き逃すところだった。

「待ってください。いま『犯人』と言いましたよね。ってことは他殺なんですか」

何を当たり前のことを言ってるの、といった顔で頷いてから、百目鬼は水道栓の方へ歩み寄った。そして蛇口に繋がれているホースを手にする。

「おそらく、これを使ったんじゃないかしら」

「ホースを、ですか」

「ええ。まずこうやって」

百目鬼はホースを軽く振り、遠心力を使って中に溜まっていた水を少しだけ外へ出した。

「ちょっとした空洞を作ってから、ホース内に硫黄入り入浴剤の粉末を入れるの。そして酸性洗剤を注ぎ込む。まあ、順序はどっちでもいいと思うけれど、とにかく、そのあいだ犯人は、用心のために息を止めていなくちゃいけないわね」

「ですね」

「そうしてからホースを、こうしておく」

百目鬼は休憩室の窓を外から薄く開け、狭い隙間にホースの先端を差し込んだ。ホースは自重のせいで下にずり落ちようとするが、窓が嚙む力の方が強く、そのまま固定されている。

「それから、どうするんです」

「どうもしない。こうやっておいたら、あとは休憩室に田窪主任が来るのを待つだけ」

「ですが、このままでは無理ですよ」

ぼくはホースを指差し、それが自分の重さで下に落ちようとしていることと、そのせいで休憩室に入り込んでいる先端部分が斜め上を向いていることを指摘した。硫化水素は空気より重いから、この状態ではホース内に留まり続けるだけで、外へ漏れ出したりはしない。

「それとも、田窪主任が休憩室に入ってきたのを見計らって、犯人はこれを」

ぼくは蛇口のハンドルに手をかけた。

「捻ったということですか？　そうやって水の力でホースの中に溜まっているガスを外に押し出した、ということでしょうか」

「違うよ。そんなふうにしたら、どうしたって水が余分に出て、休憩室の畳が濡れるでしょ。そんな異変が現場に残っていたら、誰だって不審に思うじゃない」

「ですよね」

たしかに、畳が濡れていたという記載も報告書にはなかった。

「余計なことは何もしなくていいのよ。本当にこのままにしておくだけ。あとは休憩室に田窪が入ってきさえすればよかった」

ここで、ぼくは思わず怪訝な表情をしたに違いない。百目鬼が主任の名字を呼び捨てにしたからだ。

その百目鬼はというと、いっさい表情を変えずに、

「さ、戻りましょ」

それだけを言い、南側の通路をさっさと帰っていく。

ぼくは慌てて彼女の背中を追った。

幸い、ぼくたちが裏庭にいるあいだ、交番を訪れた市民はいなかった。

建物内に入った百目鬼は、このまま通常業務に取り掛かるのかと思ったが、そうではなかった。詰所を素通りし、靴を脱いで休憩室へ上がり込む。

いいように振り回されている自分を感じつつ、ぼくも小上がり形式の和室へ足を踏み入れた。

「ここで死んでたのね、田窪は」

また呼び捨てにして、百目鬼は着ているベストの胸ポケットに手をやった。そこに差し込んでいた何本かのボールペンのうち一本を抜き取る。ノック式ではなくキャップを被せてあるタイプのボールペンだ。

百目鬼はそのキャップを外し、口元に持っていった。唇をすぼめて息を吹きかけると、ヒュウとかすれた音が鳴った。

「田窪はサキソフォンに、すごく凝り始めていて、こういう癖がついていたんだよね」

「ええ。さっきも言ったとおり、吹いて音が出そうなものなら、どんなものでも吹いてみようとしていましたね」

「だとしたら、田窪にとっては――」

百目鬼はボールペンのキャップを元に戻してから窓際に近づいた。

ホースは窓に挟まったままになっているから、その先端部分は、いまも斜め上を向いた状態でこの部屋へ入り込んでいる。それを指差し、彼女は言った。

「これはホースではなく『吹けば音が出そうなもの』だったんじゃないかな」

そして百目鬼は、ホースの先端部分を手に持って引っ張った。

動いたホースに押される形で窓が少し開く。

「もちろん、田窪はどうしてホースがこんなふうになっているのか不審に思ったはず。

だけど、まさか内部に有毒ガスが仕込まれているとは予想もしなかったでしょう。とにかくサックスに凝っている彼は、これまたいい練習台が見つかったと思って、こうして吹いた」

百目鬼はホースの先端を顎のあたりに持っていき、唇をすぼめて息を吹きかけた。

ボウーッと、ボールペンのキャップなどとはまるで違う迫力のある音が出た。

「こんないい音が出るなら、きっと調子に乗ってもう一度吹こうとしたでしょうね」

ホース先端を顎の位置につけたまま、百目鬼は深く鼻と口から息を吸い込んでみせた。

「ね。こうして哀れ、田窪はホース内の硫化水素ガスを胸いっぱいに取り入れてしまったわけ。すると当然こうなる」

百目鬼はホースを手離した。

ホースの大部分は外側にある。室内に入れてあった部分は、自重であっという間に窓の外へと引き摺られるようにして消えてしまった。

続いて百目鬼は、畳の上にばたりと倒れてみせた。

体の右側を下にして、しばらく動かずにいたが、そのうちごろりとあおむけになり、じっとぼくの顔を見上げてくる。

「これでよく分かったでしょ。犯人の用いた殺害方法が」

ぼくは返事をしなかった。

「もちろん犯人は証拠を隠滅したはず。田窪が死んでいるのを確認しがてら、水道栓のハンドルを回して水を出し、ホースの中に残っていた硫化水素ガス、洗剤、入浴剤を全部洗い流したことでしょうね」

百目鬼の視線が刺すように痛い。

「もちろん、自殺に見せかけるための偽装工作も怠らなかった。トイレの洗面台に硫化水素を発生させた痕跡を残したり、便器の横に入浴剤の空袋を捨てておいたりと、抜かりなく手を打った」

「犯人の……」ぼくの声は掠(かす)れていた。「動機は何なんでしょうか」

「復讐だと思う。ただし自分のじゃない。親友のよ」

全身が汗ばんでいるのを感じながら、ぼくは百目鬼の口元を注視し、次の言葉を待った。

「この交番に勤務している人なら誰でも薄々感じていたはずだけど、田窪は安川くんにパワハラを働いていた。安川くんはそのせいで追い詰められ、ついには不正に手を染めて自滅していった。田窪は上辺では彼の死を残念がっていても、内心ではちっともそんなふうには思っていなかった」

百目鬼の言うとおりだ。ぼくは田窪の態度を思い出していた。

――全部おれのせいかもしれねえな。

口ではそんなことを言いながら、ボールペンのキャップでサックスの練習をしていたあの軽薄な態度を。

しばらく百目鬼と見つめ合ったあと、ぼくは言葉を絞り出した。

「つまり百目鬼さんの推理では、犯人は誰なんですか」

「そうね。犯人の特徴として、大きな条件は一つだけ。さっきもちょっと言ったけど、仇討ちを目論むくらいだから、安川くんの親友だったということ。――そう言えば、平本くん。田窪が死んでいるのを発見する直前、あなたは裏庭の植物に水をやったのよね」

首を動かす気力がもうなかったため、頷きは目で返した。

「すると、水道栓のハンドルを回して水を出し、ホースの中にあった硫化水素ガス、洗剤、入浴剤を全部洗い流したのは、十中八九きみだと考えていいわけだ」

もう一度、目で肯定の意を返してから、ぼくは粘ついた口を開いた。

「その犯人を……百目鬼さんは、どうするつもりなんです」

「どうもしない」

それが彼女の口から、何の抵抗もなくするりと出てきた答えだった。

「放っておく。わたしはただ、せっかく考えついた答えを誰かに話したかっただけ」

ここでようやく百目鬼は体を起こした。

「本当だよ。前にもわたしは言ったでしょ。ものごとをほじくり返すと、ろくなことがない、って」

そのときポーンとチャイムの音が鳴った。来客のようだ。

「すみません、この近くでスマホを拾ったんですが」

詰所の方から聞こえてきたのは若い女性の声だった。拾得物の届け出らしい。

「はい。ちょっとお待ちください。いま行きますので」

百日鬼はがらりと口調を変えて明るい声で応じ、こちらの肩を強めに叩いた。

「ほら、ぼやぼやしない。きみが安川くんの分まで働いてあげなきゃ」

その言葉には、首でしっかりと頷くことができた。そしてぼくは小上がりを降り、詰所に通じるドアを開けた。

類まれなるランデブー

沢村 鐵

沢村鐵（さわむら・てつ）
一九七〇年岩手県生まれ。二〇〇〇年『雨の鎮魂歌（レクイエム）』でデビュー。著書に「警視庁墨田署刑事課特命担当・一柳美結」「クラン」「極夜」「世界警察」の各シリーズがある。その他の著書に『謎掛鬼　警視庁捜査一課・小野瀬遥の黄昏事件簿』『封じられた街』『十方暮の町』『ノヴェリストの季節』『ミッドナイト・サン』『あの世とこの世を季節は巡る』『はざまにある部屋』『運命の女に気をつけろ』など。

なぜこんなことになってしまった？

大地悠河は自問する。答えは出ない。

自分が神奈川県警の刑事であることが何の自信ももたらしてくれない。どんな推理も、捜査の定石も通用しない。そんな因果なヤマに出会ってしまうとは。よりによって神奈川に、なぜあんな施設があって、どうしてああも訳の分からない事件が続発するのか。

全ての始まりを思い出す。つい昨日のことなのに、ひどく昔に思える。

1

管制室は人でいっぱいだった。

高鳴る鼓動を抑えられない。管制室の隅っこで邪魔にならないようにしながら、星原倫子はこの場に集まった者たちの顔を一つ一つ確かめている。溢れる期待と充実感。そこに隠しきれない不安も見つけて、倫子の胸はさらに熱くなる。

ここはＪＡＸＡ（宇宙航空研究開発機構）の主要支部の一つ、相模原キャンパス。敷地内の中央部に位置する研究センター棟に、深宇宙探査機の管制室がある。ここに集う全員の、長年の夢が実現する瞬間が近づいている。

〝はやぶさ2〟の拡張ミッションは重要な局面を迎えていた。小惑星リュウグウへのタッチダウンとサンプルリターンの大成功から十一年が経過。新たなターゲットとして選んだ小惑星〝ケマリ〟とのランデブーの時が近づいている。今日、最接近を果たすのだ。まもなく、はやぶさ2に搭載された高性能カメラが未知の小惑星の姿を鮮明に捉える。

いまここにＪＡＸＡの関係職員が勢揃いしているのはもちろん、外部のブレーンや技術者、関連企業の担当者も軒並み集まっている。研究センター棟の隣には交流棟と呼ばれる施設があり、報道記者たちと、事前応募で選ばれた三十名ほどの天文ファンで人いきれができていた。一人残らずモニタに釘づけになって、決定的な画像が送られてくる瞬間を見守っている。

この場にいるほとんどの顔を見分けられた。ＪＡＸＡに入り浸り、あらゆる分野の関係者と知遇を得たおかげだった。星原倫子は文部科学省の研究開発局、宇宙開発利用課に所属するキャリア官僚だ。国としてＪＡＸＡのプロジェクトをバックアップする役割だが、先輩たちから「職務を越える熱意を持つな」と怒られたことは一度や二度ではない。

時計を確認すると正午。ランデブーの予定時刻をわずかに過ぎた。押しているようだ。宇宙探査ではよくあること。何せ探査機は何億キロもの彼方にあり、電波で指令を送っても届くまで何十分もかかるのだ。少しでも不測の事態が起こるとあらゆることがずれ込む。

張り詰めていると保たない。倫子は一度クールダウンしようと思った。管制室を出て廊下を歩く。外にも似たような明るい顔があった。すれ違いながら会釈する。長年馴染みの清掃員・塩山(しおやま)や、敷地内にある食堂の配膳員・薩川(さつかわ)までが笑顔だった。今日が歴史的ミッションの日だと知っているのだ。長年ＪＡＸＡに通っていれば、大事な節目は自ずと分かる。配送業者の吹越(ふきこし)までが、荷物を抱えながら笑顔いっぱいで廊下を走り抜けたのを見て、倫子も笑みを堪えられない。若い吹越は、近隣の企業への配送も担当しているから忙しいはずなのに、ここ数日は無意味にＪＡＸＡに長居している。決定的瞬間に立ち会いたいのだ。

この雰囲気の良さ。ここ二十年ほど、あらゆるミッションで成功を重ねているＪＡＸＡは明るく前向きだ。倫子は、後方支援という自分の仕事に改めて幸せを感じる。霞が関の自分のデスクより、ＪＡＸＡにいるときの方がよほど楽しかった。

だが、一点の染みのように、心に刺さっている出来事がある。

観測チームの木崎純がいない。小惑星とのランデブーを統括する責任者で、はやぶさ2に搭載されているすべてのカメラに精通する〝カメラマスター〟。ランデブーにおいて、その対象にどんなアプローチをすれば最も効果的な観測ができるか判断する役割を担っているのが木崎だ。いまは病院にいる。心配だった。

今回の探査の対象である〝ケマリ〟は、人類が接近探査した中で最も小型の、かつ自転速度の速い小惑星。直径わずか三十メートル、自転速度はたった十一分という代物だ。接近するだけで危険を伴う。探査機が迂闊に接触したら弾き飛ばされてしまう恐れもあった。あらゆる事態を想定してはいるが、必ず想定外のことが起きるのが宇宙探査。木崎がいてくれれば安心だったが、致し方ない。

ちなみにケマリという名称は一般公募によって選ばれた。もちろん「蹴鞠」のこと。リュウグウとは全く規模も様相も違うが、和風の名前というコンセプトは一貫している。小さくて自転の速い星にぴったりの名前だった。

早くも管制室に戻りたくなっている。星原倫子はふう、と大きく息を吐いて自分をなだめた。木崎がいなくて本当に大丈夫か？　だが一昨日、JAXA相模原キャンパスの最寄り駅のJR横浜線、淵野辺駅の近くの踏切で怪我をしたのだからどうしようもなかった。

木崎は踏切待ちの最中に「誰かに背中を押された」と証言しているらしい。電車が入ってくる寸前に、突き飛ばされて踏切内に倒れ込んでしまった木崎は、すんでのところで起き上って踏切の外に飛び出して命拾いしたが、倒れ込んだ時に手首を捻挫し肋骨を折った。よほど強く押されたということだ。ほとんど殺人未遂じゃないか！　警察は動いているのだろうか？

木崎の不在は埋められるはず。観測チームの他のメンバーも優秀だからきっと大丈夫だ……自分をそうなだめているうちに、はやぶさ2がランデブーを開始したという情報が流れた。倫子は再び管制室の隅に自分の場所を確保。いくつもある巨大なモニタに見入った。刻々と濃密な時が刻まれる。大勢が祈りを込めてモニタを見つめた。

ふいに画面が切り替わり、見覚えのない画像が映る。白とグレーと黒で織りなされた、少しいびつな球形。

「ケマリです」

とだれかが言い、おお、とかわあっ、という声が上がった。ついに鮮明な姿を捉えたのだ。倫子も意味不明の雄叫びを上げてしまった。いびつながらも、球形に近い小惑星だったことはケマリという名にふさわしい。たった直径三十メートルのこの岩塊が、何十億年もの間、小惑星帯の一隅に、一回り十一分という超高速で回り続けていた。いつか、遠い惑星の住人から挨拶状が送られてくるとも知らずに。なんと凄いことだろう。

日本の科学力に改めて感動する。関わった科学者と技術者の総合力。信頼と結束の成果だ。思わず倫子の目も潤む。衛藤万奈（えとうまな）を探した。感無量という様子で立ち尽くしているのを見つける。はやぶさ2のプロジェクトマネージャという立場を鼻にかけることなく、大勢の職員の中に紛れるようにして、この場にいた。同じ女性として倫子はリスペクトを捧げ、できるサポートを尽くしてきた。衛藤は偉ぶることを嫌う。控えめな佇まいが、目的が成就したこの瞬間にも少しも変わらないことに、今度こそぶわりと涙がこみ上げてくる。

「ホームポジション、二十キロメートルを維持。機器は全て順調に稼働しています」

モニタリング担当の若い職員が告げる。倫子は拍手してしまった。観測チームの仕事は確かだ。はやぶさ2はこのホームポジションに静止して撮影を続ける。自転するケマリの表面を連続撮影し、その2次元データを基に3次元のモデルを作る。それをさらなる観測活動に活かすのだ。倫子の胸は期待感でいっぱいになる。この幸せな時を台無しにした呪わしき瞬間を、だから生涯忘れない。

血相を変えた男がいきなり現れ、声を張り上げたのだ。

「トイレで刺された人がいます！」

管制室全体に響き渡って場が凍る。あれは、広報担当の……倫子はとっさに名前を思い出せない。モニタから目を離せない職員以外が顔を見合わせ、その場にいない人間を特定しようとした。

「……サブマネの土田さんがいない」

だれかの声が聞こえて、その通りだと気づいた。少し前から土田智之を見ていない。サブマネ、つまりサブプロジェクトマネージャといえば、はやぶさプロジェクトのナンバー2だ。ふだんはプロジェクトマネージャの衛藤が指揮を執り、サブマネはその補佐。

「救急車は⁈ 警察は……」

衛藤万奈が、自分の相棒たる土田を思いやって声を上げた。

「連絡しましたが、まだ来ていません!」

広報の男が叫ぶと、

「刺したって、だれが?」

「なんで土田さんが刺される?」

大勢が同時に疑問を口にし、収拾がつかなくなる。倫子の身体は自然に動いた。加害者がまだ近くにいるかも知れない。目撃者になっておけば警察とも直接やり取りできる。瞬時にそう考え、一番近くの出口からトイレへと走った。怖いとは思わなかった。なにかの間違いじゃないか。刺されたなんてあまりにリアリティがない。流血はしているかも知れないが、怪我をした土田が起きたことを自分で説明してくれる。きっとその程度のことだ。

廊下を突っ切ってから、そんな生やさしいことではないと気づいた。トイレの入り口に四人もの人間が立っている。その中の一人があわてて トイレに入っていくところだった。

残った三人のうち、まずJAXAの広報、雷美帆に目が行く。さっき管制室にやって来た男の先輩だ。広報チームは非常時に現場に駆けつけるのが任務。その片一方が管制室に急いで知らせにきたわけか。雷の方はここに残った。だが女性だから、男子トイレに入れずやきもきしているようだ。倫子が近づいていくと、

「りんこさーん……」

と甘えるように近寄ってきた。女子一人で心細かったのだ。倫子は雷の手を握って力づけてやる。

すぐ隣に立っているのが、ロケット開発部のエンジニアの炭田守だった。今日いる関係者の中では一番若い部類にあたる。二十代半ばだ。落ち着かない表情で足踏みしていた。倫子をちらりと見たが言葉が出てこない様子だ。

そして、もう一人の人物に倫子は驚いた。プロジェクト・サイエンティストの海野泰士教授だった。五十代の、航空宇宙学のスペシャリスト。著書も多い、その道では有名な人物。こんな修羅場には似合わない。倫子が目を円くしているのに気づいたのか、

「ちょうどトイレに入ろうとしたら、この騒ぎだ」

そう言うと、海野は摺り足でトイレの中に入っていった。倫子は海野の背中にくっつ

いていって中を覗く。土田は仲間だ。無事を確認してなにが悪い。

中には意外な光景があった。床に倒れている土田が見えた。その様子を屈み込んで見ているのが、配送業者の吹越だったのだ。広い肩幅と、業務服を見れば間違いなかった。いわば部外者が、なぜここに入って怪我人の様子を見ているのだろう。

倫子は後から知ることになる。吹越は海でライフセーバーをやっていた経験があり、救護の基礎を学んでいた。だれかが倒れていると聞いて、自分の経験が活かせるかも知れないと飛び込んだのだった。だが善意は報われなかった。ふだんは快活な吹越の、呆然たる呟きが聞こえた。

「――死んでるようです」

倫子は耳を疑う。思わず身を乗り出し、倒れて向こう側を向いている土田の顔を確認しようとする。よく見えなかったのは幸か不幸か。ただ、顔の代わりに異様なものが見えた。土田の身体に巻きついている。それはところどころ血に染まっている。

数瞬ののちに、土田の身体に巻きついたものの正体を悟って倫子は総毛立った。うぬ、という呻き声が聞こえる。自分と同じく、海野教授もそれが何か悟ったようだ。はやぶさ2に詳しい者ほどすぐそれに気づく。見間違えることはあり得ない。

気がつけばトイレの外は大騒ぎになっている。管制室から人がやって来ただけではない。報道関係者が詰めていた交流棟の方からも、異変を感じて殺到してきたのだ。トイレの入り口から、カメラのフラッシュらしき光が連続して入り込んでくる。

何もかもが悪夢のようだった。

2

神奈川県警本部に殺しの報が入ったとき、捜査第一課の大地悠河には油断も隙もなかった。少なくとも本人はそのつもりだった。だから、事情を理解するのにこれほど手間取るのは不本意だった。部下から何度説明を聞いても意味がよく分からない。

「要は、日本のNASAみたいなところで、殺人事件か？　トイレで刺殺？」

「はい。はやぶさ2が、小惑星にランデブーするところで……」

「小惑星？　ランデブー？」

耳慣れない言葉にいちいち引っかかり先へ進めない。説明する部下の方も専門用語の解説をしようとしてしどろもどろになる。互いが基礎知識を欠いているのだから、要領を得るはずがなかった。

「まあいいや。で、ガイシャは？」

「サブプロジェクトマネージャです」

「サブ……なんだその横文字は⁈」

「はい、どうやら、副部長みたいなものらしいです。しかも」

部下がたどたどしく告げるところによると、その数日前にはＪＡＸＡの別の人間が不審な事故に遭って入院しているという。最寄り駅の踏切で線路内に突き飛ばされたらしい。これはきな臭い。

「木崎、という名前で、観測チーム？　のリーダー、らしいですが……」

「とにかく、連続して同じところのメンバーが狙われたってことだな？　防犯カメラには映ってたのか？　相模原署で、すぐ調べたんだろ」

所轄署の捜査状況を確かめると、部下はあからさまに顔を顰めた。

「淵野辺駅付近の踏切を撮る防犯カメラは、あるにはありますが解像度がイマイチで、しかも犯人らしき者はキャップを深く被っているので顔がはっきりしません。ＪＡＸＡの方は、トイレ周辺にはカメラを設置していなかった。だから、実行犯を絞り込めていません」

「しょうがねえな。現地で関係者に、事情を聞くか」

大地は部下にハンドルを握らせて現地に向かった。ＪＡＸＡという名に聞き覚えはあるものの、何をやっている場所かなど考えたこともなかった。行ってみて初めて、相模原の中央区で結構な面積を占めていることを知った。正門から敷地内に入ったところで、巨大なロケットが二つ飾られているのを見て実感する。確かにここは、日本の宇宙開発を担う要の一つらしい。

車を降りると相模原署の刑事たちが出迎えてくれた。大地は真っ先に殺害現場に向かう。いくつもある建物の一つ、その一階のトイレの中に、鑑識員が入り込んで作業を進めていた。指紋を取り写真を撮って、証拠となりそうな細かい物を採取している。彼らに敬意を払いつつ、所轄の刑事の話に耳を傾けると、このヤマの異常性が浮かび上がってきた。

「凶器は見つかっていません。おそらく小型のナイフですが、犯人が持ち去ったようです。ただ、遺留物はあります。これを見てください」

一枚の写真を差し出される。すでにここから運び出された遺体に巻きついている、妙なもの。

「なんだこれは？」

「どうも、宇宙開発に関わるもののようです」

所轄の刑事は首を捻りながら、要領の得ない説明をした。分かったことと言えば、床にわずかな血痕しか残っていないのは、遺体に巻きついていた布状のものが血を吸い込んだせいだということ。

「この巻きついているもの、ＪＡＸＡの職員に心当たりがあるようでした。このあと、話を聞けます」

そう言われて、大地はまた別の棟に案内された。そこで待ち構えているのは当然、ＪＡＸＡの職員だとばかり思っていた。ところが、二人の女性に差し出された二枚の名刺の片方には〝文部科学省〟とあった。大地は思わず、眼鏡をかけて髪をひっつめた女性を見つめる。官僚か？

「すみません。私、研究開発局、宇宙開発利用課の星原と申します。宇宙開発事業をバックアップする仕事をしています」

はあ、と大地はとりあえず頷く。

「りんこさんは、ＪＡＸＡのことを、広報の私以上に深く知っておられるので。私がせがんで、説明のために居残ってもらいました」

勢い込んで星原を紹介したのは、ＪＡＸＡの広報だという雷美帆だった。

「私、土田さんが刺された現場にも立ち会いましたし」

星原は言い訳するような調子で言う。大地は何気なく訊いてみた。

「このお名前、りんこさんと読むんですか？」

「いえ。ともこです。りんこは通称です」

すると広報の雷がぺろりと舌を出した。小柄で、愛嬌のある丸顔。通称で呼ぶのはこの娘だけか？　雷とは珍しい名前だから、おそらく中国系。読み方はらい、だろうか。自信がない。二人とも年齢が分かりづらかった。見た目が若いのは気持ちが若いからか、本当に若いのか。

こんなところで霞が関のキャリアが、県警のノンキャリアを待ち構えているとは。何かの圧かと勘ぐってしまう。だが説明を聞いているうちに、純粋な親切心でここにいたことが分かってきた。

「私はたまたま、土田さんが刺されたトイレに行って、状況を見ることができました」

「私が心細かったので、来てくれたんです」

広報の雷が重ねて言う。息が合った姉妹のように見えた。

「何もかもが異常でした。絶対に起こってはならないことが起きてしまった」

星原が力説して、うんうんと雷が頷く。大地は首を傾げて訊いた。

「どういう意味ですか?」

「木崎さんの件もご存じですよね。踏切で、突き飛ばされたんです」

「ええ、聞いてますが」

「狙われたのは二人とも、同じチームのリーダーなんです。いま佳境を迎えている、はやぶさ2プロジェクトの」

「はやぶさ……」

ピンとこない様子の大地に、星原は心外そうな顔をした。

「ご存じないんですか? 十二年ぶりに、新しい天体に到着したところなんですけど」

「知りません。申し訳ない」

顔が熱くなった。恥と苛立ちを同時に感じる。こっちは凶悪犯罪を追っかけるので忙しいのだ。地球の外のことまで考えていられるか。

「……ま、リュウグウ探査の時より地味なのは、しょうがないですけどね。それでも、おんなじ人工衛星がこれだけ長い間稼働し続けていて、また新しい小惑星に到達できたんですよ。すごく感動的だと思いませんか？」

いやにまっすぐな目で見てくるので、大地は仕方なく頷いた。話を円滑に進めるためだ。

星原の顔がほころぶ。少し幼い印象の笑みだった。それがすぐ翳る。

「でも、はやぶさ2のプロジェクトを……快く思わない人がいるのかも知れません」

大地は興味を覚えた。勢い込んで訊く。

「どういう意味ですか。そんな動機を持つ人間がいるんですか？」

「……私も分かりません。はやぶさ2には、ほんとに大勢の人が関わっているんです。全員の気持ちは分かりません」

「プロジェクトに、直接タッチしていない人まで含めれば、本当に大勢になります」

雷が早口で付け加える。

「一般の天文ファンだって凄く多いから、だれがどんな気持ちで、今回のランデブーを迎えたかは……おめでたいことなのに！　ほんとに、はやぶさ2の邪魔をしようと思ってるやつの仕業だったら、絶対に許せない」

雷美帆は眉を顰め、泣きそうな顔で怒った。

「でも、たまたまかもしれないけど……」

急にしゅんとする。事件の衝撃のせいか、この広報は見るからに情緒不安定だった。

「木崎さんの方は、関係ないかも……たまたま酔っ払いに突き飛ばされて、踏切内に入っちゃっただけかもしれないし」

仲間が立て続けに襲われたのは、ただの偶然だと思いたいらしい。ところが星原がズバリと言う。

「いや、論理的に考えたら、関係ないとは思えない。もしかすると、やったのも同一人物かも。でも、犯人像がぜんぜんイメージできないけど。日向さんに相談してみようかと思って」

立て板に水の星原に向かって、雷が熱心に頷く。内輪話は困る。大地は訊いた。

「日向さんとは？」

「はやぶさのプロジェクトに、起ち上げの頃から関わっている人です。いまは第一線を退いてアドバイザーの立場に回っています。私がＪＡＸＡの担当になってから、ずっとお世話になっているんです」

「ＪＡＸＡの生き字引です」

「もちろん、いまＪＡＸＡで活躍している多くのスタッフが、日向さんの薫陶を受けています」

二人の女性が切々とリスペクトを訴える。いわばＪＡＸＡのレジェンドか。

「そんなに凄い人なら、俺も会ってみたいですね」

職業意識が、大地にそう言わせた。だがすぐ後悔する。専門用語が飛び交う場に行っても頭がパンクするだけだ。

「それよりまず、被害者の土田さん……刺された状況が気になります。あの、土田さんの身体に巻きついていたものは？」

目の前のヤマに意識を戻すと、星原が察しよく頷いた。

「あれは、はやぶさの再突入カプセルを模したものだと思います」

3

「はい？　カプセル……？」

大地という刑事は、いささか間抜けな顔で訊き返してきた。仕方のないことではあるが、ここまで知識がないとどうにも話を進めづらい。倫子はできるだけ丁寧に説明した。

「土田さんの身体に巻きついていた布には、糸の束がくっついていた。形状は完全にパラシュートです。で、その先端には、黒い球が付いていました。あれが、小惑星から採取したサンプルを入れたカプセルです」

さっぱり要領を得ない表情の刑事に、辛抱強く説明を続ける。

「黒いのは、大気圏に突入したときの摩擦熱で焦げたカプセルを表現してるんだと思います。けっこう手が込んでいます」

納得した様子なのは雷美帆の方で、刑事はまだ口を開けている。

「焦げ跡と、パラシュート？　何の意味が」

倫子は無力感を覚える。

「ですから、はやぶさの再突入カプセルを――」

「いや、だから、そんな小道具を残していく意味です」

少しだけ先に進んだ気がした。倫子は頷いて言う。

「これは、偶然じゃない。はやぶさに関わっている者を狙ったんだぞ、という意思表示じゃないかと」

一瞬、刑事の顔が怒りで歪んだ。

「でも、はやぶさ2がいま行っているのはあくまで拡張ミッションで、今回はサンプルリターンの予定はないんです」

倫子はもう一歩踏み込んで説明したが、どこか諦めていた。きっと理解してもらえない。案の定、大地刑事はぽかんとした。

「……とにかく、今回のランデブーでは、はやぶさ2は小惑星からサンプルを採りません。ということは、地球まで戻ってきてカプセルを投下することもない、ということです。分かりましたか？」

刑事は反射的に頷いただけに見えた。痺れを切らしたのは雷の方だった。

「ホントですよ。りんこさんの言う通りです。タイミングがおかしいっていうか、ボケてるっていうか」

感情が溢れるままにまくしたてた。

「土田さんを襲った奴は、はやぶさ2がもうカプセル使わないってことも知らないで、あんなひどいことをしたんだったら、とんだモグリだなって思う」

筋の通った物言いとは言えないが、刑事は得心がいったような顔になった。こういう言い方のほうが通じるのか。難しい、と思いながら倫子はつけ加える。

「すでにはやぶさ3も出発しています。つまり、あのパラシュートは、サンプルリターンミッションすべてに対する警告かも知れない」

こういう論理的な物言いが相手に刺さらないとしても、自分には自分の流儀がある。容易には変えられない。

「今回の、ケマリへのランデブーが、世間とマスコミの注目が集まるタイミングです。犯人は、そこで騒ぎを起こしたかったのかも知れません」

自分の分析に自分で戦慄する。なんという悪意だ。

「騒ぎ……しかし、殺人までするとはね」

刑事は心底「理解できない」という顔をした。倫子は悲しくなる。刑事の無理解が悲しいのではなかった。倫子自身が殺人者の動機を理解できないのだ。

「しかし、外部から侵入した人間が、その、はやぶさ計画を邪魔するためにこんなことをした？　それは難しいでしょう」

大地刑事がようやく刑事らしく見えてきた。

「ここのゲートには守衛もいた。セキュリティはしっかりしているようだ。てことは、内部の人間の犯行でしょう」

倫子は、自分の恐れの核を突かれた気がした。

「ここの人間関係は？　怨恨が動機ということはありませんか」

倫子は雷と顔を見合わせた。

「土田さんは、人に恨まれるような人ではないです！」

雷が少女のように声を上げる。

「ＪＡＸＡでは、いくつものプロジェクトチームがあって、鎬を削りあっていますが、お互いにあるのはリスペクトです」

倫子はそんな言い方を選んだ。

「すごい能力を持った人たちが、常に助け合っています。個人的な恨みで人を殺すような直情的な人は、私には思い当たらないんです」

言ってから、それが自分の願望であることに気づいた。論理的な態度だろうか？　私は大事なことから目を背けてはいないか。一気に自信がなくなる。倫子は、いますぐ日向に連絡したくなった。心の拠り所だ。声を聞きたい。指針を与えて欲しい。

すみません、と言いながらその場を離れた。刑事にも雷にも悪いが、いま日向の意見を聞くことは絶対に有益だという確信があってこそだ。そう自分に言い訳しながら、廊下の角で電話をつなぐ。

相手はワンコールで出てくれた。

「日向さん、お久しぶりです」

つながるや否や、思わず頭を下げる。

「聞いていますか？　相模原キャンパスはいま、大変です」

『聞いた。心配している』

声は重苦しい。当然だった。いわば職員全員の親のような存在だ。

ＪＡＸＡのシニアマネージャ・日向秋造（しゅうぞう）といえば、宇宙開発に携わる全員が深い敬意を持って見上げる存在。ＪＡＸＡ不遇の時代から長く組織を引っ張ってきた。はやぶさやイプシロンロケットの成果で政府や世間の目を開かせ、ビジネスとしてもしっかり軌道に乗せたあと、余力を残したまま前線から退いた。以後、現場に頻繁には来ないが、多くの職員からの相談が今も寄せられているという。ＪＡＸＡ付きになってすぐの頃、倫子も世話になった。

『君はどう思う？　だれがこんなことを』

「分かりませんが、たぶん……はやぶさを気に食わない人間が、いるのかも知れません」

苦しげな倫子の声を日向はしっかり受け止めてくれる。

『やはり、それしかないか。はやぶさプロジェクトを敵視する人間がいるとは……残念だ』

そう。残念という言葉に尽きた。いますぐ殺人者に会って問い質したいくらいだ。いったい何を考えているのかと。

『国内にそんな動機を持ってる人間がいるとは、私には思えない。日本人はみんな、はやぶさプロジェクトを誇りに思い、後押ししたいと思っている。となると』

「国外の勢力ですか？」

言いながら鳥肌が立つ。考えたくない可能性だった。政治案件になるからだ。国際謀略、スパイ合戦——警察や文科省では不十分。外務省はもちろん、防衛省まで巻き込むことになる。

『そう考えるのが妥当だろう。君もよく知っているだろうが、ＪＡＸＡは何度も、国外からのサイバー攻撃に曝されてきた。機密が漏洩したことも、一度ではない』

星原は頷く。特に中国共産党が疑われている。人民解放軍にサイバー攻撃を専門とする部隊があり、十万人単位のサイバー兵士が活動しているという噂だ。

『中国だけではない。最近はロシアからも、中東からも何度も狙われているというじゃないか。ＪＡＸＡは大国の政府並みのセキュリティが必要なんだ。何年かに一度は必ず、激しい攻撃に曝されて被害が出るんだからな』

「こちらとしても、何度も政府に進言はしているんですが……」

『星原。気をつけろよ。よく観察するんだ』

するとふいに、親身な忠告が届く。

『なにかおかしなことを見つけたら、相談しろ。警察でもいい。私でもいい』

ＪＡＸＡ内のスパイについて注意を促している。そう気づいた。はっきり言うことを憚っている。真意を汲み取りたかった。日向の言葉は常に金言だ。

『お前の目は鋭い。ＪＡＸＡの中に入ってしまうと、しがらみもできる。職員では見えない死角ができる。だがお前は貴重な、外側からの目だから』

はい、と答える声が感激で震える。

『JAXAの古狸として、衷心から、お願いするよ。星原殿』

「せいいっぱい、気をつけます。もうこんな非道いこと、止めます。許せない」

『おい。思いあまって探偵の真似事なんかするなよ？　将来のある、かよわい娘さんなんだ』

親心を感じた。じんわりと胸が熱くなる。

「でも、刑事さんと話してますが、なんか頼りないんです……ハッパかけときます。早く犯人捕まえろって」

冗談めかして言い、また連絡しますと言って電話を切った。急いで部屋に戻ると、雷は消え、大地刑事だけがその場に残っていた。倫子が怪訝な顔をすると、大地は言った。

「雷さんは他の職員の方に呼ばれて、行ってしまいましたよ」

「あ。私のために、残っていてくださったんですか？」

「いや。これから、もっと上の方がいらっしゃると聞いて。ここで待っているんです」

「そうですか。衛藤さんでしょうか？」

「ああ、たぶんその方です」

はやぶさ2プロジェクトのリーダーがここへ来る。私も待っていよう。

この刑事にとっては邪魔かもしれないが、意地でもいるつもりだった。JAXAと刑事の間には通訳が必要だろう。専門的な話も嚙み砕いて伝える人間が。

妙な沈黙が流れた。それを埋めるために倫子は口を開く。

「さっき話した、シニアマネージャの日向さんといま、電話で話せました。内部の人間の仕業っていうより、外国の政府の差し金の可能性が高いという意見です」

えっ、という顔で大地は倫子を見てきたが、やがてうつむいた。

「なるほど……そうなると、公安の外事課に頼らないといけない。厄介だな」

大地の表情がひしゃげる。倫子は同情の目で見た。警察内にもセクト主義が蔓延(はびこ)っている。どこの役所も同じだ。

「でも、手を下したのは、JAXAに出入りしているだれかです」

励ますように倫子は言った。同時に、一歩踏み込んだつもりだった。

「公安でも政府でも、犯人を捕まえるな、とは言わないでしょう？　捕まえてしまえばいいんじゃないですか」

すると大地は疑わしそうに倫子を見た。頬が引きつっている。

「人民解放軍のスパイだったら、簡単には確保できない」

ぶすりと言うと、大地は急に声を潜めた。

「さっきの広報の女性。中国の人ですか」

雷美帆のことだ。

「彼女は問題ありません」

倫子は毅然と言い渡した。しっかり釘を刺しておかなければ。ＪＡＸＡは国際協力の場。職員の間に国境意識はない。

「両親は中国人ですが、彼女は生まれも育ちも日本で、宇宙開発が大好きでＪＡＸＡ入りした人です。熱意が人一倍素晴らしいんです」

「しかし……彼女が本音で何を考えているかは、分からないでしょう」

「本音は知っています。仲間ですから」

断言する。仲間を守れなくて、なにがチームだ。いきり立ちそうになる自分をなだめ、倫子は大人として振舞うよう努めた。

「大地さん。どの職員も、ＪＡＸＡなりに身元調査した上で雇っています。そりゃ、警察ほど徹底した調査ができるとは言いませんが、不審人物はチームに入れません。出入りしている企業にも、それこそ配送業者に至るまで、間違いのない人物を寄越すよう呼びかけていますよ。できる限り気を遣っているんですよ。ＪＡＸＡには日本最高の技術が集まっているんですから」

誇りを見せる。そろそろ理解して欲しかった。ＪＡＸＡの大切さを。国が誇る組織を冒瀆されたのだ。悔しさを共有して欲しい。

「お願いします、大地さん。ＪＡＸＡを助けてください」

「それは、もちろん……」

大地刑事の声は弱い。瞳は戸惑いに揺れている。ちょうどそのとき、衛藤万奈が現れた。

「大地さん。こちらが衛藤万奈さん。はやぶさ2のプロジェクトマネージャです」

倫子が紹介すると、大地は目を瞠った。女性が来るとは思っていなかったようだ。

「プロジェクトマネージャー……」

「要は、責任者です」

倫子の紹介にあわせて会釈する衛藤も、見るからに緊張している。それでも、倫子と強く頷き合うと、刑事にまっすぐに目を向けた。

4

大地は衛藤というリーダーを観察した。四十歳ぐらいだろうか。知的な女性の典型のような、見栄えのするスーツ姿にメタルフレームの眼鏡。髪型はスタイリッシュなボブ。〝HAYABUSA2〟と記された作業着を羽織っているところだけが、どこか野暮ったい。

「衛藤さん。いま、この大地さんという刑事さんとも話してたんですが、外国の勢力の差し金じゃないかって」

待て、言い切るな。大地はそう諫めたくなった。捜査は予断で進めてはならない。

「さっき、日向さんに電話してみたんです。日向さんも真っ先に、外国の関与を疑うべきだとおっしゃってました」

星原は、疑いを身内から遠ざけようとしている。その心理は分からないではなかった。だが甘い。殺人事件の大半は、身近な人間との感情のもつれで起こる。古今東西変わりはしない。

文科省から来たこの女は温室育ちのエリートで、犯罪とは無縁の世界で生きてきたのだろう。素人は口を出すな。そう遮るわけにもいかず、大地はこんな話の持っていき方をした。

「実行犯は、かなりずる賢いですよ。防犯カメラに映らないように立ち回っている。外から侵入した人間が、おいそれとできる犯行じゃない。インサイダーを疑うべきです」

「防犯カメラ、ですか」

衛藤が小首を傾げた。考えたこともなかった、という表情だ。

「相模原署の署員たちが、そちらの管理部門に頼んで、さっそく今日の分の防犯カメラの映像を見せてもらいましたが、参考にはならなかった。トイレに出入りした人間が分からないからです。襲撃する場所にトイレを選んだのは、そこで殺してもバレないと知っていたからでしょう」

「なるほど。すみません……」

衛藤が見当違いに謝ってきた。

「非難してるんじゃありません。トイレ付近にカメラを設置するのは、プライバシーにも関わるから避ける場合が多い。それはどこでも同じです」

「トイレには、宇宙開発の機密情報がないし、しょうがないですよね」

星原も呟くように言った。じっと考え込んでいる。

「JAXAには、直接プロジェクトに関わってる人間だけで二百人います」

衛藤万奈は責任者らしく、具体的な数字を上げて説明した。

「協力している人間も含めればその二倍、出入りする外部の協力者まで含めれば、さらにその倍です。絞り込むのは、難しい……」

「全員のアリバイを確認するんですか？」

星原が大地に向かって知ったような口をきいた。大地は倫子を見ず、衛藤だけを見て喋る。

「必要ならば全員に事情を訊かなくてはならないでしょうが、手間を省いていただけると助かります。土田さん、それから木崎さんを狙う動機がありそうな人間はいませんか？　衛藤さんのようなリーダーの立場から見て」

すると衛藤は心底悲しげな顔をした。

「……本当に、見当がつきません」

誠実な答えに見えた。だがそれでは埒があかない。食い下がる。

「お気持ちは分かります。だれも仲間を疑いたくはない。だが、人が一人亡くなっています。放っておくと、また犠牲が出ないとも限らない」

「衛藤さんが心配です。狙われるかもしれません」

ふいに星原が言い出した。大地は、星原の口を塞ごうかどうか迷った。

「あたしが？　どうしてあたしが狙われるの？」

衛藤は思いもかけないという顔だ。

「初めが観測チームのリーダー。次がサブマネ。だったら、次はプロマネの衛藤さんじゃないか。そう心配するのって、自然じゃないでしょうか。衛藤さん、はやぶさのことを憎いと思ってる人、ホントに、心当たりありませんか？」

「プロジェクトを、敵視している人……」

いろんな角度から問いを投げられてフリーズしてしまう。衛藤には何かを隠している様子がない。本当に思い当たらなくて戸惑っているように見える。もちろん、演技かもしれない。だが今日会ったＪＡＸＡにいる女性は全員、腹芸が得意そうに見えなかった。研究や勉強に打ち込んできた、真面目で飾らない性格だからだろうか。仕方なく大地は言った。

「ちょっと考えておいてもらえますか？　どんなことでも、引っかかったことや、思い出したことがあればいつでも連絡ください。これ、私個人の連絡先です」

そう言って名刺を渡す。受け取る衛藤の指先が震えていた。

5

許せない。許せない。許せない。

まだ何人もの職員に事情を聞く、という大地刑事と別れて、管理棟の出口を目指す倫子の胸の中に、ふつふつと怒りが湧き上がってくる。途中で清掃員の塩山と、配膳員の薩川が立ち話しているところに出くわした。二人とも表情が深刻で、今日起きたことを嘆いているのが伝わってきた。喋る気分にはなれず、気づかないふりをしてそそくさと通り過ぎてしまう。

衛藤は管理棟の上の階へ行ってしまった。ＪＡＸＡの幹部と今後の対応を話し合うためだ。倫子は一人で管理棟を出た。すっかり日が暮れていることに気づく。いったん文科省に帰って局長に報告しなくてはならないのに、戻りたくなかった。

ＪＡＸＡは最高の仕事を成し遂げている。限られた予算と人員にもかかわらず、信用と実績を積み上げ、いまや世界に誇る最高の機関となった。それを邪魔して、スタッフの命まで奪うなんて……どうしても許せない。

だがあの大地悠河という刑事、大丈夫だろうか。ＪＡＸＡや宇宙開発に対する興味がなさ過ぎるのが腹立たしかった。ＪＡＸＡの価値を理解していないし、放っておけばどれだけ国益を失うかも分かっていない。

ならば——思わず足を止めた。私が実行犯を見つけ出せばいい。

日向からの警告が脳裏を過(よぎ)るが、私以外に誰がいる？ 私ならプロジェクトチームの人間関係も大体把握している。そして、チームのメンバーに優しすぎる衛藤万奈よりは、人を疑える。しっかり見ろ。疑わしい人間はいないか？

実は、真っ先に浮かんでくる顔がある。よもやとは思う。だが、常にＪＡＸＡに厳しい視線を向けてくる人間がいる。プロジェクト・サイエンティストの海野泰士教授だ。今日、殺害現場となったトイレの入り口で口をきいたばかり。

海野教授は特殊な立ち位置にいる。そもそも東京大学に所属しており、大切なミッションや会議の時だけ相模原を訪れる。実は以前は、外部から声高に批判を加える陣営の代表格だった。彼を煙たがり、嫌っているメンバーも多かったのだ。ところがＪＡＸＡの幹部は、逆にスカウトするという大胆な行動に出た。実は裏で、日向秋造の助言があったことを倫子は知っている。

海野は、スカウトの申し出に初めは驚き、どういう魂胆かと警戒していたらしいが、

ＪＡＸＡ側の度量の広さだと理解してオファーを受け入れた。以後両者は、適度な距離を保ちながら生産的な関係を結んでいる。

　倫子は、土田が刺されたトイレにちょうど海野が居合わせたことがどんどん気になり出していた。第一発見者を疑え、とテレビドラマの中の刑事は言うではないか。海野ではなく、海野の隣にいたロケット開発部の炭田こそ第一発見者だそうだが、あの場にいたことは本当に偶然なのか？　もやもやする。

　海野が相模原キャンパスの敷地内にある研究員宿泊棟の一室に部屋を取っていることは知っていた。だがさすがに、直接訪ねて問いただす勇気はない。倫子は後ろ髪を引かれながらＪＲ淵野辺駅まで行くと、駅前通りでよく使うカフェに入った。霞が関まで戻る気力は完全に失せていた。電話して気分がすぐれないと訴えると、上司の光本(みつもと)局長は今日は戻らなくていいと言ってくれた。これ幸いとばかり、エスプレッソで一服すると背もたれに身体を預けて目を閉じる。だが一分後には、ノートを取り出して広げていた。信じられないような一日を整理しておかなくては。

　１・犯人は日本の宇宙開発を妨害したい
　２・はやぶさ計画に恨みでもあるのか？

　ペンは自然と、浮かんでくる疑問を羅列し始めた。パソコンやスマホではない。アイディアをまとめる時は手書きする癖がある。いつもより崩れた自分の字が白紙を染めていく。

3・男子トイレに出入りできた。犯人は男性の可能性大

4・土田さんが殺されたのはランデブーの最中（正確な時刻は？）

5・管制室にいなくても不審に思われない人物

ふと自分を客観視する。第三者がこのメモを覗いたら、正気とは思わないだろう。構わない。必死だ。倫子は思考に集中した。木崎への傷害。土田の殺害。残された再突入カプセルのメッセージ。トイレの光景、衛藤や雷や海野の表情。すべてが渦巻き、倫子の周りを惑星系のように同心円状に回る。ペンを走らせる手は止まらない。

三十分後、倫子はある答えにたどり着いた。

考えれば考えるほど、それ以外に方法はないと確信した。この作戦を実行せよ。

だが、一人では実現できない。絶対的に必要な協力者が、少なくとも一人いる。

「……衛藤さんに、話そう」

呟く。それしかない。だが不安も膨らむ。提案を受け入れてくれるだろうか？ 衛藤は首を縦に振らないかもしれない。それでも、話してみる価値がある。

警察はどうする？ 大地刑事の顔を思い浮かべ、倫子は首を振った。認めてくれるわけがない。話しても無駄だ。

ただし、探りを入れる必要はある。

6

大地が県警本部に戻れたのがようやく午後十時。直属の長である捜査一課長の姿が見えないのでホッとしていたら、その上の霜田刑事部長がまだ残っていた。首を長くして大地を待っていたのだろう。いくら足が重かろうと、霜田の席まで報告に行かないわけにはいかない。

「ただいま戻りました」

「おう。JAXAはお前、徒や疎かにできんぞ」

いきなり釘を刺される。表情を見ても、相当雲行きが怪しかった。

「本部長からも強く言われた。長引かせるな。ホシの目安は？」

「はっ？　そうですか」

「まだ立っていません」

盛大に鼻を鳴らす霜田を見て、自衛本能が起ち上がる。急いで言った。

「文科省の役人にも言われました。宇宙開発担当だとかで、まだ若い女性ですが……JAXAは日本の誇りだとか、はやぶさ計画を止めるわけにはいかないとか」

すると霜田は、大いに頷きながら言った。

「サッチョウも気が気じゃない様子だ。つまり、政府が気にかけてるってことだ……さっさとホシを上げないと、どんどん介入してくるぞ」

警察庁、さらには政府の介入。それだけは避けたい。完全に尻に火が点いた恰好だった。

「捜査本部起ち上げの準備はしとく。だが、お前がホシを早期逮捕してくれたら、大事にしないで済むんだ」

これほど分かりやすいプレッシャーがあるか。こんなに厄介なヤマだと、事前に誰も教えてくれなかった。ハズレを摑まされた、と腐っている暇もなかった。

「……明日改めて、関係者全員に話を聞きます。徹底的に」

「頼むぞ」

霜田から離れると、自分の中の非常回路をオンにする。明日にでもホシを確保する勢いで臨まなくてはならない。そのためには――一にも二にも、JAXA内部の人間関係を把握することだ。

ところが、県警本部にそれを知っている人間の心当たりがない。

大地は今日もらった名刺を見返した。気は向かないが、力を借りるしかないのか。自分のデスクの椅子の背もたれに身体を預けながら名刺の電話番号を見つめていると、携帯電話が鳴り出した。表示された番号を確かめると、まさに見つめていた数字と同じ。

あまりのタイミングに眩暈を覚える。はい、と言いながら電話に出た。

『大地さん。今日はありがとうございました。お疲れ様でした』

その声で、生真面目そうな眼鏡顔が脳裏に甦ってくる。

『明日は何時頃、ＪＡＸＡにいらっしゃいますか？』

「さあ。まだ決めてませんが」

『そうですか』

拍子抜けしたような反応。反射的に暈かしたのは、探りを入れられた気がしたからだ。

相手が官僚というだけで防御姿勢を取ってしまう。

「星原さん、どうかしましたか」

相手が黙っているので訊いた。

『……いいえ』

歯切れが悪い。何か迷っていることがあるようだ。大地は思案し、穏当な話題から始めた。

「ＪＡＸＡには、まだこの時間でも人がいるんですか？　夜っぴて、その、はやぶさの監視をしてる？」

『もちろん管制室には、深夜でも人がいますよ。宇宙に昼夜は関係ないので。はやぶさは、宇宙の遥か彼方で、休みなく働いてくれているんです』

宇宙探査の話となると活き活きし出す。分かりやすい娘ではある。

「いま、星原さんはどちらに？　まだＪＡＸＡですか」

『淵野辺駅の近くにいます。まもなく帰宅します』

「仕事とはいえ大変ですね。こんな遅くまで」

『そちらこそ。不可解な、怖い事件ですけど、ぜひ、解決していただきたいです。犯人を捕まえて、みんなを安心させてあげてください』

「もちろん、そう努めますが」

腹の探り合いもたいがいにしよう。大地は訊いた。

「明日は星原さんは、早くにＪＡＸＡに入るんですか」

『そう……ですね。私もまだ分かりません』

その言いよどみ。大地は確信した。腹に一物ある。

ならば、自分はどう出るべきか。

「あ、そういえば明日は別件がありました」

あっけらかんと言ってみせた。

「捜査本部の起ち上げのあれこれで、すぐにはそっちに向かえません。早くて午後になりますね」

一瞬の間があり、そうですか、と一言。相手も勘づいているか？　文科省の若手がどんな駆け引きの仕方をするかは大地のデータにない。宇宙開発への愛に溢れた変わり者のエリート。そんな人物の魂胆など分かりっこなかった。消化不良のまま通話を終える。大地の椅子はいつしか、背もたれが壊れる寸前まで軋んでいた。構わずそのまま天井を見つめる。考えることが多すぎた。

いずれにせよ、明日は勝負だ。

7

殺人者は朝から満足感でいっぱいだった。

昨日はよくやった。サブプロジェクトマネージャを亡き者にした！　思っていた以上にうまくやれた！　油断すると浮かんでくる笑みを打ち消す努力をする。他でもない、このＪＡＸＡ内部に自分はずっといるのだから。油断するな。大事なのは次だ。

それにしても土田への制裁は我ながら上出来だった。ＪＡＸＡの敷地内でとどめを刺しただけでなく、強烈なメッセージを伝えるアイテムまで残せた。見ろ、だれもがビクビクしている。今朝は職員たちがお互いを不審の目で見ている様子だ。なんと愉快な……連中の結束に罅(ひび)を入れ、はやぶさプロジェクトを頓挫させられるなら本望だ。テレビでもネットでもＪＡＸＡで起きた悲劇に大騒ぎしている。知れ、もっと知れ。ここがどれほど呪われているかを！　殺人者はまた、密かに暗い悦びに震える。

気を抜けなくなったのも確かだ。事件記者が相模原キャンパスを外から取り囲んでいる。キャンパス内の取材を許されている科学記者も、ふだんと違い血走った目をしている。ゴシップ記者に変身してしまったかのように。もはや全員が全員の監視者のようなものだから軽はずみには動けない。何より、昨日から警察もなだれ込んできた。今後だれかを襲えるとしても、せいぜい一人。しかもすぐやる必要がある。

ならば、狙うのはむろんプロマネしかいない。

サブマネが死んだ翌日だというのに、はやぶさプロジェクトは粛々と進行している。職員たちの顔は物憂げではあるものの、着実に探査機から送られてくるデータを読み取り、指令を送り返しているようだ。気に食わない。職務にどこまでも忠実なこの連中が。

そのリーダーたる女がついに管制室にやってきた。チャンスだ。昨日にも増して幅を利かせるに違いないと思っていた警察も、なぜだかまだ姿を現していない。ならば、この午前中こそ絶好機。殺人者は何気ない素振りで管制室の付近を徘徊し、仕事をしているふりをしながらターゲットが出てくるのを待った。ところがなかなか出てこない。殺人者は単調な動きを繰り返して日常に溶け込んだ。もともと自分は道端の石のような存在。気配を消すのは得意だ。

ほら、出てきた――忍耐は報われた。

殺人者は喜び勇んで後を追った。女はトイレの方に向かってゆく。昨日も辿った勝利の道だ。たちまちターゲットに肉薄する。ごくごく標準的な女性の背の高さと痩せ具合。ただ、髪型が特徴的だ。いやに都会的。マスコミ受けを狙ってのことだろう。こんな髪型をした女性はここでは一人だけ。いつも通り〝HAYABUSA2〟と背中にプリントされた作業着を羽織っている。それが改めて憎悪をかき立てる。こいつらは何をやっているか分かっていない。宇宙のあらゆる場所から星のかけらを削って地球に持ち込む気だ。

殺人者は、ウエストバッグの中に入れておいた折りたたみナイフを取り出した。土田に使ったものと同じ。今回は、はやぶさのカプセルを模した小道具は準備していない、ただ致命傷を与えることだけを考えている。花より実を取るべき時だからだ。一撃必中。さあ、トイレの近くまで来た。おあつらえ向きに人気もない。ナイフを振り上げて襲いかかろうとしたところで相手が振り返った。構わない。そのまま襲いかかる。いや待て――違う！　殺人者は凍りついた。相手の顔が違うのだ。しまった、衛藤ではない……文科省のオタク女だ。なぜだ？　なぜ役人が、はやぶさ2プロジェクトのメンバーにしか与えられないユニフォームを着て管制室から出てきた？　ふだんから身内のように馴れ馴れしくJAXAに入り込んでいる女だが、決してプロジェクトメンバーではない。これはおかしい。

——罠だ。この女は髪型を衛藤に似せた。カツラでも使って。

そう気づいたときには手遅れだった。背後に気配を感じた。殺人者はあわてて振り返る。

なんと——衛藤はそこにいた。

一人ではない。衛藤の前に、立ちはだかるようにもう一人いる。

中国人の雷ではないか！　女ばかりだ。俺は女たちに挟み撃ちにされた。何をあわてることがある？　力ではこっちに分がある。暴れれば逃げられる。

女どもはこっちの思惑に気づいたようだ。たちまち怯えた表情が顔を覆う。どけ、俺を恐れろ、道を空けろ！

いや。だめだ……そう甘くはなかったようだ。廊下の向こう、プロマネと広報の女の向こうから、一目散に走ってくる人影を見た瞬間に手足が萎えた。刑事だ。イノシシのような勢いで迫ってくる。

もういい。使命は果たせた。完全ではなくとも、充分及第点をやれる。俺の役割はここまで。

「驚きました」

背後からオタク女の声が聞こえた。悲しげだった。

「まさか、あなただったなんて……塩山さん」

8

「無茶はやめてもらえますか、星原さん‼」

　大地は声を荒らげた。怒りをぶつけずにいられなかった。このキャリア官僚は、無謀にも殺人犯に対して罠を仕掛けた。自らの命を危うくしただけではない、周りの人間も危険に晒したのだ。

「お役人が、刑事に黙って、こんな勝手なことをするなんて！」

「でも結局は、正直に伝えたじゃないですか」

「何が正直にですか！」

　大地の怒りはまったく治まらない。

「あなたが怪しいと言った人は、なんの動きも見せない。そっちを気にしてる間に、全く別の男が動いた。たちまちあなたに迫ったじゃないですか。危ないところだった！」

「すみません。海野さんのことについては、ホントに。濡れ衣を着せちゃいましたね」

　星原倫子は、形だけは殊勝に頭を下げた。

「海野さん以外に、怪しい人が思い当たらなかったのはホントです。でも、確証がなかったから、囮作戦を実行するしかなかったんです」

「そんな馬鹿な！　なんであなたが囮をやるんですか」

今朝早く、この女は大地に連絡を寄越したのだ。電話でなくメールだった。

『今日、犯人に罠を仕掛けます。私は海野教授を疑っています。彼の居室は宿泊棟の304です』

ところが、驚いて星原の携帯電話に連絡しても全く反応しない。大地は連れてきた部下をすぐさま宿泊棟に貼りつかせた。出てきたらすぐ連絡を寄越せと指示し、自らは目立たないよう、何食わぬ顔で管制室まで来て中を覗く。リーダーの衛藤の姿を見つけることができた。職員たちと話し込んで忙しそうだ。星原を見つけたらどういうつもりだと質したかったが、管制室の中には見当たらない。まだ来ていないのか？　半ば挑発のようなメールをくれておいて、まさかの重役出勤か。イライラが治まらない。

どうにか気持ちをなだめ、大地は管制室の出入り口と、棟の入り口付近を同時に見張れる廊下の一隅に佇んだ。職員に声をかけられないように、顔は窓の方に向ける。ここなら管制室の衛藤、これからやって来る星原、両方に目を光らせられる。

しばらくはなんの変化もなかった。廊下のずっと向こうに、清掃員がモップがけしているのが見えた。平和な朝の光景だ。海野を見張っている部下からの連絡もない。いったい、のどかな夏の朝に自分は何をしているのか。馬鹿馬鹿しくなってきた。文科省の変人に煽られてあわててやってきたが、俺は担がれてるだけじゃないか？

そのとき、見覚えのあるボブの女性が管制室を出て、トイレの方に向かうのが見えた。得体の知れない殺人者に、次に狙われるとしたらあのリーダー。大地はとっさに迷う。ここを離れて衛藤を護衛するべきか？　だが、こんな朝っぱらから殺人者が彼女を狙うか？　女性がトイレに行くのについて行くのも気が引けた。出しかけた足が止まる。

廊下の向こうの清掃員が、モップを壁に立てかけるのが見えた。そのままトイレの方へ歩き出す。その瞬間は不自然に思わなかったが、得体の知れない違和感がいきなり膨らむ。足を踏み出すが、強制ブレーキが利いたかのようにいきなり止まった。

管制室から衛藤が出てきたからだ。

いや、おかしい。さっき出てきたばかりではないか！――大地は眩暈を抑えながら、二人目の衛藤を鋭く観察する。それは間違いなく、昨日自らが事情聴取した衛藤だった。では、さっき出てきたのは？

先に出た衛藤はすでに廊下の向こうへ消えた。衛藤が二人――夢を見ているのでなければ、これには大きな意味がある。

そして悟った。これが〝罠〟だ。誰かが衛藤に扮して殺人者を誘い出そうとしている。最初に出ていった衛藤こそがエサだ。そう結論を出した大地はためらわずダッシュした――

結果は、清掃員・塩山の確保だった。間に合ってよかった。だがあくまで結果オーライ。一歩遅れたら大惨事になっていた。

「こんな無謀なこと、作戦とさえ言えませんよ」

この言い方では弱い。言葉で刺したかった。心の底から反省させたい。

でも、とめげないキャリア官僚は口を尖らせた。

「素直に提案しても、却下したでしょう？」

「当たり前です！」

警察官以外を囮に使うことなど許されない。というより、こんな博打自体がまかり通らない。捜査とは地道な積み重ねだ。派手なサスペンス映画とは違うのだ。

「でも、私もＪＡＸＡ通いが長いものですから。全ての条件を加味して、論理的に考えてみたんです。土田さんを刺した人が、はやぶさプロジェクトの中心メンバーでないことは間違いない」

厚顔にも、星原倫子は自説をまくし立てた。

「ランデブーの真っ最中で、彼らにはトイレに行っている暇はありませんでしたから。となると、外部の企業や研究所から来た人、マスコミ、一般人。それから、ＪＡＸＡに属さないＪＡＸＡの労働者。リストアップしたら、数十名になりました」

ガリ勉の強みか。机上の計算を使い、最短距離で実行犯に迫ろうとした。

「その上、主に管制室の外にいる人と考えたら、リストはさらに絞られます。私は考えました。次の標的の衛藤さんは、管制室の外にいる人間に狙われるに違いないと。管制室から出てトイレに行ったときがいちばん危険なのは、土田さんのケースから明らかです。それで、私が衛藤さんになりきって、代わりに出てみたわけです」

「ところが、動いたのは海野教授じゃない。清掃員だった」

ぶすりと指摘してやる。

「私もホントに、予想外でした。まさか塩山さんだなんて……」

「星原さんを責めないでください。私も同罪です」

隣で神妙にしていた衛藤万奈がかばう。星原の計略に乗っかった張本人だ。

「彼女の話には、説得力がありました。次に狙われるのは私。それは、間違いないと思えた。私自身が、狙われてでも犯人をおびき寄せたい、と思っても、警察の皆さんが止めることは予想できました。だから私は、独断で星原さんの囮作戦に乗ったんです。はやぶさプロジェクトの長としての決断です」

これは厄介だった。大地は頭を抱えたくなる。衛藤の後ろでは、広報の雷が激しく頷いている。

「ランデブーの真っ最中です。ミッションを妨げるものは排除する。いま、それより大事なことはありません。責任はぜんぶ、私が取るつもりでした」

そう言って頭を下げられた。

大地は、この件に関わった我が身の不運を嘆く。ここでの常識は、一般社会とはあまりにもかけ離れている。仕事を大事にするあまり命をリスクに晒すとは。しかもこんな無謀な計画にすぐ乗ってしまうリーダー……

「でも、衛藤さんはずっと言い続けてました。警察にも力を借りましょうって」

おまけにかばい合う。なんだこの女たちは。

「それももっともだと思いました。だから、タイミングを考えに考えて、朝、私からメールという形で大地さんに連絡させてもらったんです。すぐ来てくれて助かりました」

何という言い草だ。一歩間違えれば死んでいたのだ。この星原に言ってやらずにいられない。

「こっちを馬鹿だと思ってますか？　昨夜のあなたの電話。何かよからぬことを企んでいることは分かりました。だから、朝早くからＪＡＸＡの近くに来ていたんです。やっぱりよからぬことを企んでた」

「バレてましたか」

だがその表情は、悔しそうでも、たいして申し訳なさそうでもなかった。

もう限界だ。これ以上こんな連中の顔を見たくない。

「私は本部に戻って、塩山の相手をしなくちゃならない」

おざなりに頭を下げると踵を返す。大地悠河は熱したヤカンのような状態で駐車場に急いだ。清掃員の塩山政武(まさたけ)はとっくに神奈川県警本部に連行されて取り調べの時を待っている。それをやるのはだれでもない、自分だ。

自信が湧いてこない。得体の知れない殺人者と向き合うのが憂鬱だった。

「大地さん」

駐車場に入ったところで、背中から呼び止められた。

振り返ると、星原倫子が思いつめた顔でそこにいた。追いかけてきた……まだ放してくれないのか。

「なんすか」

乱暴に言ってしまう。すると星原は、

「いえ。あの、取り調べ、頑張ってください。本当にすみませんでした」

少しずつ後じさると、くるりと身を翻して去った。なんだ。なにしに来た。まったく変人ばかりだ。知った風な口をききやがって……取り調べ、なんて用語を警察官以外の口から聞きたくなかった。

車両を急発進させる。部下は先に行かせたので自分で運転するしかない。気分転換になるかと思ったのだが、運転に集中できず、大地は一人になったことを後悔した。

9

管制室を覗くと、忙しく立ち働くスタッフたちが見えた。だれもが仲間の死という重みを抱え、よく知る清掃員こそが殺人者だったという衝撃に耐えながら、プロフェッショナルとして自分の役割に徹していた。倫子の目頭は思わず熱くなる。

憔悴した様子でJAXAを後にした大地も、プロだ。塩山の拘束の際は頼もしかった。雷も、守衛をすぐ呼べるよう手配はしてくれていたのだが、刑事の手際を見れば守衛よりずっと頼り甲斐があった。本物の修羅場を経験している人間はやはり違う。素直に感謝の念が湧いた。

それだけに、倫子の中で後悔が膨らんでいる。大地に疎外感を味わわせるつもりはなかったのだ。ただただ凶行を止めるのに必死だった。さっさ大地を駐車場まで追いかけたのは頼み事を思いついたからだが、拒絶感丸出しの表情を見て言い出せなかった。取り調べで塩山が何を語るか、後で教えてほしい。そう頼みたかったのに。

動機が気になって仕方ないのだ。覚えている限り一年以上前から、塩山は清掃スタッフとして相模原キャンパスに通ってきていた。研究センター棟はもちろんのこと、管理棟、交流棟、宿泊棟まで手広く受け持っていた。ふだんは実験棟の方には入らなかったようだが、頼まれれば入ってＪＡＸＡ職員の清掃を手伝っていた。真面目な仕事ぶりはだれからも信頼を得ていたと思う。職員たちも分け隔てなく接する人が多いから、立ち話をしているのをよく見た。倫子自身も話をした。はやぶさ2がケマリに近づくにつれて、ＪＡＸＡ全体が盛り上がっていくのを塩山も感じて興味を持っている様子だった。楽しみですね、と屈託のない笑みを浮かべて言っていたものだ。

なのに裏切られた。倫子は本心では、まだ信じたくない。いつからこんなことを企んでいた？　ＪＡＸＡに通い出した当初から狙っていたとは思いたくない。最近、だれかに金で雇われたのか？　あり得ることという気がした。塩山は金に困っていたのかもしれない。

だが、もし単独犯で、すべて自分の考えでやったのだとしたら――

やはり動機を知りたい。どうしても。大地に電話してみようか？　だが、これ以上嫌われると元も子もないと思うと身体が竦む。

次の瞬間、身体がさらに縮み上がった。けたたましい非常ベルが相模原キャンパス全体に響き渡ったからだ。倫子は立ち尽くす。何も考えられない。脳が新しい非常事態を拒否していた。もう嫌だ――

10

大地悠河の目の前では、滔々とした語りが続いている。

「小惑星からのサンプルリターンは、未知のウイルスを地球に入れるのと同じだ。現に、はやぶさ2がリュウグウのサンプルを地球に送った年にコロナウイルスのパンデミックが起きただろう？　はやぶさ計画は、潰さないと駄目だ」

自信たっぷりの主張に頭をクラクラさせられる。

だがこの言い分は通らない。さっき部下が調べてくれた。十二年前、実際にはパンデミックの方が先に始まった。その最中にはやぶさ2の持ち帰ったサンプルが地球に投下され、カプセルを回収したのだ。大地がその事実を指摘しても、塩山政武は取り合わなかった。

「この宇宙はパンスペルミア。生命の種があちこちに転がっているんだ。他の星からいろんなものを拾ってきたら地球はどうなる？　たちまち、異種が跳梁跋扈するディストピアだ。ＮＡＳＡもＪＡＸＡも、軽く考えすぎなのだ！」

この男は、ただの清掃員だったはずだが？　現実感が揺らぎ、大地の目に映る世界は悪夢めいた色を増していく。

「分かったら、刑事さん。あんたからもＪＡＸＡに警告してくれ。はやぶさ計画はいますぐやめろと」

「塩山さん。あんたは……」

刑事らしくいなくてはならない。大地はどうにか厳しい表情を保った。

「宇宙探査を止めるために、わざわざ清掃員になってＪＡＸＡに入り込んだのか？」

「当然だ。それが私の使命だから」

その揺るぎなさは衝撃だった。思い込みで動く人間は厄介すぎる。理屈が通用しない。

「あんた一人の判断か？」

それでも、確かめなくてはならない。最も重要なポイントを。

「唆されたんじゃないのか。使命、と言うからには、だれかに指示されたんだろう」

すると塩山は、ンフフと笑った。

「唆されてない。指示もされてない。啓示をいただいただけだ」

「はあ？」

「霞大師のお告げは、いつも正しいからな！」

「かすみだいし？」

さらに捩れていく。後ろに控えてメモを取っている部下が、思わず溜息をついたのが聞こえた。

「だれだ、それは」

「知らないのか？　とんでもなく偉大な人なのに」

戸惑っていると、後ろの部下が肩を叩いてきた。振り返るとタブレットを差し出される。ネット検索をかけてくれたようだ。動画サイトのサムネイルがずらりと並んでいる。

〝霞大師の真実のルーレット〟というタイトル。頻繁に新しい動画を世に放っているらしい。フォロワーは抜きん出て多いわけではないが、それでも十万を超えていた。一定の影響力はある存在か。適当に一つのサムネイルをクリックしてみると、霞大師その人と思われる人物がフードを被り、妙なＬＥＤ光を放つ巨大なサングラスをかけて喋るスタイルだった。背景映像は宇宙。銀河や宇宙船やオーロラが飛び交っている。

大地はリストに戻り、サムネイルの小見出しを眺めた。すぐに嫌な気分になる。

〝ＮＡＳＡ崩壊の影にドゴン族の呪いが？〟

〝ロシア・中国・インドが戦いあわせる宇宙スパイの恐怖〟

〝イーロン・マスクはプレアデス星人〟

ＪＡＸＡという単語を見つけた。それは、いま塩山が披瀝した説とほぼ同じだった。

〝ＪＡＸＡの探査計画は危険。サンプルリターンは汚染を広げるだけ！　宇宙防疫はマストだ！〟

「塩山さん。あんた……ネットの動画に洗脳されたのか」

ひどい脱力感が襲う。もうすぐ五十になろうというこの男は、こんなデマを信じた末に、長い時間をかけてＪＡＸＡに馴染み、挙句に人を殺したのか？

「分かってもらうつもりはない。俺には俺の使命がある」

塩山は揺らいでいない。

だめだ。話にならない。大地は椅子を蹴って出て行きたい衝動に駆られた。この男の妄想に少しでも汚染されたくない。だが……ある意味では歓迎すべき事態だ。ぜんぶ、異常な思想に囚われた一人の男の犯行だとしたら、外国による謀略を心配する必要がなくなる。

前向きになろうと思った。なんにしても、これで解決なのだ。共犯者は探さなくていい。だいぶ風変わりだが、ハッピーエンドだ。あとはこいつを送検して終わり。ＪＡＸＡとはおさらばだ！

「大地さん。刑事部長から連絡が入っています」

生じた希望にたった数分で水を差された。部下に促されるがまま、取調室を出て渡された受話器を握る。

『大地。ＪＡＸＡで、今度は不審火だ』

霜田にいきなりそう告げられた。

「えっ、なんですか？」

『放火のようだ』

横っ面を張られたような衝撃だった。

『怪我人は出ていないが、どうもおかしい。大地、火災犯捜査係の連中と一緒に向かってくれ』

「……分かりました」

また相模原に行かなくてはならない。大地にとってはすでに鬼門だ。行くたびに常識が壊れる。刑事の経験や方程式がまったく通用しない。

それでも、この重い足を動かさないと。必要な人員と連絡を取り合い、ＪＡＸＡに舞い戻るんだ。急げ……いや。その前に確かめておきたい。大地はほとんど無意識に、取調室にとって返した。

そして出会った。捕らえたばかりの殺人者の、新たな表情に。

それは今までの薄ら笑いとは桁外れの笑みだった。喜悦の塊、とでも呼べるレベルの。

火の手が上がると知っていたのか？　そう訊こうとしたが、舌の根が強張って動かない。怯えるな……疑心暗鬼は自分を縛るだけだ。火事などこの男と関係がない。いかれた頭が異常な表情を作っているだけだ。そう自分をなだめても、激しい動悸は治まらない。積み重ねてきた刑事としての自信が、砂の城のように脆く崩れてゆく。

なぜこんなことになってしまった？

ニンジャ

今野敏

今野敏（こんの・びん）
一九五五年、北海道生まれ。上智大学卒。大学在学中の七八年に「怪物が街にやってくる」で第四回問題小説新人賞を受賞。レコード会社勤務を経て、執筆に専念する。二〇〇六年、『隠蔽捜査』で第二十七回吉川英治文学新人賞を、〇八年、『果断　隠蔽捜査2』で第二十一回山本周五郎賞と第六十一回日本推理作家協会賞をW受賞する。また、「隠蔽捜査」シリーズで一七年に第二回吉川英治文庫賞を受賞した。著書に「ST」「東京湾臨海署安積班」「倉島警部補」の各シリーズ、『天を測る』など。

1

上田係長と白崎敬が何事か話をしている。それを眺めていると、倉島達夫は係長に呼ばれた。

彼らのもとに行くと、上田係長に言われた。

「洗いたいロシア人がいると、シラさんが言っている」

白崎は五歳ほど年上なので、上田係長は「さん」付けだ。ベテラン警察官だが、公安の経験はまだ浅い。刑事畑が長かったのだ。

倉島は思わず聞き返していた。

「洗いたいロシア人……？」

白崎がうなずいて言った。

「そうなんだ。産業スパイではないかという情報を入手した」

上田係長が、それに続けて言った。

「シラさん一人ではたいへんだと思う。おまえもいっしょにやってくれ」

二人でロシア人を調べろということだ。

倉島は言った。

「さらに応援が必要になると思います」

上田係長が言う。

「それは、二人で調達してくれ」

「勝手に応援を集めていいのですか?」

「おまえが、いつもやっていることだろう」

「作業のときは特別です」

公安が、敵対する個人や組織に対して何らかの働きかけをすることを、作業と呼んでいる。たいていは、生きるか死ぬかといった剣呑(けんのん)な現場が多い。だから、公安マンは軽い気持ちで「作業」という言葉を使うことはない。公安マンにとって特別な言葉なのだ。

上田係長が言う。

「今回も、今までと同様にやればいい」

何のために係があるのだろう。倉島は、そんなことを思ったが、もちろん口には出さなかった。

倉島と白崎は、公安部外事一課の第五係で、事件担当だ。その一方で、ゼロ帰りの倉島は、個人で「作業」を企画し実行する権限を持つ「作業班」の一員でもあった。

ゼロというのは、警察庁警備局警備企画課にある係だ。ここが全国の公安の元締めといわれている。

ゼロは公安マンの研修を行っており、この研修に選抜されるのは、公安マンにとっては、たいへん名誉なことだ。

ゼロの研修を受けた者は、やがてエースとして活躍することになる。

「では、すぐにかかってくれ」

倉島は「了解しました」とこたえた。

上田係長はそう言うと、机上のパソコンのディスプレイに眼をやった。もう、倉島たちには関心がないという態度だった。

本当に関心がないのかもしれないと、倉島は思った。

「さて、どうするね……」

白崎が言った。倉島は、それにこたえた。

「まずは、行確（こうかく）ですが、その前に自分の協力者に当たってみます」

行確は、行動確認の略だ。

「頼むよ。私はまだ、頼りになる協力者がいない」

「対象の人物について教えてください」

「名前は、オレグ・ヴィクトロヴィッチ・カミンスキー。年齢は四十二歳で、通商代表部の職員だ」

駐日ロシア通商代表部は、商務関係を一手に引き受けるロシア連邦の在外公館だ。港区高輪四丁目にある。

「怪しい動きがあるんですか？」

「彼はなかなか社交的でね。日本人の知り合いを作ることに積極的なようだ」

「日本にいる外国人が友達を作ろうとするのは、決して悪いことじゃないです。ただし、ロシア通商代表部の職員でなければ……」

倉島は立場上、ロシア大使館や通商代表部の職員をスパイではないかと疑わなければならないのだ。

白崎がうなずく。

「ただ友達を作りたいだけならいいが、獲得工作かもしれない」

「行確には、人手が必要です」

「また、伊藤（いとう）と片桐（かたぎり）に頼むか」

「それがいいと思います」

「じゃあ、伊藤のほうを頼む。上司と話をつけなきゃならない。片桐は私が引き受ける。あんた、公機捜隊長と折り合いが悪いだろう」

「それは助かります」

伊藤次郎と片桐秀一は同期で、公安としてはまだ若手だ。伊藤は公安総務課公安管理係にいる。片桐は公安機動捜査隊だ。

白崎が言った。

「じゃあ、私は目黒の公機捜本部に行ってくる」

「自分は、協力者に連絡してみます」

白崎が出ていくと、倉島は、携帯電話を取り出して、アレキサンドル・セルゲイヴィッチ・コソラポフにかけた。

「何だ？」

コソラポフはいつも愛想がない。彼は、ロシア大使館の三等書記官だが、同時にＦＳＢの職員だ。

ＦＳＢは、ロシア連邦保安庁のことだ。悪名高きＫＧＢがソ連崩壊で解体された。そして、その国内部門がＦＳＢに引き継がれたのだ。

「オレグ・ヴィクトロヴィッチ・カミンスキーという男は、ＦＳＢか？」

「たまげたな。ずいぶん単刀直入だ」

コソラポフは日本の滞在が長く、なおかつ勉強家なので、今どきの日本の若者よりもちゃんとした日本語を知っている。

「単刀直入だろうが、遠回しだろうが、こたえられることと、そうでないことは、はっきりしているだろう」

彼は、話していいと判断したら、拍子抜けするほどあっさりと話してくれる。逆にまずいと思ったことは、何があっても話してくれない。だから、訊きたいことを素直に訊くのが時間の節約になるし、精神衛生上もいい。

「その人物に、あなたが興味を持っているのはなぜだ？」

「ずいぶん社交的らしいので、いちおう洗っておかないとな」

「社交的なのは悪いことではない」

「俺もそう思う。同僚に同じようなことを言ったばかりだ。だけどね、友達になったはいいが、いいように利用されて、挙げ句の果てに行方不明、なんてことになるとまずいんでね……。俺は日本人を守らなければならないんだ」

「疑心暗鬼というやつだな。ロシア人を、みんなスパイだと思っているのかもしれないが、実際には、そんなことはないんだ」

「事実、あんたはスパイだ」

「私はＦＳＢの職員であって、工作員ではない」

「まあいい。オレグ・カミンスキーのことだ。名前を聞いたことは？」

「知らない」

「通商代表部の職員だぞ。知らないというのは不自然じゃないか」

「ロシアの在外公館の職員が何人いると思っているんだ。直接関わりがない部署の人間なんて、覚えていられない」

「じゃあ、オレグ・カミンスキーは、少なくともＦＳＢの仕事をしているわけではないということだな？」

コソラポフは、きっぱりと言った。

「ＦＳＢではない」

「では、ＳＶＲかもしれないな」

ＳＶＲは、ロシア対外情報庁だ。ＫＧＢ解体で、対外部門をＳＶＲが引き継いだ。

「それは何とも言えないな」

コソラポフが言った。「なにせ、知らないのだからな」

「そうか。わかった」

倉島は電話を切ろうとした。すると、コソラポフの声が聞こえてきた。

「もう一度質問する。日本の警察が、そのロシア人に関心を寄せているのは、なぜだ？」

「いろいろな日本人に声をかけているらしいので、獲得工作じゃないかと思ったわけだ」

コソラポフに隠し事をしても無駄だ。知りたいと思ったことは、いずれ探り出す。だから、倉島は包み隠さずに言った。

「スパイの証拠をつかんでいるわけじゃないんだな？」

「証拠があれば、あんたに電話したりしない」

「そうだろうな」

「また、連絡する。じゃあ……」

倉島がそう言うと、電話が切れた。

公安総務課にやってきて、公安管理係長の席の脇に立ち、倉島は言った。

「伊藤をしばらく貸してほしいのですが……」

見るからに神経質そうな顔をした公安管理係長がこたえた。

「何かあると、君は伊藤を引っぱっていくな。その間、うちの仕事が滞ることを考えたことはあるのか？」

「申し訳ないと思っております。でも、伊藤はまたとない人材ですので……」

係長は、ちらりと伊藤のほうを見てから言った。

「そんなことを言うのは、君だけだな。たいていは、伊藤のことなどまったく気にしないのに……」

「彼はきわめて有能です」

係長が目を丸くする。

「あんな目立たない男に注目するとはな……」

「それほど長い期間ではありません。お願いします」

「何をするんだ？」

「行確です」

「そういった実動には向いていないんじゃないのか？」

「彼には事務仕事のほうが向いていないと思っておりますが……」

係長は苦笑を浮かべた。

「彼のどこを見てそう言っているのか、まったく理解できない。まあいい。三日なら貸してやる」

「一週間はほしいところなのですが……」

「三日だ。それ以上は無理だ」

「わかりました」

引き下がるしかない。倉島は頭を下げてその場を去ると、伊藤の席にやってきた。

「行確を手伝ってくれ」

伊藤が顔を上げた。驚いた様子もなくこたえた。

「いつからですか？」

「すぐに来られるか？」

伊藤は、パソコンをシャットダウンした。モニターをぱたんと閉めると、立ち上がった。

「対象者は？」

「いっしょに来てくれ。説明する」

倉島は伊藤を、外事一課に連れていった。

説明を受けた伊藤は、一切質問をしなかった。ちゃんと話を聞いていたのか、疑わしい態度だが、倉島は心配していなかった。

伊藤は、充分に理解しているはずだ。一を聞いて十を知るというのは、伊藤のためにあるような言葉だと、倉島は思っている。

彼は、見た目はまったく目立たない。彼に会った人は、ほぼ例外なく、まったく印象に残らないと言う。

それが、何より公安に向いていると、倉島は思っている。

どんな人間にも個性があり、それが他人に何らかの印象を残す。目立つ人間は、それだけ周囲の注目を集めるので、隠密行動には向いていないのだ。

伊藤の顔立ちは地味だし、ヘアスタイルも何ら特徴のないものだ。体型も標準的で、背が高いわけでもなければ、極端に低いわけでもない。太ってもおらず、やせてもいない。

公安として、こんなに理想的な人材は、他にいるだろうかと、倉島は思う。

実は、エースと呼ばれる公安の実力者には、自意識が強い人が少なくない。エリート意識がそうさせるのだろうが、見た目にこだわる傾向がある。

伊藤はそういう人たちとも違った、公安マンとしての適性があると、倉島は思っていた。

説明を終えると、話すこともなくなった。だから、倉島は伊藤を放って置いたが、まったく気にする様子を見せなかった。

倉島の席のそばに、ひっそりと座っている。すると、まるで伊藤がそこにいることを忘れてしまいそうになるのだ。

伊藤への説明を終えて、一時間ほどすると、白崎が片桐を伴って戻ってきた。

片桐が伊藤を見て声をかけた。

「よお。おまえも呼ばれたのか」

伊藤はただうなずいただけだった。

片桐は、同期として親しく言葉を交わそうと思ったのだろう。一方、伊藤にしてみれば、同期だろうが何だろうが関係ないという気持ちに違いない。

倉島は白崎に言った。

「どうやら、公機捜隊長と話がついたようですね」

「ああ。私はあんたと違って、彼に嫌われているわけじゃないんでね」

「では、この四人で行確をすることにしましょう」

白崎がうなずく。

「二人で班を作り、交代でやろう。私と伊藤が組むから、あんたは片桐と組んでくれ」

「了解しました。行確となれば、車がいりますね」

片桐が言った。

「総務に行って、すぐに手配します」

こういうところは、実にそつがない。片桐も見所のある警察官なのだ。

行確は張り込みとは違うので、二十四時間対象者に張り付く必要はない。どこへ行くのか、どんな人に会うのかを記録するのが目的なので、基本的に帰宅した後は、中断することも多い。

だが、今回は二十四時間張り付くことにした。それが白崎の方針だった。帰宅した後も眼が離せないと判断したのだろう。

二交代で二十四時間態勢はたいへんだ。基本的に、一日を四つに分け、六時間ごとに交代ということにした。

行確の期間は、取りあえず三日間だ。伊藤の応援が三日間だけだからだ。それで何も収穫がなければ、また考えればいい。

総務部装備課は、緊急でなければその日に車両を貸してなどくれない。事前の申請が必要なのだ。片桐はうまくやるだろうかと思っていると、車両が準備できたと知らせてきた。

「よく用意できたな」

倉島が言うと、片桐がこたえた。

「普段から、いろいろなやつに貸しを作ってますから……」

人脈作りとその利用は、公安マンにとっては特に重要だ。片桐は、その方面で有能なのだった。

午後一時から行確を始めた。最初は四人で取りかかった。実際にカミンスキーを見知っているのは、白崎だけだ。だから全員で確認する必要があった。

午後六時過ぎに職場を出るカミンスキーを視認できた。

「じゃあ、後は頼むよ」

白崎がそう言った。倉島と片桐が残り、白崎と伊藤は待機・休憩に入る。その後は六時間ごとの交代だ。

カミンスキーが乗った車が駐車場から出てくる。自家用車で移動する外国人はそれほど多くはない。コソラポフも自家用車は持っていない。

ハンドルを握る片桐が尾行を開始する。公機捜は普段、車両で密行しているので、腕の見せ所だ。

「車を持ってるなんて、通商代表部は給料がいいんですね」

片桐が言う。倉島はこたえた。

「給料がいいとは思えないから、いいバイトの口があるんだろう」

「スパイの副業ということですね」

「白崎さんが眼をつけたんだ。可能性は高い」

カミンスキーの車は、五反田にある自宅マンションまでやってきた。そのまま駐車場に入る。

しばらくすると、彼の部屋の明かりが点った。倉島は言った。

「今夜はこのまま動きはないかもしれないな」

「誰かが訪ねてくるかもしれません」

路上駐車した車両の中で、交代で望遠レンズつきのカメラを構えた。マンションに出入りする人物を片っ端から撮影していく。

ほとんどがカミンスキーとは無関係の人々だろう。だが、百枚の、いや千枚の写真が無駄になっても、一枚の有力な手がかりが見つかればいいのだ。

午後八時を過ぎると、マンションの人の出入りが少なくなった。倉島は、片桐からカメラを受け取ると言った。

「今のうちに、夕食を仕入れてきてくれ」

「わかりました」

片桐は周囲を警戒しながら車を下りた。あいつならきっと、気のきいたものを買ってくるに違いないと、倉島は思った。

二十分ほどで片桐が戻ってきた。電子レンジで温めたハンバーガーに熱いコーヒー。助六寿司にペットボトルの温かい日本茶だ。

和洋を取り混ぜ、温かいものを用意した。こういう場合最悪なのは、面倒な包装をされたおにぎりだ。片手で食べることができない。

片桐の気づかいはさすがだと思った。

2

夜の十時を過ぎると、人通りもなくなり退屈な時間が続く。

倉島も片桐も、ほとんど無言だ。エンジンを切っているのでラジオも聞けない。

倉島は、ふと思い立って片桐に尋ねた。

「伊藤は、ガッコウではどんなやつだったんだ？」

ガッコウとは警察学校のことだ。初任科でのことを尋ねたのだ。

「え？　伊藤ですか？」

「そうだ。同期だろう？」

「同期で、同じ教場でしたよ」

「なら、よく覚えているだろう」

「いやあ、実を言うと、公安で再会するまで、すっかりあいつのことを忘れていたんですよね」

「忘れていた……」

「……というか、久しぶりに再会したわけですけど、そのとき自分は、あいつと初対面だと思ったんです」

「まさか……」

「いえ、さすがに話をしたら思い出しましたよ。でも、ガッコウでの彼のことをほとんど思い出せないんです」

「目立たなかったんだな」

「そういう次元の問題じゃないです。伊藤は、まったく何の印象も残していないんです」

「関心がなかっただけじゃないのか?」

片桐はかぶりを振った。

「他のみんなも覚えていなかったんです。伊藤は、決して自ら進んで発言するタイプじゃなかったので……」

「それはわかるが、ガッコウでは班ごとに競わせたりするじゃないか。さすがに同じ班のやつは覚えているだろう」

「班の中で印象に残るのは、リーダーシップを発揮するようなやつですよね。伊藤は、何も言わず、ただ黙々と決められたことをやっていたのだと思います。だから、まったく目立たなかったんです」

「なるほど……」

「例えば、術科や教練では、ダメなやつも目立ちますよね。でも、伊藤はそこそこなんです。剣道も柔道もランニングも……。際立った成績ではないんですが、逆に極端に成績が悪いわけでもない……。ホント、目立つ要素が何もないんです」

「教官の評価とかはどうなんだろうな……」

「どうなんでしょう。評価もそこそこなんじゃないですか。劣等生というわけではないので……」

「そんなに評価は高くないということだな」

「だと思います。ガッコウでの評価も高くなかったし、卒配でもまったく評価されなかったでしょうね」

卒配は、警察学校卒業後の現場研修のことだ。実際に警察署の地域課などに配属になり、高卒で八ヵ月、大卒は七ヵ月の実習を行う。

「現場では、やる気を前面に出すタイプが評価されるからな。伊藤が評価されるのは難しいだろうな……」

「だから、上司や署長から推薦をもらって刑事講習を受ける、なんてことは無理なんです。あいつ、それを自覚しているんで、公安を志望したんだそうです。でも、やっぱり事務方に回されましたよね」

公安管理係長も、伊藤には事務仕事が向いていると言っていた。

自分以外の誰も伊藤を評価していないような気がしてきた。まさか俺は、彼を買いかぶっているわけではないだろうな……。

「それで……」

倉島は尋ねた。「おまえはどう思っているんだ？」

片桐はしばらく無言だった。倉島は彼が話しだすまで待つことにした。

やがて片桐が言った。

「再会して話をして、同期ってことを思い出したとき、自分は思いました。なんでこいつが、ここにいるんだって……」

「公安にいることが納得できなかったのか？」

「刑事とか公安とかの専務に就けるとは思っていなかったんですよ。地域課か総務、警務なんかの事務方だろうと……」

「何度かいっしょに作業をこなしたな」

「ええ。最初は、どうして倉島さんが伊藤に声をかけるんだろうと、不思議に思っていました。でも……」

「でも？」

「あいつが作業で役に立つということが、よくわかりました。印象が薄いことが利点になるなんて、思ってもいませんでした。今では、あいつにかなわないと思っています」

倉島は言った。

「それぞれに役割があるということだ。いろいろなやつに貸しを作っておくなんて芸当は、伊藤にはできないだろう。そいつはおまえの特技なんだよ」

「はあ……。そう言っていただけると、なんだかやる気が出てきます」

「本当のことだ。俺は、伊藤といっしょに、必ずおまえにも声をかけているだろう」

「はい」

たしかに、伊藤は類い希な素質を持っている。だが、伊藤のようなやつばかりだと、警察組織は成り立たない。間違いなく片桐のようなタイプが役に立つのだ。

午前零時ちょっと前に、窓をノックする音が聞こえた。白崎だった。

倉島はドアを開け、車を下りた。

白崎が言った。

「どんな様子だ？」

「今日は動きがありませんね。マンションに出入りする人物は写真に収めました」

「ごくろうさん。じゃあ、交代しよう」

「伊藤はどうしました？」

倉島が尋ねると、車中から声がした。

「自分はここですが……」

伊藤が運転席にいた。いつの間にか片桐と入れ代わっていた。

翌日も特に変化はなかった。カミンスキーは、朝に自宅を出て職場に向かった。そして、やはり午後六時頃に帰宅の途についた。

自宅マンションと職場に出入りする人々の膨大な数の写真が溜まっていく。だが、ぴんとくる人物は、まだ現れていない。

倉島と片桐は、午前零時に白崎・伊藤組と交代した。片桐は目黒の公機捜本部で仮眠を取ると言う。倉島も、同じく目黒区の東山寮にいったん帰ることにした。

仮眠を取り、午前六時に白崎たちと交代する。三日目だ。白崎は、顔に疲労の色を滲ませているが、伊藤はけろりとしていた。もともと、表情が読みにくいのだ。

「今日で行確は一区切りなんですね」

運転席に座った片桐が言った。

「ああ、そうだな」

倉島はこたえた。

「今のところ、怪しい行動はありませんね」

「行確なんてそんなもんだ。八割か九割は空振りだ」

「まさか、対象者が行確に気づいているんじゃないでしょうね」

「それはないだろう……」

そう言ってはみたが、確信はなかった。

もし、カミンスキーがスパイだとしたら、片桐が言うとおり、こちらの監視に気づいている恐れがある。

同じ車が、職場やマンションのそばに駐車しているのだ。訓練を受けたスパイなら、当然それに気づき、不審に思うだろう。

そういう場合、へたな動きをせずにルーティンの行動を繰り返すのが鉄則だ。カミンスキーはそれを心得ているはずだ。

だとしたら、三日目の行確も空振りに終わる恐れが大きい。伊藤の手を借りられるのは今日までだ。それに合わせて、片桐の応援も今日までと決めている。

このまま、何の成果もなく行確を終えることになるのか。何か、別の方策を考えるべきなのだろうか……。

倉島が考え込んでいると、片桐が言った。

「ご出勤ですよ」

カミンスキーがマンションの玄関に姿を見せたのだ。

「いつもより、ちょっと早いな……」

「そうですね……。あ、駐車場には行かないようです」

「今日は車ではなく、電車か何かで出勤するのかな……」

片桐がドアを開けた。

「尾行します」

迷っている時間はない。倉島は即座に言った。

「わかった。随時、携帯で連絡をしてくれ」

「了解」

片桐は駆けていった。

倉島は、運転しながらも携帯電話で話ができるように通話ボタンつきのイヤホンを装着した。そして、車を出してカミンスキーの職場に向かった。

走行中に、片桐から電話があった。イヤホンのボタンを押してこたえた。

「どうした？」

「駅から反対方向に向かっています。電車などは使わずに、職場に行くようです」

通話に固有名詞が一つもない。さすがは片桐だと思った。携帯電話は傍受されていると思ったほうがいい。

カミンスキーは五反田駅には向かわずに、徒歩でロシア通商代表部に向かったということだ。

「わかった。こちらは先回りする。昨日と同じ場所に駐車する」

「場所を変えたほうがよくはないですか？」

「もし、対象者が気づいているとしたら、少しくらい場所を変えたところで無駄だ」

「了解です」

倉島はイヤホンのボタンを押して電話を切った。

昨日とほぼ同じ場所に車を駐めると、倉島はカメラを構えて、カミンスキーが誰かと接触する瞬間に備えた。

だが結局、カミンスキーは一人でやってきて、職場の建物の中に消えていった。ややあって、片桐がやってきた。そのまま助手席に座った。

「ただ、徒歩で出勤しただけですね」

「なぜ車じゃないんだろう」

「気分の問題ですかね？」

「夜に何か用事があるんじゃないのか？　酒を飲む予定とか……」

「あ、それはあり得ますね……」

正午の交代時に、倉島は白崎に告げた。

「今夜、何か動きがあるかもしれません」

「ほう……。私の読みが外れたのかと思いはじめていたところだよ」

「何かあれば、連絡をください。寝ないで待機していますから」

「わかった」

警視庁本部に戻ろうとした倉島に、片桐が言った。

「目黒の公機捜本部に行きませんか？　あそこからなら、すぐに駆けつけられます」

この言葉に従ってよかったと思ったのは、午後五時を少し回った頃だった。

白崎から電話があった。

「対象者が動いた。職場を出てタクシーに乗った。今、追尾している。二本榎通りを北に向かっている。今、高輪署を過ぎた。あ、左折だ。白金のほうに向かっているようだ」

「了解しました」

電話を切ると、今の話を片桐に伝えた。

「すぐに行きましょう」

「足がない。行き先がはっきりしてからでないと、動きようがない」

「自分がいつも乗っている公機捜車を使いましょう」

「そんなことができるのか？」

倉島は驚いた。

「何とかします」

その言葉どおり、片桐は公機捜車を用意した。彼とペアを組んでいる松島肇（まつしまはじめ）がハンドルを握っている。

とにかく、車に乗り込んだ。片桐が助手席、倉島は後部座席だ。なんだか、偉くなったような気がする。

片桐が言った。

「取りあえず、白金方面に向かいましょう」

倉島はうなずいた。

「そうしてくれ」

車が走りだしてほどなく、また白崎から連絡があった。

「対象者の行き先は恵比寿のほうらしい。ガーデンプレイスに向かっているな……」

「了解しました」

倉島は電話を切ると、松島に言った。

「行き先は、恵比寿ガーデンプレイスだ」

「はい」

最終的な目的地は、ガーデンプレイスの中にある瀟洒な建物のフレンチレストランだった。

その建物の近くに、白崎たちの車が停まっている。松島は、その車の後ろに公機捜車を停めた。

倉島と片桐は、公機捜車を下りて白崎たちの車に近づいた。そして、二人は後部座席に乗り込んだ。

「カミンスキーは、このレストランの中ですか？」

倉島が尋ねると、助手席の白崎がこたえた。

「ああ。中の様子を見ようとしたら、貸し切りだと断られた」

「貸し切り……？」

「どうやら、何かのパーティーをやっているようだ」

「パーティーですか……。人脈作りにはもってこいですね」

「ああ。きっと獲得工作をやるつもりだと思うんだが……」

白崎は忌々しげにレストランのほうを見た。「令状もないし、無理やり踏み込むわけにもいかん」

「カミンスキーに警戒されたら元も子もありません」

倉島もどうしていいかわからない。白崎が吐き捨てるように言った。

「くそっ。ここまで来ていながら……」

いつも穏やかな白崎らしくない。それほど悔しいということだ。倉島も悔しかった。

そのとき、伊藤が言った。

「自分が行ってきましょうか？」

倉島と白崎は同時に伊藤のほうを見た。

倉島は尋ねた。

「行くって、何のことだ？」

伊藤は、淡々と繰り返した。

「パーティーです。自分が行ってきましょうか？」

「招待状もないんだ。追い返されるぞ」

「だめでもともとです。やってみます」

伊藤は車を下りると、普段とまったく変わらない足取りでレストランに向かった。

倉島と白崎は、ぽかんとその後ろ姿を見つめていた。

やがて、白崎が言った。

「どうせ、門前払いだよな……。無理に入ろうとすれば、揉め事が起きる」

倉島はこたえた。

「カミンスキーがスパイだとしたら、揉め事が起きたとたんに、警戒して協力者との接触を中止するでしょうね」

「収穫はなしか……。しょうがない。諦めるしかないだろうな」

倉島はどうこたえていいかわからないので、黙っていた。

伊藤はなかなか戻ってこなかった。倉島たちはただ待つしかなかった。

彼はいったい、何をしているのだろう……。

「あ、戻ってきました」

片桐がそう言ったのは、伊藤がレストランに向かってから、たっぷり三十分も経ってからだった。

見ると、伊藤は相変わらず平然とした足取りで戻ってくる。そして、何事もなかったような顔で運転席に座った。

倉島は尋ねた。

「中で何をしていたんだ？」

「対象者と接触した人物の写真を撮りました」

「え……」

倉島は思わず、白崎と顔を見合わせていた。伊藤がさらに言った。

「カメラを持ち込むことができなかったので、スマホで撮影するしかありませんでしたが……」

伊藤は持っていたスマートフォンを掲げ、いくつかの画像を見せてくれた。カミンスキーが談笑している写真だ。

伊藤の説明が続いた。

「接触した相手は何人かいましたが、一番怪しいのはこの人物ですね」

それは、まだ若い日本人だった。眼鏡をかけた研究者タイプだ。

白崎が言った。

「どうやってパーティーに潜入したんだ？」

伊藤がこたえた。

「ただ会場に入っていっただけです」

「誰にも止められなかったのか？」

「止められませんでした。トイレから戻ったとでも思われたんじゃないでしょうか」

白崎がつぶやく。

「信じられん……」

倉島も同様の気分だった。伊藤でなければ不可能だと思った。

「ともかく……」

倉島は白崎に言った。「写真に写っている人物を洗ってみましょう」

捜査の結果、カミンスキーがパーティー会場で会った人物のうちの一人が、大手通信会社の社員だということがわかった。伊藤が怪しいと言った男だ。

さらに捜査を進めたところ、彼は技術情報をカミンスキーに金で売っていたことが判明した。

日本にはスパイを処罰する法律がないので、カミンスキーを逮捕することはできない。

後は外交の勝負だ。結局、ロシア大使館と折衝をして、彼を本国の職場に異動させた。事実上の国外退去だ。おそらく、カミンスキーは、本国でペナルティーを食らうことになるだろう。

倉島の携帯電話が振動した。相手は、コソラポフだった。

「通商代表部の職員が、国に帰らされたと聞いた」

「大手通信会社の社員から情報を買っていた。スパイだよ。あんたが早く情報をくれれば、苦労せずに済んだんだがな……」

「その人物のことは知らなかった。本当だ」

「まあいいさ。それで、何の用で電話してきたんだ」

「SVRの連中が驚いていたのでな」

「対外情報庁の連中が？」

「公安捜査員の接近にまったく気がつかなかったと言うんだ。どこで写真を撮られたのかわからないと……」

あのフレンチレストランのパーティーに、SVRの職員もいたということだろう。

「こっちの手の内は明かせない」

「彼らは言っていた。日本の公安にはニンジャがいる、と……」

倉島は笑った。

「そうかもしれない」

「その一言を伝えたかった。では、また……」

電話が切れた。

ニンジャか……。

言い得て妙だな。

伊藤は倉島の、正式な部下ではないが、いずれまた彼の手を借りることがあるだろう。そのときにはまた、おおいにニンジャ振りを発揮してもらいたいものだ。

倉島はそう思った。

初出

『レイン』　誉田哲也（「オール讀物」二〇二一年十二月号）
『手綱を引く』　大門剛明（「オール讀物」二〇二一年十二月号）
『手口』　堂場瞬一（「オール讀物」二〇二一年十二月号）
『虚飾の代償』　鳴神響一（書き下ろし）
『裏庭のある交番』　長岡弘樹（「オール讀物」二〇二一年十二月号）
『類まれなるランデブー』　沢村　鐵（「オール讀物」二〇二二年二月号）
『ニンジャ』　今野　敏（「オール讀物」二〇二一年七月号）

デザイン　木村弥世
ＤＴＰ　エヴリ・シンク

文春文庫

定価はカバーに
表示してあります

偽り(いつわ)の捜査線(そうさせん)
警察小説(けいさつしょうせつ)アンソロジー

2022年6月10日　第1刷
2022年6月25日　第2刷

著　者　誉田哲也(ほんだてつや)　大門剛明(だいもんたけあき)　堂場瞬一(どうばしゅんいち)
鳴神響一(なるかみきょういち)　長岡弘樹(ながおかひろき)　沢村鐵(さわむらてつ)　今野敏(こんのびん)

発行者　花田朋子

発行所　株式会社 文藝春秋

東京都千代田区紀尾井町 3-23　〒102-8008
TEL 03・3265・1211㈹
文藝春秋ホームページ　http://www.bunshun.co.jp

落丁、乱丁本は、お手数ですが小社製作部宛お送り下さい。送料小社負担でお取替致します。

印刷・凸版印刷　製本・加藤製本

Printed in Japan
ISBN978-4-16-791888-0

（　）内は解説者。品切の節はご容赦下さい。

バベル
福田和代

ある日突然、悠希の恋人が高熱で意識不明となってしまう。感染爆発が始まった原因不明の新型ウイルスに、人間が立ち向かう術はあるのか？　近未来の日本を襲うバイオクライシスノベル。

ふ-45-1

ふたご
藤崎彩織

彼はわたしの人生の破壊者であり、創造者だった。異彩の少年に導かれた孤独な少女。その苦悩の先に見つけた確かな光とは。第158回直木賞候補となった、鮮烈なデビュー小説。（宮下奈都）

ふ-46-1

武士道セブンティーン
誉田哲也

スポーツと剣道、暴力と剣道の狭間で揺れる17歳、柔の早苗と剛の香織。横浜と福岡に分かれた二人は、別々に武士道とは何かを追い求めてゆく。「武士道」シリーズ第二巻。（藤田香織）

ほ-15-3

武士道エイティーン
誉田哲也

福岡と神奈川で、互いに武士道を極めた早苗と香織が、最後のインターハイで、激突。その後に立ち塞がる進路問題。二人の女子高生が下した決断とは。武士道シリーズ、第三巻。（有川　浩）

ほ-15-4

武士道ジェネレーション
誉田哲也

あれから六年。それぞれの道を歩き出した早苗と香織だったが、玄明先生が倒れ、道場が存続の危機に。大好評剣道青春小説シリーズ第四弾。番外編の短編と書店員座談会を特別収録。

ほ-15-8

レイジ
誉田哲也

才能は普通だがコミュニケーション能力の高いワタル、高みを目指すがゆえ、周囲と妥協できない礼二。二人の少年の苦悩と成長を描くほろ苦く切ない青春ロック小説。（瀬木ヤコー）

ほ-15-6

増山超能力師事務所
誉田哲也

超能力が事業認定された日本で、能力も見た目も凸凹な所員たちが、浮気調査や人探しなど悩み解決に奔走。異端の苦悩や葛藤を時にコミカルに時にビターに描く連作短編集。（城戸朱理）

ほ-15-7

（　）内は解説者。品切の節はご容赦下さい。

誉田哲也
増山超能力師大戦争
超能力関連の先進技術開発者が行方不明となり、妻から調査を依頼された事務所の面々。だが、やがて所員や増山の家族にも危険が及び始めて――。人気シリーズ第二弾。（小橋めぐみ）
ほ-15-9

本城雅人
トリダシ
「とりあえずニュース出せ」が口ぐせの、優秀だが敵も多い名物デスクの鳥飼。彼の部下たちはスクープ合戦に翻弄される。スポーツ紙の熱い現場を描いた著者新境地の快作。（内田　剛）
ほ-18-4

万城目　学
プリンセス・トヨトミ
東京から来た会計検査院調査官三人と大阪下町育ちの少年少女が、四百年にわたる歴史の封印を解く時、大阪が全停止する!?　万城目ワールド真骨頂。大阪を巡るエッセイも巻末収録。
ま-24-2

真山　仁
コラプティオ
震災後の日本に現れたカリスマ総理・宮藤は、原発輸出を推し進めるが、徐々に独裁色を強める政権の闇を暴こうとするメディアとの暗闘が始まる。謀略渦巻く超本格政治ドラマ。（永江　朗）
ま-33-1

真山　仁
売国
日本が誇る宇宙開発技術をアメリカに売り渡す「売国奴」は誰だ!?　検察官・冨永真一と若き研究者・八反田遥。そして「戦後の闇」が二人に迫る。超弩級エンタメ。（関口苑生）
ま-33-2

真山　仁
標的
東京地検特捜部・冨永真一検事は、初の女性総理候補・越村みやび厚労相の、サービス付き高齢者向け住宅をめぐる疑獄を追う。「権力と正義」シリーズ第3弾！（鎌田　靖）
ま-33-3

円居　挽
キングレオの冒険
京都の街で相次ぐ殺人事件。なぜか全てホームズ譚を模していた。「日本探偵公社」の若きスター・天親獅子丸が解明に乗り出すと、謎の天才犯罪者の存在が浮かび……。（円堂都司昭）
ま-41-1

（　）内は解説者。品切の節はご容赦下さい。

辻村深月
東京會舘とわたし　下　新館

平成では東日本大震災の夜、帰宅困難の人々を受け入れ、その翌年には万感の思いで直木賞の受賞会見に臨む作家がいた。そして新元号の年、三代目の新本館がオープンした。（出久根達郎）

つ-18-6

月村了衛
ガンルージュ

韓国特殊部隊に息子を拉致された元公安のシングルマザー・律子。息子を奪還すべく、律子は元ロックシンガーの女性体育教師・美晴とともに、決死の追撃を開始する。（大矢博子）

つ-22-2

恒川光太郎
金色機械

時は江戸。謎の存在「金色様」をめぐって禍事が連鎖する――。人間の善悪を問うた前代未聞のネオ江戸ファンタジー。第67回日本推理作家協会賞受賞作。（東　えりか）

つ-23-1

ツチヤタカユキ
笑いのカイブツ

二十七歳童貞無職。人間関係不得意。圧倒的な質と量のボケを刻んだ「伝説のハガキ職人」の、心臓をぶっ叩く青春私小説。笑いに憑かれた男が、全力で自らの人生を切り開く！

つ-25-1

辻堂ゆめ
お騒がせロボット営業部！

社運をかけ開発された身長80センチの人型ロボット。実用性ゼロのポンコツなのに、次々と事件の犯人にされて…新人女子とイケメンコンビは謎を解けるか!?　新感覚ロボットミステリー。

つ-26-1

天童荒太
ムーンナイト・ダイバー

震災と津波から四年半。深夜に海に潜り被災者の遺留品を回収する男の前に美しい女が現れ、なぜか遺品を探さないでほしいと言う――。現場取材をしたから書けた著者の新たな鎮魂の書。

て-7-5

堂場瞬一
虚報

有名教授が主宰するサイトとの関連が疑われる連続自殺事件。それを追う新聞記者がはまった思わぬ陥穽。新聞報道の最前線を活写した怒濤のエンターテインメント長編。（青木千恵）

と-24-4

（　）内は解説者。品切の節はご容赦下さい。

堂場瞬一
黄金の時
作家の本谷は父親の遺品を整理中、一九六三年にマイナーリーグで野球をする若き日の父の写真を発見。厳格で仕事一筋だった父の意外な過去を調べるべく渡米する——。（宮田文久）
と-24-13

堂場瞬一
ラストライン
定年まで十年の岩倉剛は捜査一課から異動した南大田署で独居老人の殺人事件に遭遇。さらに新聞記者の自殺も発覚し——。行く先々で事件を呼ぶベテラン刑事の新たな警察小説が始動！
と-24-14

堂場瞬一
割れた誇り　ラストライン2
女子大生殺しの容疑者が裁判で無罪となり自宅に戻ったが、近所は不穏な空気に。〝事件を呼ぶ〟ベテラン刑事・岩倉剛らが警戒をしている中、また次々と連続して事件が起きる——。
と-24-15

堂場瞬一
迷路の始まり　ラストライン3
殺された精密機械メーカー勤めの男と、女性経済評論家殺しの被害者とのつながりが判明。意見の相違で捜査から外された岩倉刑事が単独で真相に迫る中、徐々に犯罪組織が姿を現す。
と-24-16

堂場瞬一
ランニング・ワイルド
瀬戸内とびしま海道でのアドベンチャーレースに警視庁チームが参加。開始直前、キャップの和倉の携帯に「家族を預かった。レース中にあるものを回収しろ」と脅迫が。（林田順子）
と-24-17

土橋章宏
チャップリン暗殺指令
昭和七年（一九三二年）、青年将校たちが中心となり首相暗殺などクーデターを画策。陸軍士官候補生の新吉は、来日中の喜劇王・チャップリンの殺害を命じられた——。傑作歴史長編。
と-33-1

中島らも
永遠（とわ）も半ば（なか）を過ぎて
ユーレイが小説を書いた？　三流詐欺師が写植技師と組み出版社に持ち込んだ謎の原稿。名作の誕生だ。これが文壇の大事件となって……。輪舞する喜劇。痛快らもワールド！（山内圭哉）
な-35-1

（　）内は解説者。品切の節はご容赦下さい。

小松左京 原作・吉高寿男 ノベライズ
日本沈没2020
二〇二〇年、東京オリンピック直後の日本で大地震が発生。普通の家族を通じて描かれた新たな日本沈没とは。究極の選択を突きつけられた人々の再生の物語。アニメを完全ノベライズ。
こ-5-14

幸田真音
ナナフシ
リーマン・ショックで全てを失った男と将来有望な若きバイオリニストが出会う。病を抱えた彼女を救うべく、男は再び金融市場へ。経済小説の旗手が描く「生への物語」。（倉都康行）
こ-25-6

今野 敏（びん）
曙光の街
元KGBの日露混血の殺し屋が日本に潜入した。彼を迎え撃つのはヤクザと警視庁外事課員。やがて物語は単なる暗殺事件から警視庁上層部のスキャンダルへと繋がっていく！（細谷正充）
こ-32-1

今野 敏
白夜街道
外務官僚が、ロシア貿易商と密談後に変死した。警視庁公安部の倉島警部補は、元KGBの殺し屋で貿易商のボディーガードとなったヴィクトルを追ってロシアへ飛ぶ。緊迫の追跡劇。
こ-32-2

今野 敏
凍土の密約
公安部でロシア事案を担当する倉島警部補は、なぜか殺人事件の捜査本部に呼ばれる。だがそこで、日本人ではありえないプロの殺し屋の存在を感じる。やがて第2、第3の事件が……。
こ-32-3

今野 敏
アクティブメジャーズ
「ゼロ」の研修を受けた倉島に先輩公安マンの動向を探るオペレーションが課される。同じころ、新聞社の大物が転落死した。二つの事案は思いがけず繋がりを見せ始める。シリーズ第四弾。
こ-32-4

今野 敏
防諜捜査
ロシア人ホステスの轢死事件が発生。事件はロシア人の殺し屋による暗殺だという日本人の証言者が現れた。ゼロの研修から戻った倉島は、独自の〝作業〟として暗殺者の行方を追う！
こ-32-5

（　）内は解説者。品切の節はご容赦下さい。

夜の署長
安東能明
新米刑事の野上は、日本一のマンモス警察署・新宿署に配属される。そこには〝夜の署長〟の異名を持つベテラン刑事・下妻がいた。警察小説のニューヒーロー登場。（村上貴史）
あ-74-1

夜の署長2
安東能明
密売者
夜間犯罪発生率日本一の新宿署で〝夜の署長〟の異名を取り、高い捜査能力を持つベテラン刑事・下妻。新人の沙月は新宿で起きる四つの事件で指揮下に入り、やがて彼の凄みを知る。
あ-74-2

Ｊｉｍｍｙ
明石家さんま　原作
一九八〇年代の大阪。幼い頃から失敗ばかりの大西秀明は、高校卒業後なんば花月の舞台進行見習いに。人気絶頂の明石家さんまに出会い、孤独や劣等感を抱きながら芸人として成長していく。
あ-75-1

どうかこの声が、あなたに届きますように
浅葉なつ
地下アイドル時代、心身に傷を負った20歳の奈々子がラジオアシスタントに。「伝説の十秒回」と呼ばれる神回を経て成長する彼女と、切実な日々を生きるリスナーの交流を描く感動作。
あ-77-1

希望が死んだ夜に
天祢　涼
14歳の少女が同級生殺害容疑で緊急逮捕された。少女は犯行を認めたが動機を全く語らない。彼女は何を隠しているのか？捜査を進めると意外な真実が明らかになり……。（細谷正充）
あ-78-1

科学オタがマイナスイオンの部署に異動しました
朱野帰子
電器メーカーに勤める科学マニアの賢児は、非科学的商品を「廃止すべき」と言い、鼻つまみ者扱いに。自分の信念を曲げられずに戦う全ての働く人に贈る、お仕事小説。（塩田春香）
あ-79-1

サイレンス
秋吉理香子
深雪は婚約者の俊亜貴と故郷の島を訪れるが、彼には秘密があった。結婚をして普通の幸せを手に入れたい深雪の運命が狂い始める。一気読み必至のサスペンス小説。（澤村伊智）
あ-80-1

（　）内は解説者。品切の節はご容赦下さい。

ボナペティ！ 臆病なシェフと運命のボルシチ
徳永 圭
仕事に行き詰った佳恵はある時、臆病ながら腕の立つシェフ見習いの健司と知り合う。仲間の手も借り一念発起してビストロ開店にこぎつけるが次々とトラブルが発生!? 文庫書き下ろし。
と-32-1

午後からはワニ日和
似鳥 鶏（にたどり けい）
「怪盗ソロモン」の貼り紙と共にイリエワニ、続いてミニブタが盗まれた。飼育員の僕は獣医の鴇（とき）先生と事件解決に乗り出す。個性豊かなメンバーが活躍するキュートな動物園ミステリー。
に-19-1

ダチョウは軽車両に該当します
似鳥 鶏
ダチョウと焼死体がつながる？ ――楓ヶ丘動物園の飼育員「桃くん」と変態(?)「服部くん」、アイドル飼育員「七森さん」、そしてツンデレ女王の「鴇先生」たちが解決に乗り出す。
に-19-2

迷いアルパカ拾いました
似鳥 鶏
書き下ろし動物園ミステリー第三弾！ 鍵はフワフワもこもこ愛されキャラのあの動物！ 飼育員の桃くんと七森さん、ツンデレ獣医の鴇先生、変態・服部君らおなじみの面々が大活躍。
に-19-3

モモンガの件はおまかせを
似鳥 鶏
体重50キロ以上の謎の大型生物が山の集落に出現。その「怪物」を閉じ込めたはずの廃屋はもぬけのから!? おなじみの楓ヶ丘動物園の飼育員達が謎を解き明かす大人気動物園ミステリー。
に-19-4

七丁目まで空が象色
似鳥 鶏
マレーバク舎新設の為、山西市動物園へ「研修」に来た楓ヶ丘動物園のメンバーたち。しかし、飼育している象がなぜか脱走して……。楓ヶ丘動物園のメンバーが大奮闘のシリーズ第5弾。
に-19-5

（　）内は解説者。品切の節はご容赦下さい。

動脈爆破
警視庁公安部・片野坂彰
濱　嘉之
トルコで日本人の誘拐事件が発生、うち一人は現役外務省職員だった。警視庁公安部付・片野坂彰チームの捜査により、日本の「動脈」を狙う陰謀が明らかに。書き下ろしシリーズ第二弾！
は-41-42

紅旗の陰謀
警視庁公安部・片野坂彰
濱　嘉之
コロナ禍の中、家畜泥棒のベトナム人が斬殺された。警視庁公安部付・片野坂彰率いるチームの捜査により、中国の国家ぐるみの〝食の簒奪〟が明らかに。書き下ろし公安シリーズ第三弾！
は-41-43

俠飯（おとこめし）
福澤徹三
就職活動中の大学生が暮らす1Kのマンションに転がり込んできたヤクザは、妙に「食」にウルサイ男だった！　まったく異質なふたつが交差して生まれた、新感覚の任俠グルメ小説。
ふ-35-2

俠飯2
福澤徹三
ホット&スパイシー篇
リストラ間際の順平は、ある日ランチワゴンで実に旨い昼飯に出会う。店主は頰に傷を持つ、どう見てもカタギではない男。任俠×グルメという新ジャンルを切り拓いたシリーズ第二弾！
ふ-35-3

俠飯3
福澤徹三
怒濤の賄い篇
上層部の指令でやくざの組長宅に潜入したヤミ金業者の卓磨。そこに現れた頰に傷もつ男。客人なのに厨房に立ち、次々絶品料理をつくっていく――。シリーズ第三弾、おまちどおさま！
ふ-35-4

俠飯6
福澤徹三
炎のちょい足し篇
ひきこもりでゲーム三昧の蓮太郎、27歳。父の意向で自立支援施設に無理やり入所させられる。近所の食堂に現れたのは、頰に傷持つあの男。男は寮生に絶品料理をふるまうのだが……。
ふ-35-7